Daniela Holsboer

DER ZAUBER DES BERGES

Daniela Holsboer

Der Zauber

des Berges

Die wahre
Vorgeschichte von
Thomas Manns
»Zauberberg«

Lektorat: Sonia Gembus
Umschlaggestaltung: SERIFA, Nastassja Abel
Covergrafik: SERIFA, Nastassja Abel, 00241151, Trevillion
Bergillustration: Vecteezy.com

Verlagslabel: Penthesilea

Druck und Distribution im Auftrag der Autorin:
tredition GmbH, Heinz-Beusen-Stieg 5, 22926 Ahrensburg,
Deutschland

ISBN
Softcover   978-3-384-17267-9

Für meinen Mann Florian und unsere Tochter Helena

Dieser Roman beruht auf wahren Begebenheiten.
Und dem magischen Rest.

Spirits always organize.

Wann verliebte ich mich in meinen Mann Florian Holsboer? Es war, als er mir diese Geschichte erzählte. Wir saßen in einer lauen Sommernacht im Garten eines Italieners in Schwabing. Er erzählte mir von seinem Urgroßvater Willem Jan Holsboer, einem der Gründerväter von Davos. Dieser habe, so Florian, nicht nur das erste Kurhaus gebaut, sondern auch die Rhätische Bahn und die Schatzalp. „Die Schatzalp?", fragte ich ungläubig. „Ja, die Schatzalp", bekräftigte er. Meine Sinne waren hellwach. Die Schatzalp aus dem *Zauberberg*. Als Literaturwissenschaftlerin spürte ich, welch literarischer Schatz in dieser Familiengeschichte vergraben lag. Ein Schatz, den zu heben ich mich in der kommenden Zeit zusehends berufen fühlte. Noch dazu als ich hörte, dass Willem all das – den Umzug von der Metropole London in ein unerschlossenes Bergdorf, die Aufgabe eines erfolgreichen Berufs für das Ungewisse – für die Frau seiner Träume, Margaret, getan hatte. Mein Herz machte einen Hüpfer. Was für ein Mann musste Willem Jan Holsboer gewesen sein! Er riskierte alles, wagte sich in unerschlossene Regionen vor, angetrieben von der stärksten Kraft auf Erden, der Liebe. Der Gedanke, dass Liebe Berge versetzt, schien mir noch nie so greifbar wie in jenem Moment, als Florian und ich Stunde um Stunde, bis weit nach Mitternacht, miteinander sprachen und uns ausmalten, wie stark die Liebe zwischen Willem und Margaret gewesen sein musste. Es war, als wären sie unter uns, als führten sie uns zusammen.

„Spirits always organize“, sagte einst eine Frau in London zu mir. Ein Satz, den ich niemals vergessen werde – wie recht diese doch hatte! Denn als himmlische Fügung erschien mir auch, dass Thomas Manns *Zauberberg* 2024 sein hundertjähriges Jubiläum feiert. Mir war klar: Diese wahre Vorgeschichte wollte geschrieben werden. Und so machte ich mich an die Recherche, löcherte meinen Mann immer und immer wieder mit Fragen. Ich sprach mit Benjamin Miller, einem Verwandten meines Mannes in der Schweiz, der sein beachtliches Familienarchiv für mich öffnete. Ich studierte den Stammbaum, las alte Zeitungsartikel und viele Davos-Romane. (Es gibt weit mehr als nur den *Zauberberg*, auch wenn dieser alle anderen überstrahlt.) Ich tauchte ein in eine vergangene Zeit, in das Davos des 19. Jahrhunderts, das sich von einer kargen Ansiedlung in den Alpen zum mondänsten Kurort Europas entwickelte. Immer klarer sah ich die enorme Lebensleistung Willem Jan Holsboers vor mir. Thomas Mann schreibt im *Zauberberg*: „Es war jetzt städtisches Trottoir, auf dem sie gingen – die Hauptstraße eines internationalen Treffpunktes, das sah man wohl." Doch es war Willem Jan Holsboer, der Davos zur Stadt gemacht hatte.

Ja, ich las den *Zauberberg* erneut und wusste: Ohne den Urgroßvater meines Mannes hätte Thomas Mann seinen Jahrhundertroman niemals geschrieben. Ohne Willem Jan Holsboer wäre der Autor niemals nach Davos gekommen – denn dass jeder, der etwas auf sich hielt, nach Davos zur Kur kam, war insbesondere ihm zu verdanken. Da lag also dieser historische Stoff vor mir, doch wann und wie sollte ich ihn in einen Roman verwandeln? Tja. *Spirits always organize indeed.* Jene Dame, von der ich bereits oben sprach, behauptete von sich, mediale Fähigkeiten zu haben. Aus Spaß (ich bin Germanistin und Anglistin und habe für britische Skurrilitäten viel übrig) ließ ich mich auf ihren Vorschlag, ein „reading" zu machen, also auf eine Art hellseherische Sitzung, ein. Skeptisch hörte ich ihr zu. Doch als sie sagte: *„Oh, I've got a name … it's Willem"*, war ich elektrisiert. Es war ein Erlebnis der Sorte, das man nicht glauben würde, hätte man es nicht selbst erfahren. Und als ich dann auch noch mit meiner *Zauberberg*-Lektüre an die Stelle kam, an der Hans Castorp an einer Séance teilnimmt, während der ein Lied aus der Oper *Faust* von Charles Gounod gespielt wird und im Text der Name „Margarethe" zu hören ist, bekam ich Gänsehaut. *Willem … Margaret …* Also gut, dachte ich, wenn mich nun schon die Geister rufen, führt kein Weg mehr daran vorbei. So begann ich zu schreiben. Im *Zauberberg* heißt es zu Beginn, „dass nicht jedem jede Geschichte passiert".

Diese Geschichte passierte mir und dies ist das Buch, zu dem sie geworden ist. Denn Bücher schreiben sich nicht von selbst und doch sucht sich jede Geschichte ihren eigenen Weg. Dies ist also die Geschichte, wie sie sich durch mich hindurch geschrieben hat. Die Geschichte eines Mannes, der auszog, die Liebe seines Lebens zu retten. Die Geschichte, die mein Mann mir geschenkt hat. Denn ja, ich verliebte mich in ihn in jener lauen Sommernacht, weil ich spürte, dass auch er für mich, wenn es sein müsste (und hoffentlich wird dieser Fall nie eintreten!), Berge versetzen, eine ganze Stadt errichten würde, so wie Willem für Maggie sein ganz eigenes „Taj Mahal der Alpen" erschuf. Gemeinsam schreiben wir nun, im echten Leben, diese Familiensaga weiter. Während ich diese Zeilen zu Papier bringe, liegt unsere neugeborene Tochter Helena in meinen Armen. Eine, um einen in meinem Roman vorkommenden Begriff aufzugreifen, „Materialisation" unserer Liebe. Ihr und meinem Mann ist dieser Roman in Liebe gewidmet.

Und somit fangen wir an.

TEIL I

ATEM

DAVOS 1867.
DIE ANKUNFT.

Margaret sah aus wie ein Gespenst. Als Willem Jan
Holsboer am 28. Mai 1867 seine erst zwanzigjährige
Frau nach Davos brachte, hatte er Angst, sie würde die
Anreise nicht überleben. An diesem lauen Frühlings-
abend, die Federnelken blühten schon und die Vögel
sangen noch, wäre er selbst mit dem Teufel einen Bund
eingegangen, hätte er ihm versprochen, sie zu retten.
Der Teufel aber war gnädig, er ging an ihm vorüber,
auch wenn manche Willem später diabolisch nannten,
ja ihm einen dämonischen Willen unterstellten und
meinten, bei all seiner Schaffenskraft könne es nicht mit
rechten Dingen zugehen. Und so, inmitten dieser
Gnade, spürte er, dass er diesen Berg, der vor ihm lag,
im Guten bezwingen musste – nicht aus Angst vor dem
Tod, sondern aus Liebe. Aus Liebe zu der Frau, die vor
seinen Augen zu sterben drohte. Willem schaute zu ihr,
dann zu dem Gipfel. Er fluchte lautlos. Der Aufstieg
war eine Zumutung. Er beobachtete Margarets Brustkorb. Atem war Leben, Tod das Gegenteil davon. So
einfach war der Tod, der nach ihr griff, jeden Tag ein
Stückchen mehr. Weil sich ihr Brustkorb schon kaum
mehr hob und senkte, hatte er ihr eine Halskette mit einem kleinen ovalen Spiegelamulett geschenkt. Auf der

Rückseite hatte er ein Gänseblümchen, ihre Lieblingsblume, eingravieren lassen, in dessen Stängel ihre Initialen verschlungen waren. W & M, die zwei Buchstaben, die sich umgedreht ähnelten, so wie sie sich im anderen spiegelten. Wenn er nicht wusste, ob sie noch atmete, hielt er ihr das Amulett unter die Nase. Wenn es beschlug, lebte sie. Jedes Mal dankte er Gott und versprach, alles dafür zu tun, dass sie am Leben blieb. Doch sie verschwand, immer mehr entglitt sie ihm. Die Kutsche. Die Berge. Die Erschütterung. Seit sieben Stunden saßen sie in diesem unbequemen Wagen, spürten jede Unebenheit der Straße und das Gesicht seiner Frau, das schon seit Tagen wächsern glänzte, überzog jetzt zusätzlich eine fiebrige Nässe. Er blickte aus dem Fenster. Noch nie hatte er solche Berge gesehen.

„Maggie, schau, es ist nicht mehr weit." Margaret öffnete die Augen. Willem bat den Kutscher, anzuhalten, öffnete die Tür und ließ frische Luft herein. Er stieg aus und wollte Margaret beim Verlassen der Kutsche helfen, doch sie sank zurück auf die harte Sitzbank. Er schloss die Augen, atmete die kühle Abendluft ein. Seine Lider zitterten. Seit Tagen waren sie nun auf Reisen, es sollte ein Weg zur Heilung sein, doch wenn sich der Zustand seiner Frau auf dieser Reise so sehr verschlechterte, so würde nach ihrer Ankunft zum Heilen nicht mehr viel übrigbleiben. Jede noch so kleinste Bewegung, fürchtete er, könnte sie jetzt umbringen. „Wie weit noch bis Davos?", fragte er den Kutscher. „45 Minuten, eine Stunde vielleicht", sagte der Mann. Sein grauer Lodenmantel war sauber, sein gleichfarbiger Bart lang. „Bringen Sie meiner Frau bitte frisches Wasser", sagte Willem. Zum ersten Mal seit sieben Stunden stand der Kutscher von seinem Sitz auf. Das Abendrot tauchte den Himmel in purpurfarbenes Licht.

Man müsste eine Eisenbahn bauen, dachte Willem. Eine Schmalspurbahn müsste es sein, die Reisende in der windigen Gegend in Landquart besteigen würden um dann, wenn sich die kleine, aber ungewöhnlich zugkräftige Maschine in Bewegung setzte, den eigentlich abenteuerlichen Teil der Fahrt zu beginnen. Selbst mit der Bahn würde es ein jäher und zäher und schier endloser Aufstieg sein, hinauf ins Hochgebirge, in unangemessene Sphären. Winden würde sich der Zug auf schmalem Pass. Die Maschine würde braune, grüne und schwarze Rauchmassen ausstoßen, verflattern würde dieser Dampf, hinauf in den steingrauen Himmel, hinab in die Tiefen, an denen Wasser hinunterstürzte, vorbei an den dunklen Fichten zwischen den Felsblöcken zur Linken. Stockfinstere Tunnel müsste man bauen und weitläufige Abgründe mit Ortschaften in der Tiefe überwinden. Engpässe, Schneereste, Schründe, Spalten. Die Fahrt würde für jene, die hofften, der Zug würde die armseligen Bahnhöfe in derselben Richtung verlassen, wie bei der Einfahrt, für Verwirrung sorgen, denn diese Bahn würde die Richtung ändern, so wie es diese gottverlassenen Himmelsgegenden verlangten. Großartige Fernblicke in die heilig-phantasmagorisch sich türmende Gipfelwelt würden sich dem ehrfürchtigen Blick offenbaren, doch schnell schon würde dieser Ausblick wieder in den verschlungenen Pfadbiegungen verlorengehen. Die Laubbäume würde man hinter sich lassen, die Singvögel auch. Und dann endlich, wenn der Aufstieg genommen war, würde der Zug bequemer dahinrollen und in Davos einfahren.

Der Kutscher brachte das frische Quellwasser, Willem hielt Margarets Kopf bei dem Versuch, davon zu trinken. Sie hustete und spuckte es wieder aus. Er umarmte sie, streichelte ihren Kopf und flüsterte ihr ins Ohr, wie er es in diesen Augenblicken schon oft getan hatte:

„Atme, Margaret. Atme dich zu mir."

„Wir werden doch nicht länger als auf drei Wochen fahren?", hatte ihn Margaret vor der Abreise gefragt. Doch Willem hatte, ihr von Krankheit gezeichnetes Gesicht betrachtend, nichts zu antworten gewusst.

Als er an diesem Tag seine fast ohnmächtige Frau aus der Kutsche hob und ins Hotel Strela trug, da schwor er sich, dass er, sollte sie diese Strapaze überleben, die Bahn bauen würde, die er sich erdacht hatte. Er würde sie erbauen und Kranke in Regionen emporheben, in denen sie noch nie geatmet hatten. Diese Bahn sollte das Verhältnis zwischen einer langen Anreise und einem kurzen Aufenthalt relativieren, ein Gleichgewicht herstellen zwischen Krankheit und Genesung, ein Bindeglied werden zwischen der Welt da unten, aus der sie kamen, dem Flachland, das ihnen kein Glück gebracht hatte und der Welt dort oben, das den Göttern und damit der Unsterblichkeit so nahe schien. Auf eine Reise wie diese, das spürte Willem, musste man sich innerlich einlassen. Die Seele musste sich öffnen, das innere Tor aufgehen, damit sich der Zauber dieser Alpen, den er bereits jetzt am ersten Tag der Ankunft erahnen konnte, geschehen durfte. Jeden Abend betete er um ein Wunder. Ob Gott ihn erhören würde, wusste er nicht.

„Meine Frau braucht ein Glas Milch, außerdem einen Bettwärmer. Heizen Sie ein, Herrgott, Sie sind doch das einzig beheizte Hotel hier? Und bringen Sie uns Brot und Käse." Willem stand im Eingangsbereich des Hotels. Durch die kleinen Fenster fiel nur noch wenig Dämmerlicht, die Decken waren niedrig, aus demselben dunklen Holz wie der Boden, der vor Abnutzung glänzte. Die Wände waren verrußt. Nichts, dachte er. Es gab einfach nichts in diesem Ort. Was hatte er erwartet? In London hatte Dr. Weber ihm genau dies prophezeit, wenngleich er in den höchsten Tönen von dem Hochtal gesprochen hatte: „Es ist ein Paradies aus Sonnenschein und Schnee – unberührt, unkultiviert." Immerhin, Willem hatte es gefunden. Dr. Webers Diagnose lag nun sechs Monate zurück. Er hatte Willem, nachdem er Margaret gründlich untersucht hatte, zur Seite genommen. „Wenn Ihre Frau überhaupt noch eine Chance hat, dann in Davos." „Warum Davos?" Sogar bei fortgeschrittener Tuberkulose erziele man dort erstaunliche Ergebnisse, erklärte der Arzt. Für jene, die den unerbittlichen Wettkampf zwischen Atmen und Sterben zu bestreiten hätten, sei diese Bergregion die gewinnversprechendste Arena. „Fahren Sie", hatte Dr. Weber gesagt. „Lieber heute als morgen."

Willem war zurück in dem kleinen Gästezimmer. Es gab ein Bett, einen Tisch, einen Stuhl. Er betrachtete seine schlafende Frau und ersehnte den ersten Strahl der Davoser Morgensonne, von der es hieß, sie habe heilsame Kräfte. Man sagte, das Schweizer Sonnenlicht sei gleißend, es verbrenne das Kranke und lasse nur das Gesunde übrig. Wir sind Blinde, dachte Willem. Geblendet von der Hoffnung. Hinter den Bergen, wo Margarets Husten blutige Spuren im Schnee hinterlassen hatte, müsste doch das glückliche Ende auf sie warten.

Es war erst Mai.

LONDON 1865.
DIE LIEBE.

Willem sperrte sein Büro früher zu als sonst, um in die Stadtbibliothek zu gehen. Von der Londoner Filiale der Twentschen Bank am Trafalgar Square, die er seit einem Jahr als Direktor leitete, war es nur ein Fußmarsch von wenigen Minuten dorthin und er hätte noch gut zwei Stunden Zeit, um sich in Shakespeares *Sommernachtstraum* zu vertiefen. Er hatte alles mit Benjamin Blijdenstein, seinem Co-Direktor, besprochen: Der Handel mit Textilwaren lief gut, doch er würde noch viel besser laufen, wenn die Stoffe eine Bühne bekämen. Beim gestrigen Afternoon Tea im Claridge's waren sie übereingekommen, dass diese Bühne die des *Globe* sein müsse „Wenn wir es schaffen, dass die Schauspieler Kostüme aus den von uns importierten Stoffen tragen", sagte Willem, „machen wir das richtig große Geschäft." Die Zuschauer würden sich in das Gesehene verlieben und es begehren und die Stoffe würden von der Bühne hinabsteigen und Theater und Wirklichkeit würden sich in den Straßen der Stadt vermischen. Willem sagte, im demnächst aufgeführten *Sommernachtstraum* müsse die Seide glänzen, nichts verführe die Menschen mehr zum Träumen als eben guter Stoff und das im doppelten Sinne, literarisch wie haptisch. Benjamin nickte und sagte, ja, genau, unbedingt. Er wusste, dass es jetzt nicht nur aussichtslos, sondern auch geschäftsschädigend wäre, seinen Freund zu bremsen, denn er handelte ganz im Sinne der Holsboer-Prämisse, die den Umsatz der Bank im letzten Jahr verdoppelt hatte: Das Ziel war Begeisterung. Die Kunden sollten kaufen, was sie faszinierte. Ein Kauf ohne Begeisterung hingegen sei seelen- und somit sinnlos. Damit aber ein Produkt begeistern konnte, musste es eine Geschichte erzählen und zwar eine verdammt gute. Benjamin hatte noch nie einen Menschen mit vergleichbarem wirtschaftlichem Verstand kennengelernt wie diesen Holländer, der alles anders, aber mit einer ihm bis dahin unbekannten Effizienz machte. Sein Gehirn arbeitete schneller, präziser und, auch wenn dieser Begriff ansonsten nicht zu Willem passte, brutaler als das der anderen Kollegen: Er konnte schonungslos sein, wenn es darum ging, Fehler auszumerzen, Konventionen zu hinterfragen und Pläne umzustürzen. Gleichzeitig war er sensibler und penibler als die gesamte Belegschaft und betonte immer wieder, dass erstens Geld nur Geld war und es daher zweitens, einer leeren Leinwand gleich, mit Schönheit und Sinnhaftigkeit aufgeladen werden musste, um drittens Gutes tun zu können. Willem las Geld so wie andere Bücher.

Die letzte Kanne Tee samt dazugehöriger Champagnerflasche leerend, vereinbarten sie, dass sich Willem um diesen theatralischen Deal bemühen werde, gleich morgen würde er in die Bibliothek gehen, um Shakespeares *Sommernachtstraum* nochmals zu studieren, denn natürlich müssten die Stoffe auf den Stoff abgestimmt werden und um Erfolg zu haben, müsse man einfach immer gut, nein, perfekt vorbereitet sein. Und nun war er hier. Er wollte ein Gefühl dafür entwickeln, welche Figuren welche Textilien tragen könnten, er wollte sich selbst eine Inszenierung ausmalen, wie er sie noch nicht erlebt hatte. Er betrat das Gebäude, ging in den Lesesaal, spürte die Stille und den Frieden der Lesenden. Gerade als er die Shakespeare-Abteilung gefunden hatte und nach dem *Sommernachtstraum* griff, sah er sie: Eine junge Frau stand am benachbarten Bücherregal, ein Sonnenstrahl fiel auf ihr rötlich-blondes Haar, das die Farbe von Stroh in Erdbeerfeldern hatte, sie trug ein langes hochgeschlossenes Kleid mit einem dunkelroten Blumenmuster und als sie umblätterte, da öffnete sich leicht ihr Mund und Willem sah, wie sich, für eine Sekunde nur, ein kleiner Speichelfaden zwischen Ober- und Unterlippe zog, ein kleiner Tropfen ihrer Körperflüssigkeit, der ein Zeichen von Spannung, einer ungezügelten Leselust war. Willem konnte auf dem Buchrücken erkennen, dass sie einen Gedichtband von Edgar Allen Poe las. Er bemerkte, wie ihre Augen begierig über die Zeilen flogen und fühlte sich, als würde er am Tag träumen. „Verzeihen Sie", sagte er im Flüsterton, der einer Bibliothek angemessen war, „darf ich fragen, welches Gedicht Sie lesen?" Die junge Frau schaute auf. Eine zarte Röte stieg in ihre Wangen und verlieh ihrem sonst blassen, fast gespenstisch weißen Teint mehr Leben. Ihre Augen waren jadegrün, nur um die Iris herum lag ein dünner brauner Kranz. Ihre Lippen waren hellrosa und aufgeworfen, die Wangen pausbackig, sie wirkte so jung, dass Willem kurz zurückschreckte. Doch dann, als sie zu sprechen begann – ebenfalls im Flüsterton – da lag eine Tiefe in ihrer Stimme, dass er meinte, eine alte Seele hätte sich in ihren jugendlichen Körper verirrt. „*Geister der Toten*", sagte sie. „Kennen Sie es?" Als Kind hatte Willem Poes einzigen Roman *Die Abenteuer des Arthur Gordon Pym* geliebt. Er hatte es gelesen, wieder und wieder, bis die Seiten zerfleddert waren. Es hatte seine Gedanken verführt und ihn zu einem ganzen Leben inspiriert: Wie der Held, der mit dem Schiff von der amerikanischen Insel Nantucket aus in die weite Welt aufbrach, hatte er selbst Abenteuer auf See erleben wollen und mit 14 sein Zuhause verlassen, um auf einem Schiff anzuheuern. Und natürlich war es nicht bei der Lektüre des *Gordon Pym* geblieben (sein abgegriffenes Exemplar lag stets in seiner Kajüte an seinem Bett). Zugegeben, er mochte die Gruselgeschichten am liebsten. Doch auch Poes Gedichte liebte er. Also ja, er kannte dieses Gedicht nicht nur, er konnte es aufsagen:

Dein Seel' wird einstens einsam sein
in grauer Grabsgedanken Schrein –
kein Blick der aus der Menge weit
noch stört deine Abgeschiedenheit.

Sei still in jener Öde Weben,
das nicht Alleinsein ist – es sind
die Geister derer, die im Leben
vor dir gestanden, ganz gelind
nun wieder um dich – und ihr Wille
umschattet dich: darum sei stille …

Margaret hörte ihm zu. Dann fragte sie: „Nun sagen Sie, wie haben Sie's mit Geistern?" Willem hielt inne. Er hatte als Kapitän die Welt bereist, fremde Länder und Kulturen kennengelernt; er hatte Stürme, Packeis, Sternenhimmel und paradiesische Sonnenuntergänge erlebt, hatte sterbenden Menschen die Hand gehalten und Frauen dabei geholfen, Kinder zu gebären, er hatte Bücher und Schriften studiert. Doch je mehr er beobachtete, desto mehr wusste er, dass es zu vieles gab, was er nicht im Innersten verstehen konnte, dass da ein magischer Rest sein musste, den er mit Verstand allein nicht erfassen konnte. Es war Willems Gespür für das Schicksal zu verdanken, dass er ahnte, wie viel von seiner Antwort abhing, daher sagte er: „Es gibt Dinge zwischen

Himmel und Erde, die wir nicht in Formeln packen können."

„Also glauben Sie daran?"

„Ja."

„Dann sind wir schon zwei." Sie schloss den Gedichtband. „Margaret", sagte sie und reichte ihm ihre be-
handschuhte Hand, „Margaret Elizabeth Newell Jones."
Und in diesem Augenblick inmitten der Bücher, in dem
Willem für immer verweilen wollte, weil er so schön
war, verliebten sie sich ineinander.

Sie hatten sich, bis auf ein keusches Händchenhalten,
noch nie berührt. Nun lagen sie in den Kensington Gar-
dens auf einer Picknickdecke und schauten in den be-
wölkten Himmel. Dann, als die Sonne aus den Wolken
brach und sie blendete, drehten sie einander das Gesicht
zu und schlossen die Augen. Sie lagen Stirn an Stirn,
Nase an Nase. Ihre Atemzüge wurden inniger und länger und ruhiger. Sie atmete seinen Atem, er ihren. Sie
streichelte sein Gesicht und flüsterte: „Ist es nicht erstaunlich, dass die Menschen die Dinge so kompliziert
machen? Da ist der Atem und er ist das Tor zur Seele
und unsere Seele ist der Weg zu Gott." Sie hatte ihn in
den letzten Wochen immer wieder erstaunt. Gleich bei
ihrem ersten Treffen hatte sie ihm gesagt, sie sei Spiritistin, glaube also nicht nur daran, dass es ein Leben

nach dem Tod gäbe, sondern auch, dass die Lebenden mit den Toten auf ihre eigene intuitive Art kommunizieren könnten. „Ich weiß, das klingt verrückt. Allerdings bin ich für die Rolle der Wahnsinnigen auf dem Dachboden nicht gemacht", lachte sie. Tatsächlich hatte er noch nie eine so intelligente und klarsichtige Frau kennengelernt und diese gespenstische Facette an ihr empfand er nicht nur als akzeptabel, sondern sogar als reizvoll. Ihre eigenwilligen Ideen forderten ihn heraus und bei jedem Treffen, das meist aus Spaziergängen dieser Art am helllichten Tage bestand, verzauberte sie ihn mehr. Selbst bei regnerischem Wetter trug sie feinste Spitze, ihre hochgeschlossenen Krägen waren stets blütenweiß, die Absätze ihrer Stiefel waren niemals abgelaufen und ihr sorgsam hochgestecktes, ganz selten in Locken gelegtes Haar glänzte. Wenn das Licht sich darin verfing und der Wind damit spielte und er meinte, gleich würde sie zu fliegen beginnen, so kam sie ihm vor wie eine Tochter der Luft. Immer hatte sie ein neues Buch dabei und sie sprachen viel über das Theater. „Willem, es ist doch alles großes Theater, auch unser Flanieren hier, sieh nur, wie die Leute schauen!", sagte sie und drehte sich, einer Ballerina gleich, einmal lachend im Kreis. Vor allem sprachen sie über Shakespeare. Sie mochten beide den *Sommernachtstraum* und Margaret regte an, man müsse diesen unbedingt einmal unter freiem Himmel inszenieren: „Die ganze Bühne sollte ein Blütenmeer sein!", sagte sie. Als sie ihm schließlich anvertraute, ihr großer Traum sei, selbst zu schreiben, sie wisse zwar noch nicht worüber, sie hätte so viele Ideen, doch von der Seele müsse es handeln, alles andere sei trivial, da wusste er, dass diese Frau erstens keine einfache und zweitens die richtige für ihn war. „Ich liebe dich dafür, dass du so herrlich kompliziert bist", sagte er zu ihr, steckte ihr einen kleinen Fliederzweig in den Knoten ihres Halstuchs und als sie am Ende ihres Spaziergangs angelangt waren, fiel er vor ihr auf die Knie und fragte sie, ob sie ihn heiraten wolle.

Willem kaufte ein Haus in Chelsea, unweit des Sloane Square. Es hatte ein großzügiges, holzvertäfeltes Treppenhaus, von dem unten rechts eine Tür in einen fast versteckten Raum abging, der Willem wie gemacht für Margarets Ambitionen vorkam. Sie wolle ein Zimmer für sich allein, sagte sie. Sie bekam eine ganze Bibliothek. Dieser Raum nun war groß genug für Bücherregale, einen Schreibtisch und sogar einen weiteren kleinen Tisch samt Lesesessel und war doch so entrückt, dass sie beim Arbeiten ungestört sein würde. Die Decken waren hoch genug für einen Lüster und er würde, damit sie es beim Schreiben warm hatte, einen Kamin einrichten lassen. Die Vorstellung, eine schreibende Frau zu haben, erregte ihn. Gemeinsam machten sie sich an die Arbeit: Sie richteten jedes Zimmer ein, füllten die Bücherregale mit allen Werken, die sie schon gelesen hatten und noch lesen wollten. In seiner alten Heimat Amsterdam fand er einen runden, lupenreinen Diamanten von 1,5 Karat und ließ ihn von in einer zarten, geometrischen Zarge gefassten Diamanten umrahmen, so dass er einer Blume glich, und steckte ihn ihr an.

Sie heirateten am 5. April 1865 in der Kirche Saint George, am Hanover Square. Er entdeckte viel in diesen ersten Wochen ihrer Ehe: dass sie immerzu eine Tasse Tee in der Hand hielt, diese mit sich durchs Haus trug und sie das Muster, das durch die hinzugefügte Milch entstand, einem täglichen Orakel gleich ausdeutete; dass sie nachts oft im Schlaf kicherte und ihre Wirbelsäule morgens, wenn sie sich streckte, knackte; dass sie beim Zähneputzen immer das gleiche Lied summte und sich bemühte, so leise wie möglich auszuspucken; dass sie ununterbrochen über irgendetwas nachdachte und mindestens drei Bücher gleichzeitig las; dass sie ihre Schuhe und Kleider nach Farben sortierte; dass sie ihn morgens zornig anschaute, wenn er nachts geschnarcht hatte und dass sie draußen im Garten Walnüsse für die Eichhörnchen hinlegte. Er war 30, sie 17 und sie waren beide entschlossen, bis an ihr Lebensende – das ihnen noch weit entfernt schien – glücklich zu sein. Und sie waren sehr glücklich, bis schon wenige Monate nach der Trauung der Husten kam und mit dem Husten die

Schmerzen, mit den Schmerzen der Arzt und mit dem Arzt das Todesurteil, dem sie nun mit ihrer Reise in die Schweizer Berge trotzen wollten.

DAVOS 1867.
DER ARZT.

Die Nacht war gut. Margaret schlief fast ohne Unterbrechung, ihr Fieber war nicht gestiegen. Willem hatte gelernt, dass es weniger auf die Tage als auf die Nächte ankam, also unterteilte er in gute und schlechte Nächte und vielleicht war dieser traumlose Schlaf ein Zeichen, ein erstes kleines Zeichen, dass die Davoser Luft bereits wirkte. Als er um sechs Uhr aufwachte, schlief Margaret noch, er aber stand auf und wollte sich einen Eindruck von diesem Haus verschaffen. Dr. Weber hatte ihnen gesagt, fast jeder noch so kleine Bauernhof in Davos nehme inzwischen Kurgäste auf, denn die Nachricht, dass hier in den Schweizer Bergen keiner Tuberkulose hatte, machte nun immer rascher die Runde. Vielen erschien es ein Rätsel, warum gerade dieses Tal verschont blieb, während der Rest von Europa unter der Seuche litt. „Gehen Sie ins Strela", hatte Dr. Weber empfohlen, „dort gibt es den höchsten Komfort." Doch Komfort war relativ und Willem fürchtete, dass seine von ihm selbst verwöhnte Frau die Kargheit des Baus, seine trotz Heizung durchdringende Kälte und die in den Wänden festsitzende Feuchtigkeit abschrecken würde. Willem ging die Treppen hinunter in den Empfangsbereich. Rechts ging es in den nur für Personal zugänglichen Küchenbereich, geradeaus kam er zur Terrasse, auf der bereits wenige Menschen, warm in Felle eingepackt, entlang der Hauswand in Sesseln und Stühlen halbliegend an Tischen saßen. Er bat um einen Tee, erhielt stattdessen Kaffee, und trat dann hinaus in die Morgenkälte. Die Stille. Die Berge. Die Luft. Als die Sonne über die Gipfel stieg, da verstand er, was dieses Tal im Innersten zusammenhielt, und er fasste einen Entschluss. Als er um zwölf Uhr zum ersten Mal auf Dr. Alexander Spengler traf, da hatte er zwei Anliegen: Erstens die Gesundheit seiner Frau und zweitens den Zustand des Ortes, den man, so war er überzeugt, aus seinem Dornröschenschlaf wecken musste, um sein ganzes Potential, medizinisch wie wirtschaftlich, auszuschöpfen.

Spengler erinnerte Margaret an ein Seepferdchen, was an seiner geschwungenen Stirn-Nasen-Linie lag. Seine von gepflegten Brauen umrahmten braunen Augen standen etwas weiter als üblich auseinander, was seinem Blick etwas Eindringliches verlieh. Sein Oberlippen- und Kinnbart wuchsen zusammen, wie einst bei Heinrich IV., die Wangen waren glattrasiert, seine Haut war hell, das Haar dunkelblond, fast braun. Nachdem er ihre Lunge abgehorcht hatte, sagte er, das Mittel der Wahl seien „die drei L": Licht, Luft, Liegen, das sei die einzig wahre Kombination, wenn es um die Genesung ginge, insbesondere die Luft sei entscheidend, Heilen durch Atmen also. Er senkte die Stimme und nahm Willem zur Seite. „Herr Holsboer, unter uns, es sieht schlecht aus." Margaret versuchte, wegzuhören. An Männer, die über sie sprachen als wäre sie gar nicht im Raum, hatte sie sich nie gewöhnen können. Spengler senkte nun seine helle Stimme. Man solle niemals aufgeben, er habe hier noch Erfolge gesehen, wo der Tod schon unausweichlich schien. Er pries die *prolongio vitae* von Monaten, sogar Jahren an, die hier oben selbst bei schier hoffnungslosen Fällen erzielt werden könne und deutete sogar die Möglichkeit einer „relativen Heilung" an – was immer das bedeuten sollte.

Während Margaret den Kopf in das Kissen drückte, um noch weniger zu hören, schenkte Willem dem zehn Jahre Älteren seine Aufmerksamkeit. Dr. Spengler war ihm sympathisch und diese Zugewandtheit beruhte auf Gegenseitigkeit. Wie lange er denn schon hier in diesem Dorf die Menschen kuriere, wollte Willem wissen. Seit 14 Jahren sei er nun hier, sagte Spengler, doch wolle er nichts mehr davon hören, ein „Landschaftsarzt" zu sein, wie man ihn zu Beginn genannt habe, denn in dieser Bezeichnung liege ja ein grundlegender Fehler, nicht die Landschaft bedürfe der Heilung, sondern die Landschaft sei es, die heile. Sie habe enorme Fähigkeiten, geradezu magisch sei ihre Wirkung, er habe das über all die Jahre beobachtet und studiert. Die Behandlung der Lungenschwindsucht sei im Grunde einfach, sagte er. Vor allem ginge es darum, dem Patienten den maximal möglichen Aufenthalt an der frischen Luft zu gewähren. Er betonte die „heilkräftig einwirkenden Faktoren der verdünnten Luft" als Dreh- und Angelpunkt seiner Kurmethode, die er personalisieren, also auf das jeweilige Krankheitsstadium des Patienten ausrichten wollte. Bewegung? Ja, aber eben je nach Zustand. Ob nun Ruhe, mäßiges Gehen auf ebenem Boden, sanfte Wanderungen oder sogar echte Bergtouren in Frage kämen, hinge vom individuellen Befinden des Patienten ab. „Also alles maßgeschneidert?", fragte Willem und dachte an die vielen Kleider seiner Frau, die sie in London hatte zurücklassen müssen, worüber sie sich so stark echauffiert hatte, dass Willem gefürchtet hatte, sie könne einen Blutsturz erleiden. Vor einem solchen massiven Blutverlust hatte Dr. Weber eindrücklich gewarnt. „Bloß nicht aufregen, sonst kommt der hellrote Bluthusten!" Über einen halben Liter Blut könnten Patienten dabei verlieren. Doch es war nicht so leicht, Margaret davon abzuhalten, sich aufzuregen. „Ich will nicht nach Davos und wenn ich nach Davos muss, will ich zumindest nicht scheußlich aussehen," hatte sie gesagt. Nun lag sie im viel zu dünnen seidenen Krankenkleid da, die Decke bis unters Kinn gezogen. Dr. Spengler warf einen sorgenvollen Blick auf sie – an Kraxeleien sei in ihrem Fall keineswegs zu denken. Nein, er empfehle hier, gewissermaßen als radikalen Anfangsimpuls, strikte Bettruhe, die noch jedem bekommen sei. Ja, jene Patienten, die einfach nur dalägen, nichts täten außer sich diesem Meer aus Bergen, Wolken und Licht hinzugeben, die würden genesen, jene aber, die dem Fluch der Moderne nicht entkommen konnten, die nicht stillhalten, ja weiter hetzen würden und umtriebig seien, die seien selbst schuld an ihrem Elend. Als ihm Dr. Weber telegrafiert hätte, dass sie aus London kämen, da habe ihn nichts mehr gewundert. Natürlich sei seine Frau krank. Die Stadt sei das Übel schlechthin, zum Glück seien sie jetzt hier, in der Natur, er bitte Gott inständig darum, dass sie nicht zu spät gekommen seien, aber nun ja, er hätte schon viele Wunder gesehen, auch bei denen, die gänzlich nervös zu ihm gekommen seien, die selbst er schon abgeschrieben hätte. Entgiftung müsse nun her, er suchte nach dem englischen Begriff und fand ihn schließlich mit nicht wenig Stolz: *detox*, ja *detox* in Form von täglicher Frischluft-, Milch- und Molkekur, zwischendurch ein Schluck Veltliner, aber bitte roten, dessen regenerierende Kraft nicht zu unterschätzen sei.

„Schon mal probiert?", fragte er. Willem schüttelte den Kopf. „Roter Veltliner ist wunderbar. Nicht zu stark, wenig Säure, wegen des Tanningehalts angenehm trocken." Trocken sei gut, sagte Willem. Darin waren sie sich einig und Spengler fuhr fort, weitere Vorteile des Weines aufzuzählen, er sei auch hervorragend bei Magen-Darm-Problemen – ob er darunter leide? – egal, zumindest sei dies bei Lungenkranken nicht zu unterschätzen. Ob Margaret Schonkost und Mineralwasser möge? „Maggie hasst alles, was schlabbrig ist", sagte Willem und dass er hoffe, der Aufstieg hierher hätte sich gelohnt, die Anreise habe seine Frau fast umgebracht, eine Zumutung sei das und überhaupt: Wem könne dies genügen? Sei das Strela wirklich das Beste, was der Ort zu bieten hatte? Kahle Wände, alte Möbel, schlechter Service. Wenn die Luft und das Licht hier oben wirklich eine solch heilende Wirkung hätten – sie standen nun am Fenster und blickten auf die von der Mittagssonne erhellten Gipfel – dann sei das doch eine Goldgrube, warum man nicht mehr draus mache? „Detox zu Davos", das sei doch eingängig und ließe sich verkaufen. Spenglers Augen leuchteten auf. „Vergessen Sie nicht, dass die Davoser Walser sind – Eigenbrötler, Einzelkämpfer, Sturschädel. Alles Neue ist für sie ein Affront", sagte er. „Erstmal sind sie gegen alles. Wer hier was bewegen will, muss sie für sich gewinnen." Dann, nach einer kurzen Pause, fragte er Willem: „Können Sie Menschen einfangen?"

Und während Margaret im bunt bestickten Morgenmantel aus indischem Chintz von den Pflegern auf die

Sonnenterrasse gebracht wurde, um dort in Decken gewickelt ihre Lufttherapie zu beginnen, erkannte dieser Davoser Arzt, dass ihm nichts Besseres hätte passieren können als die Begegnung mit diesem Niederländer, der, wie er nun erfuhr, Kaufmann war und von dem etwas verstand, was er schon immer dringend gebraucht hatte: Geld.

SAN FRANCISCO 1853.
DAS GOLD.

Als alle von Bord gingen, blieb Willem stehen. Als sie losrannten, setzte er sich. Er spürte das warme, abgegriffene Holz unter sich. Mit seinen Fingern ertastete er die Rillen. Ihm war, als könnte er all die Erinnerungen, die darin gespeichert waren, fühlen. Die Stürme. Die Flaute. Die Hitze. Die Ängste. Das Heimweh. Den Schmerz. Er kniff die Augen zusammen, die Sonne blendete ihn. Sie hatten auf der Überfahrt nach Kalifornien drei Tote zu verzeichnen. Ein Schiffsjunge war beim Hissen der Segel vom Großmast gestürzt; ein Steuermann hatte das Fieber erwischt; und dann war da der Koch gewesen, der zu oft das Falsche serviert und nach den Schiffsjungen geschielt hatte. Wer ihn umgebracht hatte, wusste Willem nicht. Doch eines Morgens fand man ihn in der Küche, ein ganzer Fisch steckte in seiner Kehle, die Augen waren aufgerissen, er trug wie immer seine schmutzige Schürze und roch nach Schweiß, Geflügelbeinen, Lust und geronnenem Fett. Nachdem der Koch tot war, gab es kein besseres Essen, jedoch auch kein schlechteres und so kehrte kurzzeitig wieder Frieden ein, ja eine Klärung war zu spüren, wie es sie nach einem heftigen Gewitter gab. Doch die Ruhe währte nur kurz. Je näher sie nach Kalifornien kamen, desto angespannter wurde seine Mannschaft. Es begann mit einem leisen Flüstern, das erstarb, sobald sich Willem näherte. Ihr lautes Schweigen verriet sie. Stimmungen konnten genauso schnell umschwingen wie Wetter und Willem hatte in all den Jahren an Bord eine Sensibilität für solche Dinge entwickelt, ja er hatte gelernt, jede noch so kleine Wolke am Horizont, jede noch so minimale Regung in einem Gesicht zu lesen wie die Buchstaben in der Bibel. Der Himmel war ihm ein ewiger Text, so wie es das Verhalten der Menschen war, und er liebte es, darin Botschaften zu erkennen. Schon als Vierzehnjähriger, in seinem ersten Jahr an Bord, als er noch Schiffsjunge gewesen war, hatte er gesehen, was andere nicht zu erkennen vermochten: Anhand der Wasserfarbe konnte er die Meerestiefe metergenau bestimmen und ein zarter Windhauch, den andere nicht einmal wahrnahmen, wurde ihm zum warnenden Boten vor einem Unwetter. Willem beobachtete die Vögel, die Delphine, die Fische und die Matrosen. Alles war Sprache und er hatte beschlossen, jeden noch so fremden Akzent dieser

Meeres-, Himmels- und Erdenbewohner zu verstehen. Alles war lesbar, alles war Zeichen in der großen Geschichte der Welt. Dabei war ihm bewusst, dass das Wesentliche unausgesprochen blieb, dass das Bedeutende leise, klein und oftmals unsichtbar war. Er hatte sich dazu entschieden, genau hinzusehen, genauer als alle anderen. Mehr zu leisten, härter zu arbeiten, später zu Bett zu gehen und früher aufzustehen. Er schrubbte das Deck, bis seine Knie bluteten und Hände von der Seifenlauge brannten. Er verlangte dem Leben viel ab, doch mehr noch sich selbst. Er wollte mehr wahrnehmen, mehr erkennen. Er wollte die Dinge im Innersten ergründen. Was ihn nicht überwältigte, begeisterte, faszinierte, das lehnte er ab. Er wusste, dass ihn das Banale nicht weiterbrachte, so wie er wusste, dass sein Streben nach dem höheren Sinn in den kleinsten wie den größten Dingen ein Zwang war, aus dem er sich nicht befreien konnte. Die Sonne war für ihn mehr als nur die Sonne: Wenn sie aufging, so sollte sie sein Herz erwecken. Ein Sturm war für ihn mehr als nur ein Sturm: Wenn er aufkam, so sollte er seinen Geist beflügeln. Willem wollte, musste und konnte stets mehr spüren als alle anderen – und dass ihm weniger als das Absolute nicht genügte, das war vielleicht die einzige Mitschuld, die er an seinem Schicksal trug.

Wie also hätte ihm entgehen sollen, was seine Crew in Aufregung versetzte?

In jedem Hafen sprach man davon: dem Gold, das es in Kalifornien gab. Man redete darüber wie über einem Märchenschatz. Jeder, wirklich jeder, könne reich werden. Man müsse nur tief genug schürfen, man müsse nur mutig genug sein, ein wahrer Mann müsse man sein und dann finde man Gold, ja Gold, Gold, Gold! Wer es nicht versuche, sei dumm. Wer es nicht wage, sei feige. Es gäbe Unmengen davon in diesem „Golden State", also auf nach Kalifornien! Willems Seeroute führte nach San Francisco, weil er dort Waren abliefern und neue ankaufen musste. Er handelte mit wertvollen Stoffen, seltenen Gewürzen und Tee. Er hatte geplant, mit derselben Mannschaft wieder zurück nach Amsterdam zu segeln, mit der er gekommen war, doch als er nun an Deck saß, wusste er, dass sie nicht mehr zurückkehren würden. Kein einziger würde seinen Weg zurück zu ihm finden. Die Gier hatte von ihnen Besitz ergriffen und das schnell. All die Geschichten um das Gold hatten ihren Geist verblendet. Willem wusste, wie aus einem kleinen Gedanken ein Traum wurde, aus dem Traum ein zügelloser Tatendrang und aus dem Tatendrang ein Wüten, ein Toben, ein Fieberwahn. Alles, was sie sahen, war Geld. Was sie nicht erkannten: die damit verbundene Mühsal, die Enttäuschung, den Schlamm, das Blut, die Wölfe, den Neid. Sie konnten nicht weiterdenken als bis zur nächsten Fantasterei, zum nächsten Hirngespinst. Sie sahen sich als reiche Männer und dachten, der Reichtum mache sie glücklich. Alleine der Gedanke an Geld aber machte sie blind. Wie also sollten sie durch Gold jemals das Schöne erkennen? Es gab Dinge, die Willem wusste. So wie er wusste, dass von allen, die losliefen, keiner ans Ziel gelangen würde. Jeder von ihnen würde irgendwann aus dem Rausch erwachen und dieses Erwachen würde wehtun, es würde brutal sein wie ein Schlag ins Gesicht. Es würde schlimmer sein als Kielholen und weiß Gott, er hatte Ungehorsam oft genug damit bestraft. Es wäre wie eine Geburt, nur dass sie sich an jede Wehe erinnern würden, an jedes einzelne Pressen. Sie würden sich herauswinden aus dieser Misere, würden wieder lernen müssen, aufzustehen und zu gehen. Auch Willem hatte den Ruf des Goldes vernommen, hatte ein kurzes Zucken, einen Lustreiz verspürt, gewiss, doch er wusste, dass dies nicht sein Abenteuer war. Etwas hatte ihn zurückschrecken lassen. Ein Impuls. Eine Ahnung. Ein Instinkt. Er hatte lange darüber nachgedacht, was genau es gewesen war. Dann, als er eines Morgens allein an der Reling stand und die aufgehende Sonne das Meer zum Leuchten brachte, da meinte er, einen Hauch Ewigkeit zu verspüren. Alles schien zu strahlen, nur für ihn. Er dachte an seine Mutter. An die Liebe, die sie ihm geschenkt hatte. Er sehnte sich nach ihr und dem Gefühl der Unverwundbarkeit, mit dem sie ihn umhüllt hatte, ja dem Gefühl, dass ihm nichts und niemals etwas passieren konnte. Dass er unsterblich war, so wie ihre mütterliche Liebe grenzenlos. Er wünschte, er könnte sich zusammenrollen, ganz klein, und in ihren Schoß legen. Er erinnerte sich an ihren Duft. Vanille. Apfel. Sandelholz. Er vernahm ihre Stimme, ihr leises Flüstern, während sie sein Haar streichelte. „Wenn du Dinge tust, die niemandem helfen", sagte sie, „so sind es unnütze Dinge, die du bleiben lassen kannst." Wem war mit Gold geholfen? Nein, das Gold konnte ihn nicht locken, nicht so, ohne höheren Sinn. Er schloss die Augen, befeuchtete mit seiner Zunge die aufgeplatzte Lippe. Er schmeckte Blut und Salz. Dann holte er Leder, Schnüre, eine Nadel und einen Hammer. Er würde Schuhe anfertigen. Für seine neue Mannschaft.

Willem verbrachte die nächsten Tage damit, dreißig Paar Lederschuhe herzustellen. Er war noch kein einziges Mal von Bord gegangen und die handwerkliche Arbeit beruhigte ihn. Der Wind streichelte sein Gesicht. Er sang ein altes Seemannslied:

Heyho, heyho, ihr Geister und Piraten,
heyho, heyho, ihr Bräute bleibt uns vom Leib.
Heyho, heyho, hört auf nach uns zu greifen.
Heyho, heyho, das Seemannsleben ist frei.

Das Leder war weich und anschmiegsam, dennoch robust. Er probierte jedes Paar Schuhe an, bevor er es als fertig erklärte. Er würde die neuen Crewmitglieder nicht kennen, doch er wollte zumindest einmal in ihren Schuhen gesteckt haben, bevor er mit ihnen auf Reisen ging. Eine gemeinsame Seefahrt war intim. Sie war unvorhersehbar, sie war wild, sie war hart. Umzingelt von Wasser flossen Tränen, selbst unter den Stärksten. Und wenn ein Sturm sich aufbäumte, wenn der Tod nahte, wenn der Himmel sich verfinsterte und der Donner über das Meer hallte, wenn die Blitze zuckten und die Gischt spritzte, wenn der Wind peitschte und die Worte davontrug, dann weinten auch die Mutigsten nach ihrer Mutter. Willem hatte schon in seinen jungen Jahren vieles in vielen Farben gesehen und er hatte eines verstanden: Aller Anfang und alles Ende lagen dort im mütterlichen Schoß. Es gab keinen Mann, keine Frau, kein Wesen, das sich nicht danach sehnte. Er selbst war keine Ausnahme und wenngleich er seinen Matrosen nicht Mutter sein konnte, so doch eine Art Vater. Mal zürnte er, mal lobte er, doch stets wollte er gerecht sein. Der Grund, auf den seine Leute bauen konnten. Und so sollte jedes einzelne Paar Schuhe, das er anfertigte, bequem sein, tragen sollte es die Männer an Bord und über die Kontinente.

Er reihte die Füßlinge an der Reling auf. Willem genoss die Wärme, es war Anfang Mai und nicht zu heiß.

Er ging die Reling der *Amsterdam* auf und ab, hatte das Schiff aber noch nicht verlassen. Jedes Mal, wenn er an einem fremden Hafen anlegte, empfand er dieses seltsame Zögern. Das Schiff war seit Jahren sein Zuhause. Er hatte jede Planke gesäubert, jedes Segel gehisst. Er hatte durch jedes Bullauge geblickt und seinem Ende mehrmals ins Auge gesehen. Das Schiff zu verlassen war für ihn, als würde er seine Heimat aufgeben. Er erinnerte sich daran, als er seine Eltern verlassen hatte. Sein Vater Matthias hatte ihm wortlos auf die Schulter geklopft. Seine Mutter Helena hatte ihn umschlungen, an sich gedrückt, ihre Tränen hatten seine Wangen befeuchtet. Sie hatte sein Gesicht gestreichelt und gesagt, sie sei immer bei ihm, er könne sie immer spüren, wenn er nur wollte, sie würde ihn führen, wann immer er sie bräuchte. Sie hatte mit ihren Händen sein Herz berührt und seine Hand an ihres gelegt. Er hatte die weiche Rundung ihrer Brust gespürt, das Beben ihres Herzens. Sie hatte die Augen geschlossen und er seine. Der Atem. Die Liebe. Der Schutz. Dieser ewige heilige Schutz, der ihn stets begleitete, unter den er sich in den dunkelsten Stunden, in denen er hart und unerbittlich sein musste, im Geiste geflüchtet hatte. Er spürte ihn, so wie er jetzt die Präsenz seiner Mutter fühlte und endlich, nach fast einer Woche, setzte er einen Fuß auf amerikanischen Boden. Er schwankte. Es war, als wäre sein Blut zum inneren Meer geworden, als wäre er mit dem mächtigsten aller Elemente verschmolzen, ja als wäre die See seine Braut und als würde er, der Bräutigam, sie nun betrügen, indem er diesen fremden Boden betrat, der ihm nicht hart, nicht fest, nicht geheuer war.

Doch nicht er war der Verräter, sondern seine Mannschaft, die ihm untreu geworden war und eine neue zu finden würde schwer werden. Er brauchte mindestens dreißig Männer, um sicher nach Holland zurückzusegeln. Dreißig Seelen, die ihn über den Ozean begleiteten. Er wusste, er konnte nicht wählerisch sein. Sie alle kamen hierher, um Gold zu suchen. Keiner wollte weg. Was nur sollte er ihnen versprechen? Ohne Versprechen würden sie ihm nicht folgen. Ohne Geschichte würden sie ihn verlachen.

Langsam ließ sein Taumel nach. Allmählich kam er an. Der Hafen war voller Menschen. Es roch nach Tabak, nach Lilien, nach Weihrauch, Fisch, Orangen und Schweiß. Er hörte das Krächzen von Papageien, das Schreien von Affen. Männer rauchten, lachten, pfiffen, spuckten auf den Boden und diskutierten, Frauen verkauften Obst, Gemüse, Gewürze oder sich selbst. Willem ließ sich treiben. Er ging langsam, setzte behutsam einen Fuß vor den anderen, kämpfte mit Übelkeit. Er blieb stehen, schloss die Augen. Er erspürte diesen fremden Ort, nahm seine Energie wahr. Seine Seele hatte sich hierhergeatmet. Für wenige Atemzüge nur würde sie sich diesem Ort schenken. Dann würde sie weiterfließen, weit hinfort, hin zu einem anderen Ort. Er öffnete die Augen und begann mit der Rekrutierung.

Willem brauchte drei Tage, um dreißig Männer anzuheuern. Er mochte keinen einzigen davon. Sie stanken, sie fluchten, sie tranken. Jedem von ihnen hatte er etwas anderes versprochen: „Ich lehre dich den Gesang der Wale", hatte er einem Jungen von fünfzehn Jahren gesagt. „Ich lehre dich die Sprache des Mondes" einem anderen. „Fahr mit und ich lehre dich das Wispern der Winde und das Flüstern der Fluten." All das waren seine Versprechen und er war willens, sie zu erfüllen. Willem war ein Mann, der sein Wort hielt, wenngleich er wusste, dass es zur Erfüllung mehr als seiner guten Absicht allein bedurfte. Sie müssten sich öffnen, diese Fremden, einen Spalt in ihrem rauen Inneren aufmachen, durch den das Gute eindringen konnte. Würde es ihm gelingen? Könnte er sich das Scheitern verzeihen? Selbst in der profansten Welt gab es Hoffnung auf das Heilige. Willem baute darauf. So folgten sie ihm, dreißig unzivilisierte Männer, in deren harten Seelen Willem doch etwas Zartes zum Schwingen gebracht hatte: die Sehnsucht danach, eins zu werden, eins mit dieser Natur, die Gott geschaffen und der Mensch zu ehren, zu bewundern und zu bewahren hatte. Die Sehnsucht danach, das Wunder des Lebens einen Hauch besser zu verstehen. Die Sehnsucht danach, einzugehen in die göttliche Herrlichkeit. Er gab ihnen das Gefühl, besonders zu sein und das allein machte ihn zu einem guten Anführer. So hatte Willem sie eingesammelt, diese Kerle, die sonst vielleicht verloren gewesen wären und sie folgten ihm wie die Zauberlehrlinge einem Magier, begierig, von ihm Zugang zu jenem magischen Wissen zu erlangen, von dem man sich auf See erzählte. Es gäbe nur wenige große Meister der Meere, so die Mär in den Spelunken, den Seemannskneipen aller Häfen dieser Welt. Ganz wenige nur hätten die Macht, die alten Meeresgeister zu beschwören, ja in die Tiefe des Ozeans zu blicken, den Puls des Meeresherzens zu spüren, der alles bestimmte: die Gezeiten, die Untiefen und jeden Orkan, der die Schiffe verschlang. Willems Worte, die er den Männern mit rauchiger Stimme, leise aber deutlich, ins Ohr raunte, klangen für sie wie Zaubersprüche. Er spürte, wie etwas in ihnen erwachte: das Bewusstsein, gebraucht zu werden. Eine Aufgabe zu haben. Und der Gedanke keimte in ihnen auf, dass es in diesem Leben mehr als Gold geben müsse und das Unbezahlbare nur auf sie wartete.

Die Vorbereitungen für die Abreise dauerten zwei Wochen. Willem ließ die alte Ware entladen und das Schiff putzen, die Vorräte auffüllen, die Segel flicken, die Wäsche waschen und die Kojen herrichten. Er ließ sich den Bart stutzen und die Haare schneiden. Dann gingen alle an Bord. Er übergab seinen Leuten die selbstgemachten Schuhe und sie segelten los. Die Reise begann friedlich, der Wind stand gut. Willem spürte keine Harmonie, doch Respekt. Wenngleich es an Freundschaft unter den Matrosen mangelte, so war da doch ein Verlangen nach Erfolg, das die Mannschaft verband. Sie alle wollten die alte Welt sehen, von der sie nur gehört hatten und die Überführung von Amerika nach Europa war wie der Übertritt von einer Sphäre in die andere, ja eine Schwelle musste überschritten werden und Willem überkamen Zweifel, ob die Männer dazu bereit waren. Wie groß war ihr Wille zum Wachstum wirklich? Er versuchte es aufrichtig, ihnen die Geheimnisse des Meeres zu verraten. Zu jedem Einzelnen sprach er, wann immer es sich ergab. Er passte stille, einsame Momente ab. „Da, siehst du den Morgenstern?", sagte er zum Steuermann. „Er leuchtet heute heller als sonst. Was also kann das bedeuten?" „Ich weiß es nicht, Sir", antwortete der Steuermann. „So warten wir ab", sagte Willem und ging weiter. Er hielt den Küchenjungen an: „Da, hörst du das Murmeln des Meeres, das heute ängstlicher klingt als sonst? Was also kann das bedeuten?" „Ich weiß es nicht, Sir", antwortete der Küchenjunge. „So warten wir ab", sagte Willem und ging weiter. Er stellte sich neben den Bootsmann und sagte: „Da, siehst du, wie die Sturmtaucher fliegen? Sie fliegen viel tiefer als sonst. Was also kann das bedeu-

ten?" „Ich weiß es nicht, Sir", antwortete der Bootsmann. „So warten wir ab", sagte Willem und ging weiter.

Am nächsten Tag fragte er sie erneut, doch keiner
konnte Antwort geben. „Hast du denn darüber nachgedacht? Hast du denn zumindest versucht, das Zeichen
in deinem Innersten zu deuten?" Und dann, als er in fra-
gende Augen blickte, musste Willem erkennen, dass es,
um die Rätsel dieser Welt zu lösen, eben doch des Ver-
standes bedurfte und sich der Zauber der Welt nur jenen offenbarte, die Sinn und Geschmack für das Unendliche hatten. Willem hatte von allen Zeichen geträumt
und diese Träume hatten zu ihm gesprochen, unmissverständlich und klar. Da war der helle Stern, der ihnen
zu verstehen gab, selbst Licht in der dunkelsten Nacht
zu sein. Da war das Murmeln des Meeres, das ihnen
hieß, die Kräfte zu schonen, sich auszuruhen, denn
Schnee stand bevor. Da waren die Vögel, die unzähligen
Vögel, die nichts Gutes verhießen, nämlich Streit, Miss-
gunst und Meuterei. Doch wer nicht genau hinsah, der
konnte nichts verstehen. Wer nicht verstehen wollte,
der würde es nie tun. Willems Männer hatten Augen,
doch in dem, was sie sahen, erkannten sie nichts, nichts
Höheres, nichts Bedeutendes, sie blieben dem Gewöhn-
lichen verhaftet und so war und blieb er ihnen stets ein
Fremder und wurde ihnen schließlich zum Feind. Es begann im Nordatlantik. Nur noch wenige Wochen wären

es gewesen in diesem weiten Ozean, Willems Herz vernahm schon die Heimat und er betete für Frieden. Er wusste, Gebete wurden stets erhört, wenngleich nicht immer so, wie die Menschen es wollten. Immer stärker spürte er den Kriegstrieb in den Männern. Als er gerade zu Tisch saß, riefen sie ihn und pochten an seine Tür. „Captain! Komm raus!" Willem beendete sein Mahl, kämmte sein Haar, richtete seinen Kragen. Dann trat er vor die Tür.

Ja, er hatte davon geträumt. Ja, er hatte es geahnt, dass sie sich gegen ihn erheben würden, dass sie diese Meerespassage nicht aushalten würden, diesen weiten Weg in eine Welt, die ihnen so fremd, so unheimlich, so klein vorkam. Er ermahnte sich, dankbar zu sein. Dankbar dafür, dass sie es so weit geschafft hatten. Mit etwas Glück nur würde er überleben. Er bräuchte nur ein ganz klein wenig davon. Dann trat er vor die Männer. Es war Nacht, Wolken verdeckten den Mond, sie hielten Fackeln in den Händen. Der Leutnant sprach: „Willem, du bist ein Verräter! Du hast uns Magie versprochen, doch wir bekamen Regen, Hunger, Sturm und Entbehrung. Du hast von Geheimnissen gesprochen, doch wir bekamen harte Arbeit, Schwielen und wenig Schlaf. Geh freiwillig von Bord und erlöse uns von deinem falschen Zauber." Willem blieb stehen. Er blickte zum Himmel. Die Sterne. Das Rauschen. Der Wind. „Wer bin ich", sagte Willem, „mich selbst als Zauberer zu bezeichnen?

Das habe ich nie getan. Ich wollte euch die Sprache des Meeres lehren, doch ihr hörtet nicht zu. Keine Muschel, kein Fisch, keine Welle war euch wunderbar. Von keiner Strömung ließet ihr euch ergreifen, von keinem Fluss mitreißen. Hättet ihr offene Herzen, so wären euch beim Anblick der Schönheit dieser Welt die Tränen gekommen und eure Tränen wären in das Meer gefallen, wären ewige Tropfen im ewigen Ozean geworden. Hättet ihr reine Seelen, so hättet ihr gespürt, dass alles aus diesem Meer, dieser tosenden, schlummernden, wiegenden Mutter, entstammt und dass unser Schiff nur durch göttliche Gunst geduldet wird. Hättet ihr einen klaren Geist, so hättet ihr begriffen, dass jeder Windhauch ein himmlischer Atem ist, dem wir ausgeliefert sind und jeder Sonnenstrahl, der die Wasseroberfläche in ein Meer aus Diamanten verwandelt, ein Geschenk ist, ein unbezahlbares Geschenk, das sich niemand von uns in seinen kühnsten Träumen hätte ausmalen können. Wenn ihr die Schönheit nicht im Schrecklichen erkennt, so werdet ihr sie niemals sehen. Du beklagst den Regen, den Hunger, den Sturm, die Entbehrung? Sei dankbar für den Regen, er gibt dir zu trinken. Sei dankbar für den Hunger, er lässt dich genießen. Sei dankbar für den Sturm, er peitscht dich an. Sei dankbar für die Entbehrung, denn in ihr liegt die Demut und in der Demut liegt Gott. Sei dankbar für die harte Arbeit, denn in ihr liegt der Fleiß und im Fleiß liegt

Frieden. Sei dankbar für den Frieden, er beruhigt den Geist. Sei dankbar für den wenigen Schlaf, denn darin zeigen sich Träume und wenn du lernst, die Träume zu deuten, so siehst du dein Schicksal und nur wer dem Schicksal ins Auge sieht, der kann es bestimmen."

Willem überkam eine schwere Traurigkeit. Er hatte Hoffnung in die Männer gesetzt. All ihrer Grobheit zum Trotz war da etwas in ihnen gewesen, das ihm Mut gemacht hatte, sie mit seinen Botschaften erreichen zu können. Doch der Spalt zur Seele war verschlossen geblieben. Sein Herz klopfte, er hörte das Blut in seinen Ohren rauschen. Er schaute aufs Meer. Er blinzelte, denn er sah einen Berg, einen hohen, mächtigen Berg inmitten der Weiten des Ozeans. Willem hatte alle Meereskarten studiert. Er wusste, dass es in dieser Gegend keine Inseln, keine Berge, nichts gab außer Wasser, grenzenloses Wasser. Doch er sah diesen Berg ganz deutlich. Er ragte stolz aus dem Wasser empor und der Gipfel leuchtete Weiß, er war schneebedeckt. Willem verlor das Gefühl für die Zeit. Er stand einfach nur da und schaute auf diese Erscheinung. Ein Gefühl der tiefen Ruhe überkam ihn, er spürte Gewissheit und Vertrauen. Würde er sich jetzt ins Meer stürzen, er würde zu diesem Berg schwimmen und er würde ihn besteigen, bis hoch an den Gipfel würde er gehen und er würde seiner Mannschaft dabei zusehen, wie sie ohne ihn weitersegelte, ohne Plan, ohne Ziel, vor allem aber ohne Erkenntnis. Hatten sie wirklich nichts verstanden? War alle Mühsal vergebens? Willem war sich in dieser Welt von Anfang an fremd vorgekommen, hatte sich missverstanden gefühlt, so als wäre er der einzige Planet, der falsch herum um die Sonne kreiste. Doch er kreiste, immerhin. Er lebte, er atmete. Er existierte, so wie der Berg im Meer. Alles, was wir spürten, war echt. Alles, was wir ahnten, gewiss. Die Wirklichkeit konnte uns mehr täuschen als das Unbeweisbare. Unverändert ragte der Berg aus dem Meer, dieser schneebedeckte Berg, der nicht sein konnte und dennoch war. Der ihn lockte. Und Willem, der Leser der Welt, verstand. Er verstand, dass er überleben würde. Er verstand, dass er die Seefahrt beenden musste. Er verstand, dass es mühsam werden würde, ja dass ihn sein Aufstieg an die Spitze der Gesellschaft Kraft kosten würde. Er verstand, dass er ganz oben stehen würde, dass sie ihn beneiden würden. Dass er lieben würde. Stark wie der Tod. Für einen Moment nur ließ er sein Leben los und in der Sekunde des Fallens spürte er, wie getragen er war und seine Bestimmung empfing. Er hielt die Augen geschlossen, und doch sah er im Inneren weiter denn je. Er öffnete sein Herz, ließ all diese Männer ein in seinen leisen Kreis des Mitgefühls. Das Atmen. Die Stille. Die Angst. Ja, er hatte das Gefühl für die Zeit verloren, doch als er spürte, wie sie von ihm abließen, da wusste er, dass diese Vision, die ihm ewig vorkam, nur Sekunden gedauert haben konnte. Er sah, wie sie sich zurückzogen, wie ihr Zorn vom Wind hinfort getragen wurde und sich auflöste in nichts als eine Idee, eine Erinnerung an etwas, das doch nicht passiert war. Ja, eine Möglichkeit verflüchtigte sich in der Endlichkeit der Nacht, sie war zur Unmöglichkeit geworden. Die Gelegenheit zum Umsturz war vorbei. Er war der König, er blieb der König. Er fiel auf die Knie. Lange noch, nachdem kein einziger Matrose mehr an Deck war und sich ihre Wut in Einsicht verwandelt hatte, verharrte er so. Erst im Morgengrauen erhob er sich. Er ließ den Rädelsführer unter Deck einsperren. Bis zur Ankunft sah er das Sonnenlicht nicht.

Der Berg, den es nur für Willem gegeben hatte, war längst verschwunden. Nicht aber sein Abbild, das Willem nun in seinem Geiste trug. Die restliche Heimfahrt über sah er sich selbst, wie er diesen Berg bestieg. Er roch den Schnee, er malte sich aus, wie er unter seinen Füßen knirschte. Und dann, als sie in Amsterdam einliefen und der Junge, dem er die Sprache der Wale lehren wollte, zu ihm sagte: „Eines Nachts sangen die Bullen von Liebe", da wusste Willem, dass wenigstens ein Same aufgegangen und nichts umsonst gewesen war. Als alle an Bord blieben, verließ er das Schiff.

AMSTERDAM 1854.
DAS GELD.

Die Entscheidung, nicht länger zur See zu fahren, sondern Kaufmann zu werden, hatte Willem rasch getroffen und konsequent ausgeführt. Kaum von Bord, hatte er sich einen Anzug gekauft und sich auf den Weg ins Bankenviertel gemacht. Doch zu welcher Bank sollte er gehen? Er beschloss, es wie immer zu machen: sich von Zeichen leiten zu lassen, die Welt, die ihm ein Buch war, aufmerksam zu lesen und nicht an jenen Botschaften vorüberzugehen, die nur für ihn bestimmt waren. Und als er durch die Stadt lief und an der Twentschen Bank vorbeikam, da regte sich in ihm die Gewissheit, dass dieses Bankhaus sein Schicksal bestimmen würde. Das Gebäude war mit seiner quadratischen Architektur nicht unbedingt schön, aber auf eine aufregende Art imposant. Vor allem zog ihn die Statue an, die oben auf dem Gesims thronte: ein steigendes Pferd, kräftig, einem Schlachtross gleich, dennoch schwebend-leicht, die Mähne wie Sonnenstrahlen, der Schweif wie ein Wasserfall. Da waren sie, die Symbole, die ihn, den Seemann, bannten: ein Fisch unter dem Pferd und ein Ballen. Und als wären diese Zeichen des Seehandels nicht genug, so stand auch noch darunter: „Durch Kampf gestärkt". Das ist es, dachte Willem und trat ein. Er stand in einer hohen Halle, von deren Decke schwere Lüster hingen. Der Boden war im Schachbrettmuster schwarz-weiß gefliest, die Wände waren holzvertäfelt. Menschen standen in langen Schlangen an Schaltern, er hörte ihr dumpfes Murmeln. Er schaute sich das Treiben in der Bank eine Stunde an, dann war er an der Reihe und sagte der Dame hinter der Glasscheibe, er wolle den Direktor sprechen. Herrn Blijdenstein? Ohne Termin? Ja, ohne Termin. Worum es denn ginge? Eine Stelle? Er müsse sich bitte gedulden, der Herr Direktor sei sehr beschäftigt und überhaupt, ohne Anmeldung … „Ich habe Zeit", sagte Willem und setzte sich auf einen Stuhl vor dem Direktorenzimmer. Willem konnte warten. Er saß da und sah, wie sich Männer an ihre Taschen klammerten, als sie die Bank betraten. Manche tupften sich mit einem Taschentuch den Schweiß von der Stirn. Die Sonne stand schon tief, als Willem von Herrn Blijdenstein hereingebeten wurde. Er war ein untersetzter Mann mit Schnurrbart, dessen Blick zuerst auf seine Taschenuhr und dann auf Willem fiel. Er wolle also hier arbeiten? Warum er? Warum hier? Und ob er schon Erfahrungen in Bankangelegenheiten hätte? „Ich bin bislang zur See gefahren. Handelsmarine." Der Bankdirektor zog die Augenbrauchen hoch. „Als …?" „Kapitän." Das Ticken der Uhr. Der Geruch von Kaffee. Die Aktenstapel auf dem Tisch. Willem ergriff diesen kurzen Moment des Erstaunens, um zu erzählen.

Menschen investierten nicht in Waren, sondern in Träume und er könne Sehnsüchte erkennen und entfachen. In jedem Menschen schlummere ein tiefer Wunsch, der Wille zum Glauben und der Wert eines Unternehmens basiere nicht auf etwas Realem, sondern auf der Fantasie der Menschen, die daran glaubten. Um also das alles – er machte eine ausladende Geste – zu verstehen, müsse man nicht das Geld, sondern die Menschen studieren und das habe er zu Wasser und zu Land zur Genüge getan. Er könne beim ersten Blick erkennen, was ein Mensch wirklich wolle und am Ende ginge es zumeist um Anerkennung, die Sehnsucht nach Verewigung. Jene aber, die Befriedigung darin suchten, mit Geld die Nächstenliebe zu mehren, waren ihm die liebsten. All diese Wünsche nach etwas Höherem äußerten sich manchmal recht kompliziert, quasi verschleiert, und manifestierten sich eben im Materiellen. Aber egal, ob sich ein Mann mit all seinem Geld ein Haus bauen, ein Schiff kaufen oder die Welt bereisen wolle, es schlummere etwas Tieferes hinter dem Wunsch nach Geld. „Und ich", sagte Willem, „werde bei jedem Einzelnen herausfinden, was diese Sehnsucht ist. Ich werde wissen, in welche Waren sie investieren müssen, denn das Geld – diesmal klopfte er auf den Mahagonitisch – ist nichts anderes als ein Element. Seit meinem vierzehnten Lebensjahr war ich auf den Meeren dieser Welt unterwegs, ich habe die Sonne studiert und weiß, wann sie uns wärmt und wann verbrennt. Ich habe die Erde studiert und weiß, wann sie uns trägt und wann verschlingt. Ich habe das Wasser studiert und weiß, wann es uns am Leben hält und wann bedroht. Ich habe den Wind studiert und weiß, wann er uns antreibt und wann verweht. Es ist am Ende alles so einfach und nichts ist einfacher als Geld, es ist das Banalste, das es gibt und doch wird das größte Geheimnis daraus gemacht. Es geht mir nicht um den Reichtum, sondern darum, zu verstehen, warum ihm die Menschen verfallen. Das Geld ist die größte aller Verführungen und wie nur kann etwas Totes, Kaltes ohne Herz und Gefühl uns verführen? Ich will daran glauben, dass wir mit diesem Geld Gutes tun können und ich werde die Menschen finden, die dazu bereit sind." Die Uhr schlug zehn, die Sonne ging unter, Willem schwieg. Der Direktor stand auf, schüttelte ihm die Hand und sagte: „Dann morgen um acht."

Willem kam um sieben. Er schaute genau hin, musterte jeden einzelnen Kunden. Er erkannte, wonach sie wirklich suchten und verkaufte ihnen nur, was sie wirklich brauchten. Er lernte schnell, für wen das Geld einziger Lebenszweck und für wen es ein angenehmer Nebeneffekt war. Jene, deren Leben ohne Geld leer war, mied Willem, denn sie trugen nichts Inspirierendes in sich, konnten sich nicht aus sich selbst heraus erfüllen. Die anderen aber, die sich am Geld erfreuten, sich jedoch nicht danach verzehrten, waren ihm wertvolle Gesprächspartner. Willem unterhielt sich lange mit ihnen und optimierte ihre Investitionen. So schnell sich das Geld vermehrte, so schnell war er der beliebteste Mitarbeiter der ganzen Bank. Die Kunden wollten nur noch zu ihm, sie nahmen lange Wartezeiten in Kauf und Willem, der das Gebäude stets nur noch im Dunkeln verließ, konnte auch auf dem Nachhauseweg entlang der Grachten nicht aufhören, an die Geldflüsse zu denken, die er nun beeinflusste. Er rechnete in seinen Träumen, während des Essens und während er einkaufte. Der Moment, in dem sich ihm das Geheimnis der Finanzwelt offenbart hatte, war unerwartet beglückend für ihn gewesen. Er hatte wieder einmal etwas begriffen, es war, als wäre auf der ewigen Landkarte des Lebens ein weiterer schwarzer Fleck getilgt worden. Es passierte wenige Wochen, nachdem er seine Arbeit aufgenommen hatte. Durch die Tür kam ein kleiner Junge gelaufen, er hielt einen Luftballon in der Hand und war zu schnell für seine Mutter, die versuchte, ihn einzuholen. Das Kind lachte und lief durch die Halle, dann stolperte es über seine Schnürsenkel, fiel hin, der Ballon flog hoch an die Decke und Willem wusste nicht, ob der Junge schrie, weil er sein Spielzeug verloren oder sich die Knie verletzt hatte. Willem lief zu ihm, nahm sein Taschentuch und tupfte die wunden Stellen ab. Und wie ihm die Mutter aufgeregt dafür dankte, sich das Gebrüll des Kindes mit den Gesprächen der Kunden mischte und Blutspuren den Boden zeichneten, da verstand er, dass Geld nur Energie war. Nicht einmal eine besondere, heilige oder seltene Energie, nein, eine ganz durchschnittliche Energie, zu der jedermann Zugang haben konnte. Es war das Blut im Körper der Wirtschaft, die die Menschen ernährte. Wer produzierte, wollte gewinnen und das Streben nach Gewinn war eine der grundlegenden Triebfedern des Menschen. Alles wurde durch diesen Fluss des Geldes ermöglicht: Wohlstand, Bildung und – er sah wieder auf den kleinen Jungen – Gesundheit. Ja, am Ende war es Willem, der diese Energie mehrte und die Geldflüsse in die richtige Richtung lenkte, nichts anderes als ein Arzt. Damit war ein weiteres Rätsel im Leben gelöst und Willem empfand Befriedigung.

Binnen zweier Jahre war er Prokurist. Der Direktor genoss die Freiheiten, die er durch Willems Vertretungsmacht hatte und ließ sich immer seltener blicken. Willems Verantwortung bescherte Herrn Blijdenstein mehr Freizeit, die er zu nutzen wusste (man munkelte, er investiere nun vorliegend in horizontaler Körperstellung) und als sich eines Tages Herrn Blijdensteins Sohn aus London ankündigte, der die dortige Filiale leitete, da war es Willem, der ihn in Empfang nahm. Schnell kamen die beiden ins Gespräch. London? Wie schön, er kenne es von seinen Reisen, es sei ihm stets ein ganz besonderer Ort gewesen. Das Frühstück. Der Nebel. Der Tee. Ja, vor allem der Tee. War es nicht sonderbar, dass all jener Tee, den er aus China und Indien importiert hatte, erst in England seinen vollen Geschmack entfalte, ja es war, als würden die Blätter erst auf der Überfahrt zur Reife gelangen, um dann im britischen Wasser erneut und vollendet zu erblühen? In dem Moment, in dem das heiße Wasser die losen Blätter übergieße und sich ein schwarzes Muster zu bilden begann, das sich dann mit einem Tropfen Milch, besser noch Sahne, zum magischen Marmorbild verband, da erfülle ihn eine Ruhe und Muße, endlich könne er ungestört lesen, stundenlang könne er dann philosophieren, studieren und überhaupt kämen ihm beim Teetrinken die besten Geschäftsideen. Was denn Anlass dieses Besuches sei, wenn er fragen dürfe? Und so – wie gerne hätte er Scones und Earl Grey angeboten – erfuhr er bei Kaffee und Apfeltarte, dass Herr Blijdenstein Junior Verstärkung vor Ort suchte und jemanden aus Amsterdam, wo die Umsätze auffallend gestiegen seien, wünschte. Was denn das Geheimnis sei? Sein Vater rücke diesbezüglich nicht so recht mit der Sprache raus. Willem räusperte sich. Oh, sagte er, sich einen Mürbteigkrümel mit einer Serviette wegwischend, er könne ihm durchaus verraten, was das Geheimnis hinter dem Umsatz sei, es sei nämlich alles andere als mysteriös, lediglich das Resultat einer präzisen monetären Chirurgie, die der Liebe zur Gesundheit gewidmet sei. Er habe erkannt, dass der Organismus der Bank zwar nicht gänzlich krank, jedoch durchaus schon etwas, nun ja, bettlägerig war, als er hier seine Stelle antrat und er habe in den letzten Jahren herausgefunden, welche faulen Wunden man aus diesem Wirtschaftskörper herausoperieren musste, damit das Gute wachsen und nicht das Schlechte wuchern könne. Da habe es einiges gegeben – und er zählte auf, wie langsam die Transaktionen verliefen, wie schlecht die Kommunikation unter den Mitarbeitern und vor allem, wie wichtig die Einführung einer Band in der Halle gewesen sei. Der Londoner Abgesandte nickte, er habe sich schon gewundert, was denn diese Musik solle. Die Musik, sagte Willem, verändere alles. Seitdem die Band im Foyer spiele, stünde niemand mehr verkrampft in irgendwelchen Schlangen, nein, manchmal tanzten die Männer sogar, während sie warteten. Und der Alkohol in der Bar erst, der sorge für das letzte Quäntchen Mut, das es bei Investitionen brauche. Geld müsse fließen, tanzen, sich drehen und überschlagen. Überhaupt sei das Investieren hier zur Freude geworden, niemand fasse sich mehr nervös an den Kragen, sondern die, die hierherkämen, lockerten ihre Krawatten und feierten das Leben.

„Investition", sagte Willem, „darf kein Aderlass sein, es muss das Blut in Wallung bringen, den Puls beschleunigen, es muss Lust machen. Finden Sie nicht, dass Geld sinnlich ist?" Der junge Herr aus England sagte, er habe genug vom Kaffee, er wolle nun diesen heilsamen Effekt selbst beobachten und bat um einen Drink inmitten der Halle, in der die Musik spielte. Sie tranken einen Scotch, hörten das Lachen der Kunden und sie spürten das Geld, das in dieser Bank durch Willems Geschick Genesung erlangt hatte. Herr Blijdensteins Sohn klopfte Willem auf die Schulter. Dann sagte er: „Kommen Sie mit mir nach London."

DAVOS 1867.
DER ANSPRUCH.

Margaret langweilte sich. Wie krank ihr Körper auch war, sie hatte genug Kraft, um sich zu empören. Sie sagte zu ihrem Mann: „Wenn ich könnte, würde ich in Davos alles anders machen." Und sie begann bis zur Erschöpfung zu schimpfen: über die blitzartigen Wetterwechsel, die grantigen Menschen, die unbequemen Matratzen, die niedrigen Decken, die kleinen Fenster, den miserablen Kaffee, den noch schlimmeren Tee, den immer wieder vorbeiwehenden Geruch von Gülle und überhaupt: „Wenn man aus der weiten Welt in die kleine Welt kommt, so hat man nur zwei Möglichkeiten.

Entweder man versucht, die weite Welt zu vergessen und schließt durch diese Ausblendung Frieden – oder man infiziert die kleine Welt mit dem Gedanken, zur großen Welt gehören zu können und stiftet damit Unruhe. Ich bin mir noch unschlüssig, was in unserem Fall die klügere Wahl ist."

„Du willst die Davoser doch nicht mit einem Gedanken verführen und aus ihrem kleinen Paradies vertreiben?"

„Und wenn doch? Was wäre so schlimm daran, ihnen zu zeigen, was jenseits der Berge auf sie wartet? Wer sie sein könnten? Man könnte so vieles aus diesem Ort machen. Schau dich um, Willem. Diese Natur. Diese Berge! Wenn ich nicht so genervt von dieser himmelschreienden Primitivität wäre, wäre es, trotz allem, ein Traum."

Da betrachtete Willem seine Frau. Er sah die Unzufriedenheit und Verzweiflung in ihrem Gesicht und er wusste, dass er sie nicht davon abhalten konnte, trotzig zu sein. In der Wut lag eine Art von Leben – auch wenn es nicht die schönste Art von Leben war. Er konnte Margaret verstehen. Seit drei Wochen lag sie nun, eine strikte Verordnung von Dr. Spengler. Drei Wochen, so der Arzt, seien das Minimum und als Margaret sagte, sie habe nicht vorgehabt, insgesamt länger als drei Wochen zu bleiben, da sagte Spengler, das könne sie sich aus ihrem reizenden Kopf schlagen, er habe ihr sofort bei der allerersten Untersuchung angesehen, dass sie in ihren Gedanken schon wieder nach Hause fahre.

„Drei Wochen sind freilich fast nichts für uns hier oben." Sie würde schon sehen, dass es hier mit der Zeit eine andere Bewandtnis habe als dort unten, wo sie herkäme und er verstünde wirklich überhaupt nicht, warum alle diese verrückten Ideen von unten mitbrächten, in drei Wochen wieder nach Hause zu fahren, das sei ein solch flachländischer Irrwitz, vollkommen unmöglich sei das. „Stellen Sie sich auf ein halbes Jahr Minimum ein", sagte Spengler, und wie er die Worte aussprach, da zuckte Margaret zusammen, etwas in ihr kam zum Wanken, sie sah ihr Zeitgefühl gefährdet und fürchtete, sich diese lange Zeitspanne von sechs Monaten vorstellend, dass sie vielleicht ihre Begriffe ändern musste, um nicht verrückt zu werden.

„Willem, man hat doch nicht so viel Zeit", sagte sie zu ihrem Mann, der, noch schlimmer als sie, zum Stillhalten gänzlich ungeeignet war. Wie er sich auf der Terrasse umsah, da kamen ihm die Liegenden vor wie Tauchende, die nur deswegen ertranken, weil es ihnen unter Wasser zu bequem geworden war.

Als könnte sie seine Gedanken lesen, sagte Margaret: „Ich glaube, die Menschen hier sind gerne krank. Es ist einfach zu schön hier."

Sie schwieg als ihr Blick über die Berge schweifte und sagte dann: „Die Sache ist die: Man könnte es noch viel schöner machen. Aber dann würden sie vielleicht gar nicht mehr gesund werden wollen."

Willem war kein Arzt, er erlaubte sich nicht, offen an Spenglers Methoden zu zweifeln und war doch umso rastloser, je weniger die Therapie anschlug. Spengler, der jeden Tag zur Visite kam, beruhigte: „Erst akklimatisieren Sie sich mal", sagte er. Das allein dauere seine Zeit, drei Wochen seien hier oben wie ein Tag. „Sie werden schon sehen. Sie werden alles noch lernen." Ob Willem nicht einfach auch die Kur mitmachen wolle? Ein bisschen Liegen habe noch keinem geschadet, doch Willem dachte nicht daran. Je mehr Margaret lag, desto mehr bewegte er sich. Er erkundete die Gegend, machte Wanderungen, kaufte ein, denn er fand, dass die Verpflegung der Patienten nicht nur ungenügend, sondern eine Frechheit war. „Dr. Spengler", sagte er zu dem ihnen inzwischen vertrauten Arzt, „wie soll hier irgendwer genesen, wenn er dieses Essen bekommt?" Nicht einmal der Tee schmeckte nach Tee – ein Hauptgrund für Margarets Heimweh, denn das britische Wetter konnte es nicht sein. Nein, das Klima sagte der englischen Patientin von Tag zu Tag mehr zu. So viel Sonne hatte sie ihr ganzes Leben lang nicht gesehen und auch wenn sie begann, diese wertzuschätzen, so war sie dennoch nicht willens, die vielen Entbehrungen, die ihr diese Bergregion abverlangte, zu ertragen. Ob man denn nicht Orangenmarmelade, Earl Grey und Früchtebrot importieren könne, fragte sie. Spengler sah sie irritiert an und wieder dachte Willem, eine Bahn müsste man bauen, eine Bahn, die nicht nur Patienten, sondern auch Waren transportierte, die Luxus in diese Region brachte und dieses Hochtal glänzen ließ. Auch Willem war unzufrieden. „Sehen Sie, Dr. Spengler, meine Frau und ich teilen mit den Kurgästen – und vor seinem geistigen Auge sah er noch viel mehr Patienten, nämlich ganze Massen in die Berge strömen – den *Glauben* an Davos, doch das Raue, Ursprüngliche scheint uns, nun ja, Kultur vertragen zu können, finden Sie nicht? So manchem mag ein Bauernzimmer genügen, doch auf die *Dauer* – und hier erahnte er erstmalig, dass sein Aufenthalt die drei Wochen, von denen ständig die Rede war, tatsächlich um ein Weites überschreiten würde – können ein Bett, ein Tisch, ein Stuhl und ein paar Nägel an der Wand nicht der – und nun führte er ein neues, Spengler beeindruckendes Wort ein – *Anspruch* sein." Spengler schwieg und Willem fürchtete, er könne mit seinen Anmerkungen zu weit gegangen sein. Schon wollte er, aus Sorge, die Gefühle des Mediziners verletzt zu haben, einlenken und ein paar lobende Worte zu – ja wozu? – dem Wetter, der Sonne und der Luft sagen, doch dann räusperte sich Spengler. Der Lungenarzt fühlte sich durchaus angegriffen, doch war er klug genug, seinen aufwallenden Zorn für höhere Zwecke zu unterdrücken. Der Holländer war in der Tat der zivilisierteste Mensch, der ihm hier oben untergekommen war und er erinnerte ihn an sich selbst, an seine Anfänge, die hart gewesen waren und die er inzwischen zu verdrängen versuchte. Die Ankunft auf dem Leiterwagen. Die stundenlangen Märsche durch das Tal. Die Einheimischen, deren Dialekt er kaum verstand. Ihr Starrsinn, ihre Verbohrtheit, ihre unbeschreibliche Absonderlichkeit. Die gescheiterten Versuche, Menschen zu heilen. Er, der in Mannheim geborene Deutsche, der in Heidelberg Jura studiert hatte, wenngleich mit wenig Fleiß, er, der sich 1848 in den politischen Wirrungen verirrt hatte, sich von der Revolution inflammieren ließ und schließlich in die Schweiz (bloß nicht Amerika!) geflohen war, um dort seine Berufung in der Heilkunde zu finden (endlich war er da, der Feuereifer!), er war den Menschen hier oben lange fremd und ungeheuer gewesen. Der Landbevölkerung war jener ein guter Arzt, der Arm- und Beinbrüche behandeln konnte, er aber war in diesen chirurgischen Kunststücken wenig geübt, so dass seine Praxis zunächst leer blieb, die Stuben der Kurpfuscher jedoch voll waren. Erst langsam hatten sie sich ihm anvertraut, hatten erlaubt, dass er sie mit Wein zu kurieren versuchte (eine wenig erfolgreiche, den meisten jedoch nicht gänzlich unangenehme und deswegen nach wie vor von ihm fortgeführte Kur), hatten sich sogar im Kuhstall betten lassen, um in der dunggeschwängerten Luft zu genesen (hier stieß er jedoch auf Widerstand und erinnerte mit Grauen den Ausruf einer jungen Frau, die vom Heubett flüchtete: „Ich atme keine Scheiße ein!"). Spengler hatte nach dieser verstörenden Episode – die Frau war im Nachthemd durch Davos gerannt und hatte geschrien, er wolle sie verpesten – diesen Therapieansatz nicht weiter verfolgt, wenngleich er doch zugeben musste, dass ihn dies reute, denn wie gerne hätte er die These, Ammoniak sei Balsam für Schwindsüchtige und ein Schlaf im Stall mehr als nur ein Zeichen der Naturverbundenheit, nämlich eine Hingabe an die moderne Medizin, vertreten. Ihm hatte schon der Titel einer ihm, so träumte er, Ruhm einbringenden Publikation vorgeschwebt: „Kur im Kuhstall" sollte sie heißen, schlicht und einprägsam und er hatte vor allem mit einem Argument arbeiten wollen, dem archaischen Klang des „Muh", den die Patienten zum Anlass eines langen, die Lungentätigkeit stimulierenden Ausatmens nehmen sollten, ja sie sollten sich ätherisch einschwingen in das sich rhythmisch wiederholende Muhen der friedlichen wiederkäuenden Kühe. Das „Muh" war ja im Grunde nichts anderes als ein alpenländischer Urlaut, das „Om" der Alpen, und wenn es eben die Tiere wären, die die Menschen zum Atmen brächten, so wäre das fein für ihn, Hauptsache sie würden gesund. Als Ort der Erkenntnis wollte er

Chur angeben, die kleine geografische Mogelei würde man ihm gewiss verzeihen, denn so hätte er, ganz der eigenen Gewieftheit frönend, die elegante Alliteration noch erweitern können zu „Kur im Kuhstall zu Chur", wobei er sich gewiss war, dass diese etwas banaler als „Churer Kuh-Kur" in den Sprachgebrauch Eingang finden würde. Das könnte er verkraften, solange sie auf ihn zurückginge. Doch dieser Traum war zerschlagen und Spengler war schließlich zu dem Entschluss gelangt, der beste Arzt sei der, der wenig bis nichts tue und somit keinen Schaden anrichten könne, dafür die Selbstheilungskräfte wirken ließe. Er hatte sich dazu entschieden, die Natur machen zu lassen und selbst primär seinen medizinischen Habitus hinzuzugeben. Dennoch hörte er mit seinen Forschungen nicht auf und sah genau hin und dies mit Erfolg. Bei der Beobachtung der Lungenentzündung war ihm der Durchbruch gelungen, ja er hatte darin den Beweis für die Wirksamkeit seiner der Passivität zugewandten Therapiemethode erhalten: Am siebten Tag endete diese Krankheit im Allgemeinen günstig – und zwar eben ohne aktive Behandlung. Vor allem erschien ihm eines wichtig zu sein und diese Schlussfolgerung zog er aus der Tatsache der völligen Abwesenheit von Lungenerkrankungen bei Einheimischen, die das Tal niemals verlassen hatten: Kuraufenthalte sollten bestmöglich lebenslang sein, um die maximale Erfolgschance zu haben. Denkbar war seiner

Meinung nach auch der kumulative Aufenthalt. So hatte er beobachtet, dass jene, die das Tal geheilt verließen, bald schon wiederkamen, da sie im Flachland erneut erkrankten. Er ging insgeheim davon aus, dass dieses Hin und Her zwischen Erkrankung und Genesung maximal dreimal stattfinden würde, bis sich die Patienten zur endgültigen Übersiedlung in das Davoser Heilklima entschließen würden. Kurz: Es müsste doch allen zu bunt werden, das Tal zu verlassen, nur um woanders wieder zu erkranken. Dies hätte nicht zuletzt einen monetären Vorteil: Konnte er für Tagesbesuche 85 Rappen, für nächtliche Untersuchungen immerhin 1,70 Franken berechnen, so würde ein dauerhafter Aufenthalt viel mehr Möglichkeiten bieten – er dachte etwa an dreimal täglich stattfindende Visiten –, so dass er sein beschauliches Jahresgehalt von 600 Franken erheblich würde aufstocken können. Er widmete sich nicht nur der Beobachtung der Kranken, sondern auch der Meteorologie, die ja quasi die natürliche Medizin war. Ihn freute, dass hier oben das Wetter zwar kalt war, aber eben weniger kalt als anderswo in den Bergen oder sogar im Flachland. Das im Norden und Nordosten geschützte Tal war, daran bestand für ihn kein Zweifel, exponiert, zur Heilung erschaffen und er, Dr. Alexander Spengler, hatte dieses Potential erkannt.

Er musste es nur noch ganz ausschöpfen und nun, da er Willem Jan Holsboer gegenüberstand, den schon sein

Londoner Kollege Dr. Weber als „höchst anspruchsvoll,
oder anders gesagt, elitär" beschrieben hatte, dämmerte
ihm, dass die Zeit gekommen war, all dieses Potential
zu entfalten, er müsste es nur geistreich anstellen und
seinen eigenen Ambitionen erhöhen. Denn ja, ein Doktor zu sein war etwas Feines, vor allem hier oben in bäu-
erlich-bergigen Regionen. Er liebte diese Gegend, dieses
Idyll, das sich vor ihm hingoss wie ein Gemälde. Der
See. Die Weiden. Die Stallungen. 1500 Meter über Null
lag das Paradies auf Erden und er war der König des
Dorfes, angebetet von denen, die in den Betten lagen
und zu ihm aufblickten. Würde ihn der Holländer von
seinem Thron stürzen? Aber nein, Spengler zuckte und
spürte, dass es dumm wäre, diesen Mann zum Konkur-
renten zu haben. Wer Erfolg haben wollte, musste teilen
und anstatt sich dem Stolz seiner ärztlichen Unantast-
barkeit hinzugeben – Spengler ahnte, dass sich Holsboer davon nicht beeindrucken ließ – schluckte er und
sagte: „Natürlich, Sie haben recht." Damit war für diesen Tag die Visite beendet, doch ein erster Vorstoß in
eine gesundheitliche Allianz, eine wirtschaftlich-medi-
zinische Kooperation dieser beiden Männer, deren Ziel
die Anhebung des *Anspruchs* sein würde (und zwar, das
ahnte Spengler noch nicht, um Welten!), war getan.

Margarets Zustand indessen war unverändert. Seit ihrer Ankunft in Davos ging es ihr nicht besser und nicht schlechter und Letzteres war Willem ein Grund zur Hoffnung. Sie schlief viele Stunden lang, während derer er nicht anders konnte als das Dorf im Geiste zu gestalten. Er imaginierte, was man längst hätte tun müssen: ein richtiges Kurhaus bauen. Eines mit der Anmutung eines Hotels, nein, eines Grand Hotels und wenn er sah, wie Margaret nach vielen Stunden auf der Sonnenterrasse zurückkam in dieses Zimmer, das nach purem Elend, ja Tod aussah, da entschied er, dass er sie nicht länger hierlassen konnte. Es war ihr Wunsch, ihre Bedingung für das eheliche Zusammenleben gewesen, ein Zimmer für sich allein zu haben. Er hatte ihr in London eine ganze Bibliothek geschaffen und würde für sie hier zumindest das Bestmögliche suchen, das eben nicht das Strela, nein auf keinen Fall das Strela sein konnte. Sie war zu schön, als dass sie ohne Bühne sein durfte und wenn sie hier keine hatte, so würde er ihr eine bauen und er sah sie in einem langen Kleid eine Hoteltreppe herabschweben, in kleinen anmutigen Schritten würde sie die Stufen nehmen und der Mittelpunkt der Gesellschaft sein, wie sie es immer gewesen war. Ihr Lachen würde die Hotelhalle füllen und die Kristalle der Lüster zum Klimpern bringen. Er würde ihr ein Haus bauen, in dem all ihre Wünsche wahr würden, ein Märchenschloss. Sie bräuchte nur zu klingeln und all die Pagen würden ihr zu Diensten sein. Sie würde auf seidenen Kissen schlafen und auf Matratzen so weich wie Wolken. Jeder, der über die Schwelle trat, wäre sofort verzaubert und jeder Gast würde sich nach ihr umdrehen, so wie alle staunend über sie flüstern würden, über ihre neue Frisur, ihre neuen Kleider, ihren neuen Schmuck. Er würde die Glasfenster so gestalten, dass sich die Sonnenstrahlen in ihrem Haar verfingen und ihr Blond zum Leuchten brachten. Alle Gäste in seinem Haus – Barone, Musiker, Fürstinnen, Schauspieler – wären besonders, doch niemand wäre so besonders wie sie.

Ja, man bräuchte Gesellschaft hier oben, das Noble müsste das Primitive verdrängen und bei Gott, seine Frau, seine geliebte Frau, brauchte weniger Acker und dafür mehr Sitte.

An einem lauen Abend im Juni, als er die Hoffnung hegte, sie könne sich besser fühlen, sagte er zu ihr: „Wir sollten umziehen." Margaret nickte. „Ich suche uns etwas Neues, ein Haus, in dem du mehr kannst als nur liegen. Willst du nicht versuchen, etwas zu schreiben?" Dass sie aufgehört hatte, an ihrem Buch zu arbeiten, bereitete ihm Sorgen. Sie hatte ihn nie auch nur ein Wort davon lesen lassen. Sie sagte, sie habe Angst, ihn zu enttäuschen. Er wusste noch nicht einmal genau, wovon ihr Roman eigentlich handelte. Alles, was sie ihm ver-

raten hatte, war, dass es eine Geistergeschichte war –
und wenn es um Geister ging, verstand sie keinen Spaß.
„Wie soll ich das Unsichtbare beschreiben? Ich scheitere
bereits am Satz „Er verspürte einen kühlen Hauch.“

„Was ist denn falsch an dem Satz?“

„Du findest, man kann das so sagen?“

„Warum nicht?“

„Na gut. Aber das wollte ich in London schreiben.
Wovon soll ich jetzt schreiben, wo wir hier sind? Vom
Leid? Den Bergen? Viel lieber würde ich von Schiffen
schreiben, die einander verpassen wie Liebende, oder
vielmehr umgekehrt, von Liebenden, die aneinander
vorbeigleiten wie Schiffe in der dunklen Nacht.“

„Das ist eine schöne, wenn auch traurige Idee“, sagte
Willem und half ihr dabei, ihren vom Liegen schon
wunden Körper aufzurichten. Sie hustete. „Vielleicht“,
sagte er, „wird es einst viele Romane über Davos geben,
über das Kurleben, und vielleicht wird deiner der erste
sein.“

„Ein Buch macht aus etwas Hässlichem doch immer
etwas Schönes“, sagte Margaret. „Ich weiß nicht, ob das
gut wäre dieses Dahinsiechen, den Schmerz, das Sterben, den Tod zu beschreiben und so zu tun als wäre es
Kunst. Am Ende ist es nichts als eine dumme, banale
Krankheit. Schleim ist nicht romantisch. Sterben ist
nicht schön. Ein toter Körper ist nicht ästhetisch.“
Schweigend sah er sie an und hielt ihre kalte Hand.

Nach einer langen Pause sagte sie: „Hör nie auf von mir zu träumen."

Am nächsten Morgen lag Schnee im Tal, doch die Sonne war stark und mittags waren keine Spuren des nächtlichen Gestöbers mehr zu sehen. „Schnee im Sommer kommt hier oft vor", erklärte Spengler. Die beiden Männer gingen spazieren.

„Margaret kann nicht im Strela bleiben", sagte Willlem.

„Sie ziehen doch keine Heimreise in Erwägung?", fragte Spengler. An diese sei nicht zu denken.

„Natürlich ist das ausgeschlossen", sagte Willem, „wie soll sie nach Hause kommen? Ein Maulesel wäre noch besser als diese Kutschfahrt."

Als er Margaret erzählt hatte, dass er und der Arzt zum Spaziergang verabredet waren, da hatte sie gesagt: „Fangt bloß nicht an zu schwafeln." Denn eines dürfe in keinem ihrer Romane vorkommen: Flanierende Männer, die meinten, sie müssten der Menschheit die Welt erklären. Willem wollte keinesfalls ein solcher enervierend philosophierender Mann sein und so waren die Gespräche mit Spengler stets zielorientiert, dadurch jedoch nicht minder zugewandt. Die Herren mochten sich und näherten sich nicht nur einander immer mehr an, sondern damit auch einem gemeinsamen Ziel: Davos nach vorne, auf Vordermann nämlich, zu bringen, wenngleich sich beide einig waren, dass es hier viel zu tun gäbe, genauer gesagt müsste man – zumindest im übertragenen Sinne – Berge versetzen. Willem sagte, aller Anfang müsse mit Margaret gemacht werden, sie brauche eine neue Unterkunft, ein ordentliches Zimmer, ordentliche Kost, eine ordentliche Versorgung, eine Pflegerin müsse her, auch wenn er sich natürlich höchstpersönlich um sie kümmern würde, auch auf Spirituslampen würde er ihr geliebtes englisches Essen zubereiten, da sei sie am Ende gar nicht so wählerisch, vor allem Scones seien wichtig, doch es gäbe eben gewisse Angelegenheiten, für die ihm eine Frau besser erschien und überhaupt sehne er sich nach mehr Privatsphäre. „Dann ziehen sie zu mir", sagte Spengler, der die Begierden des jungen Kaufmanns verstand, unter dessen Augen inzwischen dunkle Schatten lagen. Spengler sagte, er habe eine Privatwohnung in seinem Haus, gewiss kein Luxus, doch besser als das Strela, und sie hätten eine eigene Küche. Das war für Willem ein entscheidendes Argument, denn gegen die Kurkost hatte er inzwischen einen solchen Widerwillen entwickelt (auch der Tropfen Cognac in der Milch konnte das nicht verbessern), dass er sich schwor, sollte er in diesem Ort, in Kurangelegenheiten je irgendetwas zu sagen haben, so würde er vor allem das Essen ins Visier nehmen und insbesondere müssten der Kaffee kräftig und der Tee malzig sein. „Abgemacht", sagte er und am nächsten Tag siedelten sie zu Dr. Alexander Spengler über.

Willem und Margaret fühlten sich in der kleinen Wohnung wohl und genossen den damit einhergehenden Sonderstatus, von dem sie meinten, er hätte ihnen von Anfang an zugestanden. Spengler schenkte Margaret mehr als die normale Aufmerksamkeit. Er schaute morgens, mittags und abends nach ihr (ohne dies dreimalig zu berechnen), doch sie wurde schwächer, der Husten stärker. Margaret wollte alles genau wissen. Warum genau hier Heilung möglich sei, was es mit der Davoser Luft und dieser Klimatherapie auf sich hatte. Das Atmen war für sie mehr als nur Sauerstoffzufuhr, mehr als eine mechanische Füllung der Lungen. Es war, wie sie sagte, die Seele selbst, die sich durch das Atmen bemerkbar machte. Sie blickte aus dem Fenster und auf die Berge. Sie hatte ihre Atemnot immer wieder zu beschreiben versucht, hatte jedes Wort abgewogen. Es sei wie ein Ertrinken, kein Ersticken. Als würden die Luftmassen zu Wasserwogen werden und ihre Lungen füllen, sie in den Abgrund reißen. Sie sprach oft und lange mit Dr. Spengler. Seine Visiten waren mehr als nur reine Krankenbesuche, es waren medizinische Fragerunden und Willem, der stets zuhörte, oft aber schwieg und die Neugierde seiner Frau bewunderte, ja ihre detailverliebte Wissbegier bestaunte, erfuhr dabei viel über die Hintergründe der Atemkunde. Der Davoser atme, so

Spengler, tiefer und langsamer als der Flachländer, was man besonders dann beobachten könne, wenn ein Flachländer und ein Davoser gemeinsam einen Berg bestiegen. „Dem Flachländer geht sofort die Puste aus, während der Davoser in Ruhe Pfeife rauchen kann." Der Arzt wurde nicht müde, Margarets Frage nach der medizinischen Wirkung des verminderten Luftdrucks – hier oben herrschte ein Barometerstand von 628 Hektopascal im Gegensatz zu 1013 in Meereshöhe – sowie des verringerten Sauerstoffgehaltes zu beantworten. Es schien ihr unlogisch, dass eine weniger sauerstoffhaltige Luft das Atmen erleichtern sollte. All das hier oben, die Berge, das Klima, die Atmosphäre, war laut Spengler jedoch ein einziger gigantischer Anreiz für die leistungsschwachen Lungen der Tuberkulosekranken – der Davos-Effekt eben. Erstens sei da die Erweiterung des Thorax und die Zunahme seiner Lungenkapazität. Je geringer der Sauerstoffgehalt in der Luft, desto mehr müsse man atmen. Mit der Tiefe des Einatmens werde das Atmen langsamer und das langsame Atmen sei eben wichtig, denn dadurch würde sich der Brustkorb nach und nach ausdehnen – ideal für die Lungenkranken. Zweitens sei da die Verlangsamung der Herzbewegung: Je weiter der Thorax, desto weniger müsse das Herz arbeiten – ein genialer Nebeneffekt. Drittens lobte er den positiven Einfluss auf den Gesamtorganismus, Alpenluft mache hungrig und müde – wer wolle nicht besser essen und schlafen? Während Willem dachte, dass aus besserem Essen gewiss Profit zu schlagen wäre, wollte Margaret sagen, dass sie vor allem eines nicht wollte, nämlich zunehmen. Husten war schlimm genug, fett sein und husten wäre unerträglich. Aber Spengler war in Fahrt und fuhr mit seinem Vortrag fort. Ein diesen Davoser Klima- und Druckverhältnissen ausgesetzter Körper würde zu neuer Leistung angespornt: bessere Blutzirkulation, besserer Stoffwechsel, ergo bessere Gesamtgesundheit. Margaret sagte: „Ich glaube es Ihnen ja, ich merke nur nichts davon." Da betrachtete der Arzt die Patientin, die er inzwischen ins Herz geschlossen hatte. Ihr blasses Gesicht. Ihr Husten. Ihr Fieber. Er blickte zu Willem und sagte: „Ich will Ihnen beiden nichts vormachen. Wären Sie früher gekommen, sähe vieles anders aus. Und Ihr Fall soll mir Mahnung sein. Wir müssen viel entschlossener vorgehen. Das Motto muss lauten: *Principiis obsta*! Wehret den Anfängen!" Er senkte die Stimme, ging im Zimmer auf und ab und murmelte, fast beschwörend, das Paar immer mehr in seine medizinischen Pläne einbeziehend, dass sich Patienten schon beim geringsten Anflug von Atembeschwerden ins Hochgebirge begeben müssten und damit nicht nur der Lunge, sondern auch den Nerven Ruhe gönnen könnten, denn diese Überreiztheit, diese nervöse Labilität, sei eine neue Volkskrankheit, die man nirgendwo besser heilen könne als hier in

Davos. Margaret richtete sich auf und sagte: „Ehrlich gesagt macht mich diese Ruhe hier oben ganz nervös. Darf ich Ihnen etwas sagen? Davos muss glitzern. Alles muss glänzen und leuchten und funkeln. Sie mögen mich als kranke Städterin sehen, doch wissen Sie was? Wenn Sie wollen, dass wahre Könige und Königinnen diese Märchenluft hier oben atmen, dann wird kein klappriger Liegestuhl als Thron genügen, nein, dann brauchen Sie Luxusläden an der Hauptstraße, um die große Welt zum Jubeln zu bringen."

Sie stellten eine junge Frau aus dem Dorf ein, Marie Büsch, die nach Margaret schaute. Marie war das völlige Gegenteil von Margaret: Sie hatte eine kräftige Statur, glattes, dickes, dunkles Haar, braune Augen, von der Sonne gebräunte Haut, die trotz ihres jungen Alters schon erste Falten aufwies. Sie mochte die körperliche Arbeit, scheute jedoch die geistige. Ihre Wangen waren von der Anstrengung stets gerötet. Sie kochte für sie, putzte, schüttelte die Betten auf. Jeden Tag musste sie Willem Bericht erstatten: Wie es Margaret erging, körperlich wie seelisch. Sie musste ihm alles sagen, was ihm entgangen sein konnte. Er mochte Marie und war dankbar für ihre Anwesenheit. Der Austausch mit ihr war inzwischen ein fester Bestandteil eines jeden Tages, den er nicht mehr missen wollte und er schätzte ihre

Beobachtungsgabe. Sie, die junge Bauersfrau, war gesund, das blühende Leben, sie brachte Hoffnung in dieses Haus, in dem eine, daran bestand nun kein Zweifel mehr, Totgeweihte lag. „Wie lange noch?", fragte Willem Dr. Spengler. „Zwei Monate, vielleicht drei."

Als Marie Büsch ihrer älteren Schwester Ursula von ihrer neuen, recht anspruchsvollen Anstellung berichtete – die Frau sei in der Tat sehr speziell, der Herr jedoch hocheindrücklich – da meinte Ursula, den unerklärlichen Zauber, der von den Holsboers ausging, zu spüren. Das ganze Dorf sprach schon davon.

LONDON 1865.
DAS UNSICHTBARE.

Es war Dienstagabend und Willem begleitete seine Frau zu ihrem spiritistischen Zirkel. Margaret wusste, dass er es nur aus zwei Gründen tat: Erstens hatte er Sorge, dass sie Okkultisten in die Hände gefallen war und wollte sich vergewissern, dass Margarets Unterscheidung zwischen Okkultisten und Spiritisten auch wirklich stimmte. Ihrer Erläuterung nach waren die Spiritisten die Guten unter den Sonderbaren: Das Okkulte war das Verborgene, im Verborgenen lag ja vieles, nicht unbedingt gleich immer Mystisches, doch erst die Spiritisten waren es, die diesem Verborgenen Sinn geben konnten, indem sie das Unsichtbare übersinnlich erfühlten und durch ihre außergewöhnlichen Fähigkeiten kommunizierten und damit sichtbar machten. Die Spiritisten brachten also Licht ins Dunkel, während die Okkultisten gerne weiter im Dunklen verharrten. Zweitens liebte er sie und weil aus dieser Liebe ein vollkommener Verständnisanspruch entsprang, war er bereit, sich wieder einmal von ihr verführen zu lassen – fort von dem, was ihm lag, hin zu dem, was ihn im Grunde nichts anging, diese Geistertheorie, die er eben für nichts anderes hielt als unhaltbaren Unfug. Denn auch wenn er Margaret einst in der Bibliothek gesagt hatte, er glaube an Geister, so hatte er dies doch in einer hochabstrakten Form gemeint. Nun aber wurde es recht konkret – und nahbare Geister waren etwas anderes als unnahbarer Glaube an etwas Unerklärliches. Er verspürte an diesem Abend eine starke innere Ambivalenz, wollte er sich doch einerseits vergewissern, dass seine Frau immer, selbst beim Ausleben dieser, nun ja, Eigenart, bei vollem Verstand war, andererseits war er entschlossen, die Augen so fest er nur konnte vor den sonderbaren Ereignissen zu verschließen, um seinen eigenen Verstand nicht zu verlieren. Sie hatten sich darauf verständigt, dass sie Willem nicht bekehren und er sie von nichts abbringen würde. Im Alltag praktizierte Margaret ihren Glauben, wenn überhaupt, nur niederschwellig (zum Beispiel ließ sie sich, wenn sie etwas verlegt hatte, beim Suchen von der „Energie des Gegenstands" leiten – meist mit

Erfolg. Als Willem sie einmal fragte, ob das jetzt die Geister waren oder doch eher Jesus – hieß es nicht auch in der Bibel, wer suchet, der findet? – hatte sie gelacht und gesagt: *„Spirits always organize."*[1] Am Dienstagabend allerdings besuchte sie mit großer Ernsthaftigkeit diesen Zirkel, den keines der Mitglieder je ausfallen ließ. Sie, die zehn Gläubigen, kamen wöchentlich zusammen, setzten sich in einen Kreis, riefen die Geister an, die, so Margaret, auch immer kamen, wenngleich nicht immer dieselben. Willem hatte so manches über solche Sitzungen gelesen und war überzeugt, es handle sich bei den selbsternannten Medien um Betrüger, Schwindler, Taschenspieler. Nur war da auch seine Frau, die immer wieder beteuerte: „Wenn ich es selbst nicht erleben würde, würde ich es auch nicht glauben." Und während Willem der Meinung war, man reiche dem Teufel den kleinen Finger, wenn man an all den Spuk glaube, sagte Margaret: „Wir nehmen nur die Hand, die Gott uns gibt und die die meisten Menschen nicht ergreifen."

Je näher die Sitzung rückte, umso mulmiger wurde ihm zumute, genau genommen meldete sich sein nervös werdender Magen, er empfand ein Zwicken und Drücken der Gedärme. Und wie er sein Herz klopfen spürte, da ahnte er, dass er schon längst in einer Art

---

[1] „Geister ziehen immer die Fäden."

Trance war, eingeleitet von Margarets ganz eigener Befähigung, ihn das Leben tiefer spüren zu lassen. Sie nahm seine Hand und küsste sie. „Danke, dass du mit mir kommst. Danke, dass du dich darauf einlässt."

Sie hatte sein Leben genau deswegen erotisiert, weil sie ihn dazu brachte, immer weiter in Unbekanntes vorzustoßen. Für einen Moment atmeten sie gemeinsam und ruhig in diese beginnende Nacht hinein. Dann wagte er sich in eine neue, geheimnisvolle Sphäre, über die ihm Maggie im Vorfeld drei Dinge gesagt hatte, erstens brauche er davor keine Angst zu haben, denn im Grunde käme in diesen ihn vielleicht zunächst befremdlichen Sitzungen nur das Allervertrauteste hervor, nämlich die eigene Seele, die durch längst von uns gegangene Seelen berührt würde. Zweitens brauche er auch den Tod nicht zu fürchten, denn er würde erleben, dass dieser nicht das Ende bedeute. Und wer das einmal verstanden habe, sei gegen alles gewappnet, was im Leben noch kommen könne. Und drittens sagte sie, die Intention bestimme den Ausgang aller Handlungen.

„Alle Geister, die wir rufen, kommen. So rufen wir nur die guten." Willem verzichtete darauf, es sich noch einmal anders zu überlegen. Vielmehr beschloss er, – sollte ihm der Spuk zu dumm werden und die Veranstaltung seinem Naturell nicht entsprechen, wovon er ausging –, die Zahlen des heutigen Tages gedanklich durchzugehen und damit diesem rätselhaften Unterfangen zumindest noch einen ökonomischen Mehrwert abzugewinnen.

Gemeinsam betraten sie das Townhouse in Mayfair, das ein Mitglied des Zirkels für die Treffen zur Verfügung stellte. Willem dachte, dass zu dieser nun erblühenden Bewegung offensichtlich viel Geld gehören musste, wenngleich ihm Margaret zuvor versichert hatte, dass hier nur eines flösse, nämlich die spiritistische Energie, keinesfalls jedoch monetäre Zuwendungen. Die Wände in der Empfangshalle waren holzvertäfelt, in Petersburger Hängung reihten sich Gemälde von Pferden, Ahnherren und Hunden aneinander. Im Salon waren die Decken aus Stuck, ein schwerer Holztisch war an die Seite verschoben, um Platz für den Kreis aus altrosafarben gepolsterten Stühlen zu machen. Immerhin, dachte Willem, würde er bequem sitzen. Es roch trotz später Uhrzeit nach Kaffee und Willem fragte sich, ob der belebende Duft nicht kontraproduktiv war und scheue Geisterwesen vertreiben würde. Solange er jedoch nicht dafür da war, um den Geruch von Toten zu neutralisieren, war ihm alles recht. Er nahm neben Margaret Platz. Jemand zog die schweren Samtvorhänge zu und löschte das Licht. Die Stille. Der Frieden. Die Dunkelheit. Nun folgten die sonderbarsten Stunden, die Willems Leben bis dahin aufzuweisen hatte. Wie sehr sich sein Verstand auch dagegen sträuben wollte – er berechnete gerade im Kopf den Ertrag der letzten

Textilimporte, als sich sein Magen zu entspannen begann und ihn ein wohliges Gefühl überkam – so machte seine Seele doch eine Erfahrung, die er nicht leugnen konnte.

Zehn Menschen saßen im Kreis und taten scheinbar nichts, doch eine solch dichte Atmosphäre hatte er noch niemals zuvor in einem Raum gespürt. Niemand sprach. Keine Taschentücher erhoben sich vom Boden und schwebten durch den Raum. Kein Geist materialisierte sich, keine Gipshände wurden gegossen. Und doch – es war verrückt, vollkommen unmöglich, grotesk, merkwürdig, heilsam und wunderschön. Er erlebte, dass dann, wenn scheinbar nichts passierte, am meisten vor sich ging. Er gab die Zahlen und Figuren in seinem Kopf auf, ließ los, gab sich dieser Kuriosität hin und sah das Unmögliche, das dennoch geschah. Er erkannte das Unsichtbare, das allgegenwärtig war. „Mein Gott, ich sehe!", dachte er sich. Zum ersten Mal empfand er bewusst dieses ewige Strömen und Fließen, das Margaret beschrieben hatte.

Hatte er zunächst eine Art leichte Seekrankheit, einen kurzen Schwindel und ein inneres Wanken empfunden, spürte er schließlich einen kalten Hauch, der zuerst seine Beine umspielte und dann an seinem Körper emporstieg. Der Luftdruck veränderte sich und ihm war, als zöge ihn etwas nach unten, sein Körper wurde schwer und warm und wonnevoll, so voll und ganz geliebt fühlte er sich, dass ihm die Angst, die er gehabt hatte, wie eine Lächerlichkeit vorkam, ein absurdes, peinliches Versehen. So sehr er sich insgeheim darauf gefreut hatte, einen Betrug entlarven zu können, so musste er erkennen, dass ein Betrug hier überhaupt nicht im Bereich des Möglichen war. Er hatte Verschiedenstes für möglich gehalten, aber nicht, dass er während dieser eigentümlichen Veranstaltung dem Weltgeheimnis ein kleines bisschen mehr auf die Spur kommen würde. Er empfand eine so tiefe Wahrheit wie nie zuvor, ja er erkannte, endlich und für immer, die Seele als letzte Quelle der Wahrheit an. Dann zündete jemand eine Kerze an, der Kreis löste sich auf und als Willem und Margaret wieder in die frische Luft nach draußen traten, waren zwei Stunden vergangen, ohne dass er gemerkt hatte, wie die Zeit verging.

„Was habt ihr da getan?", fragte Willem.

„Wir nennen es *in der Kraft sitzen*", sagte sie und spürte, dass er die Richtung ins Geheimnisvolle eingeschlagen hatte. Sie konnte fühlen, wie beseelt er war. Seine magische Wende hatte begonnen. An diesem Abend liebten sie sich anders als sonst. „Seit heute Abend lebt meine Seele ganz in dir", sagte er. „Einst werde ich Sternenstaub sein und du wirst mich einatmen und in jedem Einatmen werde ich dir Antwort geben," sagte sie. „Antwort worauf?"

Doch Margaret schwieg.

Drei Monate später kam sie nach einem Spaziergang nach Hause und sagte: „Ich bin krank." Und wie er sie ansah, da blitze für einen Moment der Tod in ihren Augen auf und Willem wusste, dass sie ein Wunder brauchten. Ein wahrhaftiges, unmögliches Wunder.

LONDON 1865.
DIE UNTERSUCHUNG.

Am nächsten Tag besuchte Dr. Hermann Weber sie zum ersten Mal. Der aus Deutschland stammende Lungenspezialist ging ins Schlafzimmer und untersuchte Margaret, die an die holzvertäfelte Decke schaute, so als würde sich diese dadurch auftun und irgendwer oder irgendetwas sie durch dieses Himmelsloch aus der unangenehmen Situation retten. Sie würde sich nie daran gewöhnen, dass ein Mann, der nicht ihr Ehemann war, ihren Körper erforschte, empfindliche Stellen abklopfte und in sie hineinhorchte. Sie errötete. Eine intime Grenze wurde überschritten und weder der Doktortitel noch der Arztkittel konnten das verschleiern. Was Margaret vor allem nicht verstand: Warum Ärzte stets krampfhaft darum bemüht waren, keine Gefühle zu zeigen. Sie brauchte kein Mitleid, doch sehnte sie sich nach Mitgefühl – zwei grundlegend verschiedene Dinge. Margaret hielt die ärztliche Professionalität für ein grandioses Täuschungsmanöver: Hinter der Rolle des Mediziners verbarg sich ein Mensch, ein Mann zumeist. Und dieser Mann, der sich nun über sie beugte, hatte bereits den Körper der Königin untersucht. Margaret stellte sich vor, wie er ihren Körper mit dem Queen Victorias verglich – Margaret fand die Königin weder schön noch schlank, genau genommen kam sie ihr fett wie ein Rebhuhn vor. Es gab ein Gemälde der jungen Victoria von Franz Xaver Winterhalter, auf der sie Margaret gefiel. Ihr halboffenes Haar fiel ihr über die nackte Schulter, eine Kette mit hellblauem Stein schmückte ihr Dekolleté, ihr Blick wirkte verträumt, vielleicht dachte sie an Torten, Kleider, Bälle – oder, noch wünschenswerter, an nichts. Wie schnell manche Frauen doch alt und hässlich werden, dachte Margaret. Ein früher Tod hätte wenigstens das für sich: dass sie jung und schön im Gedächtnis bleiben würden.

Der Arzt jedenfalls war mit Anfang vierzig schon eines der berühmtesten Mitglieder des *Royal College of Physicians*. Mit seiner akademischen Anmutung, er trug einen schwarzen Mantel aus Samt und hatte eine exzellente Körperhaltung, selbst in der Vorbeuge zog er die Schultern nach unten, überzeugte er Willem auf Anhieb. Dr. Weber schien ihm genau die Nüchternheit und Kompetenz an den Tag zu legen, die ihm wichtig war. Seine Frau hustete, sie war ganz offensichtlich erkrankt und nun musste ein Gegenmittel her, je schneller desto besser.

Weber wandte sich an Willem. Die Sache läge klar auf der Hand, Tuberkulose und zwar bereits jetzt fortgeschritten, doch er habe auch gute Nachrichten, denn er arbeite gerade an einer Veröffentlichung, sie handle von dem Einfluss des Alpenklimas auf dieses Lungenleiden und hier sei er zu erstaunlichen Ergebnissen gekommen. Denn die Tatsache, dass dieses bei Bewohnern höhergelegener Regionen kaum bis gar nicht vorkäme, sei keineswegs neu. Schon Dr. Archibald Smith aus Edinburgh habe diese Beobachtung in Lima gemacht, ja die peruanischen Anden seien ein höchst spannendes Forschungsfeld für diese Angelegenheiten. Gewiss sei nicht die Höhenlage allein ausschlaggebend, auch andere Faktoren wie der Grad der Sonneneinstrahlung oder die Nähe zu Gletschern und Seen, die Beschaffenheit des Untergrunds usw. spielten eine Rolle. Es sei vollkommen verwunderlich – hier erhob er, sehr zum Schrecken Willems, der Angst hatte, seine Frau könne dadurch beunruhigt sein, seine Stimme – dass die Europäer diesen eigentlich zur Gänze logischen und erfolgsversprechenden Behandlungsplan bislang völlig außer Acht gelassen hätten. Schwindsüchtige Patienten – und dazu gehörte nun, er bedaure dies sehr, auch Margaret – könnten allein durch die Verlegung in höhere Regionen kuriert werden, auch wenn dies, ja, er könne es verstehen, für den Laien zunächst nicht auf der Hand läge, da das Alpenklima freilich rau sei und gerade für zarte Konstitutionen wie die Mrs. Holsboers als feindlich erachtet werden könne. Doch das genaue Gegenteil sei der Fall. Es sei ein Vorurteil, dass die Kälte die Schwindsucht hervorrufe, wenn überhaupt trage diese nur *indirekt* dazu bei, indem sie Menschen dazu verleite, in schlecht gelüfteten Räumen zu verweilen. Hier warf Dr. Weber einen Blick auf die Fenster im Raum, die jedoch, sehr zu seiner Zufriedenheit, gekippt waren und in Richtung Park zeigten. Bewegen müsse man sich an der frischen Luft und wenn man seinen – *„Sie* verstehen das sicher, Mr. Holsboer" – *Verstand* benutze, dann könne man durchaus und vollkommen unzweifelhaft zu der Erkenntnis kommen, dass die Kälte der Schwindsucht *entgegenwirke*, indem sie die Atmungsaktivität erhöhe und die Ausdehnung der Lungen fördere. Willem wandte ein, dass es dem englischen Klima an Kälte, zumindest seiner Ansicht nach, nicht mangele, doch Dr. Weber insistierte. England sei nichts gegen die schneebedeckten Alpen! Habe er schon einmal einen Berg bestiegen? Das Schlagen seines Herzens in den schwindelerregenden Höhen gespürt? Es ginge nicht nur um die Kälte, sondern auch um die Beschaffenheit der Luft, die so rein wie nirgendwo sonst sei. Doch ja, auch dies ließe manchen europäischen Mediziner zweifeln und zögern, sie erschiene vielen zu dünn, als dass sie heilsam sein könne, doch er vertraue darauf, dass der Einfluss von ausgewähltem Alpenklima – und

hier könne ihn die Schweiz vollkommen überzeugen –
früher oder später anerkannt werden müsse. Klima sei
die Allmacht bei der Heilung von Tuberkulose, da sei er
sich sicher und mehr noch: Es handle sich eben um eine
heilbare, nicht um eine hoffnungslose Krankheit. Doch
ja, er gebe zu, da seien durchaus Schwierigkeiten, die er
ihm weder vorenthalten könne noch wolle.

„Herr Holsboer, es ist nun eben so, dass kein Zweifel
an der Heilkraft des Klimas besteht, es jedoch höchst
schwierig ist, einen geeigneten Aufenthaltsort für die
Kranken zu finden. Sie werden in den Schweizer Alpen
kein Haus wie Ihres vorfinden. Keinen Komfort, keinen
Luxus, keine Annehmlichkeiten. Es gibt keine Gesellschaft, keine Beschäftigungen und kein Vergnügen.
Wenn Sie fahren, muss Ihnen klar sein: Sie dringen ins
unerschlossene Nichts vor.“

„Meine Frau gibt sich jedenfalls mit nichts zufrieden“, sagte Willem. Da lachte Dr. Weber und bat, ah-
nend, dass diese Konversation eine längere werden
würde, um einen Tee. Willem küsste seine Frau auf die
Stirn, sie schloss die Augen, dann führte Willem seinen
Gast in den Salon, rief Tilly, das Hausmädchen, die Tee,
Gebäck und Whisky brachte und sie setzten sich ans
Feuer. Es gäbe da ein Tal, es sei noch wenig bekannt, es
läge auf einer Höhe von rund 5000 Fuß über dem Mee-
resspiegel, sei etwa elf Meilen lang, verlaufe parallel
zum Engadin, falls ihm das etwas sage, es gäbe einen

Bach namens Landwasser und da die Berge nur selten höher als neuntausend Fuß seien und *sanft* anstiegen, könnten die Sonnenstrahlen den größten Teil des Tages einfallen. „Glauben Sie mir, ein solches Licht haben Sie noch nie gesehen, es macht etwas mit den Seelen der Menschen, es erhebt sie!" Nirgendwo in diesem Tal – es sei das Davoser Tal, genau gesagt – sei jene Bedrückung zu spüren, die anderswo in Bergregionen vorzufinden sei. „Die Seele tanzt dort oben und das Herz atmet, es atmet wie nirgendwo sonst auf Erden." In Davos gäbe es zwei Gasthäuser, die, nun ja – er schaute sich im Salon um – seinen Ansprüchen gewiss nicht genügen würden, jedoch für den Durschnittsinvaliden durchaus annehmbar seien und er könne ihn an Dr. Spengler verweisen, einen ausgezeichneten Arzt, der sich den Leiden der Lunge mit großer Passion widme. Dort in Davos könnten die Kranken zu jeder Jahreszeit im Freien sitzen, im Herbst und Winter seien die klaren Tage sogar noch häufiger als im Sommer. „Raus, raus, die Kranken müssen raus und atmen!", sagte Dr. Weber. „Es ist eine unbestreitbare Tatsache, dass die Luft in Davos leichter, dünner, kühler ist und gänzlich frei von dem Gestank der Großstadt. Sie werden sehen, sobald Ihre Frau in den Alpen ist, wird sie besser essen, besser verdauen, sich insgesamt wohler fühlen."

Willem erwiderte: „Es ist nur so, Maggie will eigentlich nicht vor der Welt oder aus der Stadt fliehen. Eher im Gegenteil. Wenn sie könnte, würde sie sich in jedes nur erdenkliche Getümmel stürzen. Sie liebt den Trubel. Hauptsache, es leuchtet." Dr. Weber nippte am Whisky. Dann sagte er: „Es gibt da noch einen Nebeneffekt in Davos. Diese Atemnot, das ganze Ringen nach Luft – das kann auch eine nicht unangenehme aphrodisierende Wirkung haben." Darauf stießen sie an.

Während sich Willem und der Arzt an die konkrete Planung des Aufenthalts machten – Dr. Weber würde an Dr. Spengler telegrafieren, dass ein vornehmes Paar aus London eintreffe und Willem die Abreise vorbereiten – schlug Margaret in ihrem Schlafzimmer die Augen auf. Ob Dr. Weber sie schön fand? Schöner als die Königin? Mit einem Mal hatte sie das sichere Gefühl, dass sich jeder Mann in sie verlieben könnte.

DAVOS 1867.
DER TOD.

Margaret hatte schon immer Sinn fürs Unendliche gehabt, doch nie so sehr wie in ihren letzten Tagen, in denen sie nichts lieber tat als mit ihrem Mann aufs Wasser des Davosersees zu schauen, das von der Sonne glitzerte. „Es ist ein so besonderer Ort," sagte sie.

„Das sind die Berge", sagte Willem.

„Und die Geister. All die guten Geister."

Margaret starb an einem warmen Oktobertag. Auf den Gipfeln lag Schnee.

Eigentlich wollte Willem fliehen. Nur weg aus Davos – doch wohin? In London würde ihn alles an Margaret erinnern. Also wählte er statt der Flucht als Reaktion auf Margarets Tod den Angriff. „Ich kann nicht gehen, ohne ihr ein Denkmal zu setzen", sagte er zu Spengler. Sie gingen durch den Ort, marschierten immer wieder hin und her und suchten einen geeigneten Platz dafür. Der Arzt hatte den Holländer noch nie so gesehen: Er war rastlos, vollkommen überdreht. Um vier Uhr morgens ging das Licht in seinem Zimmer an und es brannte bis um Mitternacht. Er konnte den rasenden Puls am Hals des Freundes beobachten. Dunkle Schatten lagen unter seinen Augen. An der Poststraße, an der sie schon dreimal entlanggegangen waren, kamen sie schließlich überein, dass ein Denkstein passend wäre, und Willem ließ ihn dort errichten. Wenige Stufen führten zu diesem hinauf und Willem selbst pflanzte Lärchen und Sträucher drumherum. Er ließ eine Inschrift in Margarets Muttersprache eingravieren:

The magic of this mountain echoes the beauty of your soul.[2]

---

[2] Der Zauber dieses Berges spiegelt die Schönheit deiner Seele wider.

Und als dies vollbracht war – es war kurz vor Weihnachten – teilte er Spengler seinen Wunsch zur Abreise mit. Sie tranken in der Stube Veltliner.

„Sie wollen uns also tatsächlich verlassen?", fragte Spengler. „Zurückgehen nach London? Oder Amsterdam?"

Willem sagte: „Als ich mit meiner Frau hier ankam, da schwor ich mir, eine Bahn zu bauen, sollte sie überleben. Eine Bahn, die in dieses Tal führt. Wir träumten von einer goldenen Stadt. Von Glanz und Licht und Strom. Wissen Sie, was sie zu mir sagte? Dass man spürt, wenn man stirbt. Dass der Tod ein starker Sog ist, wie eine Welle, die dich unter Wasser reißt. Jetzt ist sie tot und für mich ist ihr Tod nicht wie Wasser, sondern wie ein Feuer, ein großes Feuer, das alle meine Träume niedergebrannt hat. Und ehrlich gesagt weiß ich nicht mehr, wo meine Heimat ist."

„Verständlich", sagte Spengler. „Vor allem nach so einem Verlust. Natürlich macht die Liebe die Heimat. Ohne meine Frau hätte ich mich hier in dieser Fremde auch nicht eingelebt. Ich habe mich ewig nur geduldet gefühlt. Ich sage immer: Germania ist meine Mutter, Helvetia meine Frau." Er begann von Elisabeth zu erzählen, die ihm dabei half, sich langsam in diesen weltabgeschiedenen Bergen heimisch zu fühlen. „Wenn mich mitten in der Nacht jemand rief, hielt sie beim Satteln das Pferd. Und dann wartete sie daheim mit einem frischen Kaffee auf mich." Er öffnete sich Willem wie nie zuvor, lobte Elisabeth, denn „machen Sie das mal, im Nachthemd in diesen eiskalten und stockfinsteren Stall zu gehen und ein Kaltblut, das schlafen will, in die Gänge zu kriegen", das sei eine Liebeserklärung der besonderen Art gewesen und überhaupt verdanke er ihr das Glück und die Ruhe, die er nun empfand. Er klagte aber auch über den hier herrschenden Mangel an intellektueller Inspiration. Er vermisse das Theater und geistreiche Vorträge, überhaupt sei ihm als Abwechslung zunächst nur die Jagd geblieben, doch was sei die Jagd gegen die Faszination des Schauspiels, gegen die Bretter, die die Welt bedeuteten?

„Maggie sagte zu mir, sie würde hier oben alles anders machen."

„Dann machen Sie das doch."

„Sie hätte nichts mehr davon."

„Vielleicht könnten Sie, indem Sie das Einfache und Anspruchslose verjagen, die bösen Geister aus Ihrem Kopf vertreiben."

Willem stand auf und ging ans Fenster. Es schneite seit drei Tagen und wie so oft in diesen Tagen spürte er einen kalten Luftzug. Die Fenster müsste man auch isolieren, dachte er. Er hörte nur halb zu, als Spengler davon begann, dass er ein Kurhaus bauen wollte. Allerdings gab er zu, dass ihm für solche Großprojekte das unternehmerische Talent fehlte. Er erinnerte an seinen

Vater, einen Lehrer, dessen Gehalt für seine vier Buben und fünf Mädchen nicht ausreichte und offensichtlich hätte er seine finanzielle Ungeschicklichkeit geerbt. „Ich habe ja immer bescheiden gelebt", sagte der Arzt, auch als Student habe er Brot, Butter und Käse nur in Raten abzahlen können, genau genommen kenne er keinen Wohlstand, doch nun sei er diesem permanenten Zustand der Entbehrungen überdrüssig, es könne doch nicht sein, dass er sich als führender Arzt von Davos immer noch mit diesem überschaubaren *Anspruch* begnügen müsse.

Marie, die sich nach Margarets Tod um Willems Haushalt kümmerte, kam und fragte, ob die Herren noch etwas bräuchten. Sie baten um eine weitere Flasche Veltliner und als sie ging, sagte Marie, sie müsse sich für morgen entschuldigen, ihre ältere Schwester Ursula würde sie aber vertreten, ob dies in Ordnung sei? Natürlich, sagte Willem.

Eine Katze sprang aufs Fensterbrett.

GELDERLAND 1844.
DIE KATZE.

Die Heimat war ein Gefühl, nichts als ein Gefühl, eine fast wehmütige Erinnerung an einen Zustand der Geborgenheit, der woanders nicht erreichbar war. Einmal als Kind, als Willem nachts nicht schlafen konnte, stand er auf, ging den Flur entlang und überhörte ein Gespräch seiner Eltern. „Verwöhne ihn nicht zu sehr“, sagte sein Vater zu seiner Mutter. „Sonst wird er zu weich.“

„Gerade die Zarten, Empfindsamen, Sensiblen braucht diese Welt,“ sagte seine Mutter. „Erinnerst du dich, als er mit drei Jahren sagte, er spüre den Fuchs im Wald? Er *hat* ihn gespürt, Matthias. Das Tier brach nur wenige Sekunden später aus dem Unterholz.“

„Genau das sorgt mich“, sagte sein Vater, „er wird alles spüren, den Schmerz, das Leid.“

„Und die Liebe, das Glück“, sagte seine Mutter, „auch das wird er spüren und weitergeben, in sich tragen und vermehren. Und es wird ihn stark machen, stärker als die anderen. Er ist am Ende doch ein Sonnenkind. Ein Sonnenkind des Lebens.“

Willem schlich zurück in sein Bett. Er sah seinen Atem. Eine Katze sprang auf sein Fensterbrett. Er öffnete die von Eisblumen verzierte Scheibe und ließ sie herein. Er streichelte sie, sie schnurrte und schlüpfte unter seine Bettdecke. Bald schon hörte er auf zu zittern und gemeinsam fielen sie in einen tiefen Schlaf. Das Tier. Der Mond. Das Herz. Das Gefühl der Heimat war für Willem ewiglich dieser Moment, in dem sich seine Eltern um ihn sorgten, während er in seinem Kinderzimmer mit einer kleinen Katze im Arm schlummerte, die ihm nicht gehörte, die aber ihren Weg zu ihm

gefunden, deren Seele die seine in dieser Nacht auser-
wählt hatte. Die Katze war weiß, weiß wie der Schnee,
der die Welt draußen in eine Winterlandschaft verwandelte, in der, so wollte er glauben, Wunder geschahen.
Bald schon war Weihnachten und als die Katze am
nächsten Morgen zurück in den verschneiten Wald lief,
da wusste er, dass er sie zum letzten Mal gesehen hatte,
sie ihn jedoch eines für immer gelehrt hatte: Dass es im
Leben nicht um ihn ging, sondern um die Berührung
zweier Seelen, selbst wenn sie noch so nichtig erschienen, wie die einer streunenden Katze und eines feinfüh-
ligen, wissbegierigen zehnjährigen Jungen. Diese kleine
Katzenseele hatte ihn durch eine kalte Winternacht getragen und die Wärme ihres weichen Fells war ihm zur
Erinnerung geworden – zur Gewissheit, dass er dem Leben vertrauen durfte, dass er in die Dunkelheit gehen
konnte und Licht finden würde. Dass alles, was er rief,
auch zu ihm kam.

DAVOS 1868.
DIE ENTSCHEIDUNG.

Jeden Abend führten Willem und Spengler Gespräche,
die sich immer um dasselbe drehten: Davos und das,
was man daraus machen könnte. Und jeden Abend saß
die Katze nun am Fensterbrett. Spengler gab zu, dass er
bereits mit dem Bau einer Kureinrichtung begonnen

hatte, doch es sei alles ins Stocken geraten, von vorne bis hinten reiche das Geld nicht aus, dazu ein durch das Steinfuhrwerk verursachter Straßenschaden, der nicht nur Fortschritt unmöglich mache, sondern zusätzliche Reparaturkosten verursache. Es fehlte schlichtweg an allen Mitteln. Willem wiederum haderte mit seiner Abreise und fand immer neue Gründe, zu bleiben. Der Schneefall zu stark. Seine Trauer zu groß. Die Kutschfahrt zu beschwerlich. Das Haus in London samt Hausrat verkauft. Sein Posten als Bankdirektor neu besetzt. Doch vor allem war da die Gewissheit, ja das tiefe Wissen, dass seine Aufgabe hier noch nicht vollendet war.

Willem war in den letzten Wochen den Tod seiner Frau und dessen Folgen immer wieder durchgegangen. Fakt war, ihr Körper war tot. Option 1: Ihre Seele war auch tot. Option 2: Ihre Seele lebte im Himmel weiter, schweigend, in ewigem Frieden. Option 3: Ihre Seele war mehr als nur lebendig – sie kommunizierte mit ihm. Obwohl er mit sich kämpfte, kam er zu dem Ergebnis, dass vieles für Option 3 sprach. Denn allen rationalen Überlegungen zum Trotz, hatte er ein entscheidendes Argument: Er spürte Margaret. Hier in Davos. Überall konnte er ihre Präsenz wahrnehmen. Ihm war, als legte sich ihr unsichtbarer Geist über die sichtbare Welt und sein inneres und äußeres Sehen überblendeten. Er empfand eine seltsame Form der direkten Kommunikation von Gedanken, ein Verstehen ohne Worte, reine Intuition, vollkommenes Gefühl. Das Wahre hinter den Dingen kam zum Vorschein und er spürte Margaret so, wie sie es ihm prophezeit hatte, in jedem Atemzug. Und damit spürte er ihren Willen, der sich in ihm zu verwurzeln schien und in Gedanken, Bildern, in Wünschen und Träumen zeigte. Ein inneres Drängen überkam ihn. Wohin auch immer er in diesem Schweizer Dorf ging, er sah, was es zu tun gab und was Maggie gemacht hätte und mit jedem Tag, da er seine Abreise hinauszögerte, vernahm er stärker seine Bestimmung, genau diese Visionen in die Tat umzusetzen.

Das Risiko dieser übernatürlich getönten Überlegungen war, dass sie nicht stimmten und er einer Illusion erlag; dass er, dem nun immerzu schwindlig war, einem Schwindel erlag; dass er sich im Rausch der Trauer selbst betrog; dass er nicht auf einem Felsen, sondern einem Gehirngespinst baute. Es kam also auf seine Entscheidung an und er fragte sich, was er davon hätte, wenn er sich dafür entschied, dass hinter all seinen ihn selbst irritierenden Impulsen *keine* höhere Führung stand. Er kam zu dem Ergebnis, dass ihn die Genugtuung der Ratio langweilen würde und ihm der Triumph der intellektuellen Deduktion zu wenig Erotik hatte. Denn wäre sie einfach tot und sonst nichts, bliebe ihm nur die Trauer in ihrer banalsten Form. Er würde einen vollkommen entzauberten, depressiven Gemütszustand erleben. Einen Schmerz ohne magischen Reiz.

100

Und in einem Geistesblitz kurz vor dem Einschlafen dachte er, dass dies nicht zu ihm passte und er nichts davon hätte. Er bereitete sich also auf die Ausführung seiner Entscheidung vor, dass Margarets Tod, der ihm der Inbegriff der Sinnlosigkeit war, für irgendetwas gut sein musste. Wenn er nicht ihr hatte helfen können, so vielleicht anderen. Ihr Sterben durfte nicht umsonst gewesen sein. Er erkannte, dass dieser Schicksalsschlag edler wäre, wenn er etwas Zauberhaftes an sich hätte. So entschied sich Willem Jan Holsboer bei vollem Verstand dazu, die Krise seines Lebens als magischen Höhepunkt anzunehmen, Maggies Tod eine ihn erleuchtende Kraft zuzuschreiben und seinem Dasein dadurch eine übernatürliche Dramatik zu verleihen.

Kurz: Eine neue, elektrisierende Spannung richtete ihn innerlich auf, ja der Gedanke an ein bisschen Übersinnlichkeit erregte ihn. Denn nun, da Maggie im Himmel war, vermochte er ein Stück dessen zu erahnen, von dem sie immer gesprochen hatte. Inmitten seiner tiefsten Trauer erwachte die größte Hoffnung: dass sie frei war und glücklich und dennoch bei ihm. Dass sie kein Leid mehr, nur noch Liebe spürte. Dass sie ihn lenkte und führte und er sich ihr nur hinzugeben brauchte. Wie ihm draußen alles dunkel wurde, da eröffnete sich seine innere Welt, deren Zentrum Margarets gleißende Liebe war. Nichts hatte sich an seinem Gefühl zu ihr verändert. Sie war tot, doch seine Liebe lebte und mit der Liebe kam Schönheit und mit der Schönheit kam Kraft.

Wie die Katze Willem durch das Fenster anstarrte, da dachte er, dass im Grunde doch alles ganz einfach war. Solange er seine Frau hier spürte, konnte er nicht weg. Also sagte er: „Alexander, mein Freund, es ist so. Ich kann Ihnen beim Bau Ihres Kurhauses helfen, ich kann Ihnen bei allen Geldangelegenheiten helfen."

Spengler richtete sich auf. Da lachten die Männer und besiegelten den Bund mit einem weiteren Glas Wein und Spengler beteuerte, er könne alles, seine ganze diätisch-klimatisch ausgerichtete Kurmethode, zu einer noch viel ausgeklügelteren, nämlich hochkomplexen Lungentherapie ausbauen, ihm fiele da schon jetzt vieles ein, das erst in entsprechendem Ambiente und mit gehobenem *Anspruch* möglich sei. Ihm schwebe da eine neuartige Dusche vor, die, so sein Gedanke, die Tuberkulose großflächig, nämlich von der Haut aus, angreife. Ja, sagte Willem, Reinlichkeit sei wichtig, überhaupt habe der Ort – und er dachte an die vom Kuhdung verunreinigten Straßen, die in Margaret Ekel ausgelöst hatten – etwas mehr Pflege nötig. Man müsse, damit der Ort erstrahlen könne, diesen zunächst reinigen, durch und durch hygienisieren, von oben bis unten saubermachen, schrubben und allen Unrat, ja, den ganzen

Mist wegräumen. Bis tief in die Nacht ersannen die beiden Männer ihren Plan von einem blühenden Davos, ein Mekka für Schwindsüchtige sollte es werden, ein völlig konkurrenzloser Wallfahrtsort für Lungenkranke, nicht nur im Sommer, sondern gerade auch im Winter. Sie beschworen die heile Welt, dieses Schweizer Idyll sollte ein privilegiertes Bollwerk gegen die moderne Hässlichkeit sein, das Gegenteil eines Lungenproletariats. Während der Rest von Europa verseucht war, sollte Davos, dieses immune, vor Kraft strotzende Tal, erstrahlen. Bildung, Kultur, Mode, Luxus, Sport, alles musste hierherkommen nach Davos, dem Ort, wo die Menschen gesund wurden. Dann, als es schon spät und die Flasche leer war, sagte Spengler in einem Anflug von Ernüchterung: „Das wird nicht leicht werden."

„Margaret ist dem Leben verlorengegangen", antwortete Willem, „doch es lässt sich, selbst nach intensiver Prüfung, nicht die Möglichkeit ausschließen, dass auch von einer Toten eine magische Wirkung ausgehen kann. Ich fühle mich wohl und behaglich bei diesem Gedanken. Sie werden sehen, Margarets Seele ist ein Magnet. Unterschätzen Sie die Magie der Anziehungskraft nicht. Die Menschen werden in Heerscharen zu uns strömen. Sie wird sie alle verzaubern."

TEIL II

ECHO

DAVOS 1868.
DAS HIERSEIN.

Schwerer als das Hiersein war das Ankommen. Als Willem das Ankommen hinter sich gelassen hatte und sich fortan aufs Hiersein konzentrieren konnte, fühlte er sich erleichtert. Die Trauer war noch da und damit die Schwere. Der Schmerz aber erinnerte ihn an Margaret und so lag ein seltsamer Genuss darin, den nicht jeder verstehen konnte, für den ihn aber so mancher insgeheim beneidete – der Holländer, so erzählte man sich, wolle bis in den Himmel bauen. Bis in den Himmel zu seiner toten Frau. Als Willem die Entscheidung getroffen hatte, dass er Davos nicht verlassen konnte, solange er Margaret hier spürte – und er erkannte sie immerzu, in jedem Windstoß, jeder Träne, jeder Schneeflocke – begann er, sich in diesem Tal nicht mehr wie ein Fremder zu fühlen und Pläne zu entwickeln. Diese Luft, in der Margarets Seele weiteratmete, musste berühmt werden. Sie war ein Lebenselixier. Er war überzeugt, nein, besessen davon, dass diese Davoser Luft eine steile Karriere machen konnte.

„Wir hier oben", sagte er zu Spengler, „müssen noch höher hinaus." Spengler hielt sich im Umgang mit seinem neuen Geschäftspartner an seine altbewährte Methode. So wie er wusste, dass man bei der Heilung die

Natur einfach nur machen lassen musste, so ließ er auch Willem gewähren – der Niederländer war wie ein Wasserfall, mitreißend, von archaischer Wucht, beängstigend und zugleich bewundernswert. Vor allem besaß er eines: Willenskraft. Spengler hatte schon vieles gesehen, doch noch niemals einen Menschen, der auch nur annähernd so genau wusste, was er wollte und wie er es erreichen würde. Willems Übereifer sorgte ihn mitunter. Zwar war Spengler kein Seelenzergliederer, der darauf beharrte, jede psychische Regung bedürfe der Analyse, dennoch kam er nicht umhin, über die tieferen Gründe für Willems Verhalten nachzudenken und hatte sich eine These zusammengereimt. Spengler dachte, all das unermüdliche Schaffen müsse Kompensation sein. Ein junger Mann ohne Frau musste überschüssige Energie haben. Die unterbewussten Begierden suchten sich andere Wege und Willems Drang, ein ordentliches und das erste richtige Kurhaus zu bauen, kam ihm zwar gelegen, jedoch mitunter unheimlich, zwanghaft und übertrieben vor. Mit großer Erleichterung sah er daher, dass sich Willem in letzter Zeit öfters im elterlichen Bauernhaus des Fräulein Büsch aufhielt – Marie war immer noch seine Haushälterin, doch war da auch Ursula Büsch, die ältere Schwester und man munkelte, es gäbe eine gewisse Anziehung zwischen den beiden, so dass Spengler inständig hoffte, Willem möge sich auf eine alte Weisheit besinnen: Ein Mann brauchte eine Frau. Besonders hier oben, hinter den Bergen.

Bei allem, was Willem plante und tat, hatte er eine Maxime: Es musste Margaret gefallen. Sie sollte stolz auf ihn sein. Sie sollte ihn bewundern. Er fühlte sich inspiriert. In seinem Geist etablierte er sie als seine unsichtbare Beobachterin. Solange er sie liebte, lebte sie – unsichtbar, doch spürbar. Er sprach nicht darüber, aus Sorge, man könne ihn für verrückt halten. Er handelte nur – und das erschien vielen wahnsinnig genug. Die Baupläne Spenglers hielt Willem zwar für nicht gänzlich verkehrt, jedoch zu bescheiden und überhaupt ging für seinen Geschmack hier oben alles schrecklich zäh voran. Willem dachte nicht daran, der Trägheit zu verfallen, zu der die Landschaft die Kranken einlud, er wehrte sich gegen die überall sichtbare Entschleunigung. „Alexander", sagte er zu seinem Freund, „die Ruhe der Berge mag schön sein, doch wir dürfen eines nicht aus den Augen verlieren: Die Kranken brauchen Ablenkung, Bespaßung, Unterhaltung!" Er hielt nichts davon, sich dem Nichtstun hinzugeben, auch Margaret sei das nicht bekommen. Langeweile sei nichts für ihn und Faulheit läute zwar nicht unbedingt den körperlichen, jedoch den geistigen Verfall ein. Wer wolle im Leben schon stagnieren? Entspannung sei gut, im Überfluss aber toxisch. Er investierte und auch wenn er den Bau immer noch für zu klein hielt – nur fünfzig Menschen hatten darin Platz – so war er doch ein Anfang. Als das „Curhaus Holsboer-Spengler" im Herbst eröffnete, zog Willem selbst dort ein, gemeinsam mit Ursula Büsch, seiner neuen Frau.

DAVOS 1868.
DIE EHE.

Liebte er sie? Nicht so wie Margaret. Und das Seltsame war, dass er Ursula überhaupt nur deswegen geheiratet hatte, weil er Margaret so sehr liebte. Willem war zur Selbstbeobachtung nicht nur befähigt, sondern es drängte ihn innerlich zur ständigen Reflexion und so war ihm bewusst, schmerzlich bewusst, dass diese rasche, fast überstürzte, in jedem Fall jedoch noch vor Vollendung des Trauerjahres vollzogene Neuvermählung, die er als Verrat an Margaret empfand, ein unvorhergesehener, jedoch notwendiger Weltbewältigungsakt war. Wollte er seiner verstorbenen Frau gerecht werden, wollte er ihr mehr als nur einen Gedenkstein errichten, sondern eine ganze Stadt erbauen, so brauchte er eine neue Frau, die ihm Halt gab. Margaret war Luft, Ursula Erde. Margaret trieb ihn zu Höchstleistungen, Ursula hielt ihn am Boden. Margaret sprach mit Geistern, Ursula verhandelte mit Metzgern, Bäckern und

Hufschmieden. Margarets Körper war so zerbrechlich wie der eines Vogels, Ursulas Oberschenkel waren muskulös wie die eines Kaltbluts. Margaret war undurchsichtig, geheimnisvoll, ätherisch, die körperliche Liebe mit ihr war ein sensibler Seelentanz, ein gemeinsames Atmen und gegenseitiges Ertasten. Wenn er Ursula berührte, so durchzuckte ihn eine andere Art der Lust. Der Liebesakt mit ihr war nicht weniger befriedigend, doch weitaus pragmatischer. Beide wollten – und darin machten sie sich nichts vor – zum Ziel kommen. Ursula würde ihm gesunde Kinder schenken. Das, was ihn am meisten zufriedenstellte, war, dass es funktionierte. Die Ehe mit Ursula war, auch wenn er es sich nicht eingestehen wollte, deutlich unkomplizierter als die mit Margaret. Ursula hinterfragte ihn nicht, sondern bewunderte seine Klugheit. Er musste sich ihr gegenüber nicht beweisen, sie stritten kaum, sie forderte ihn nicht heraus. Sie war, anders als Margaret, nicht anstrengend. Und ja, so lebte er ein neues Leben mit ihr, sie ermöglichte es, dass er, all seiner tiefen Trauer zum Trotz, funktionierte und das auf Hochtouren. Ursula war der Hafen, Willem das Schiff – und Margaret der Wind, der seine Segel aufblähte, ihn antrieb, ja anpeitschte. Manchmal, wenn das Wetter binnen Sekunden umschlug, die Sonne hinter den Wolken verschwand und die Vögel verstummten, da fürchtete er, dass sie zum Sturm werden konnte. Zum gespenstischen Orkan.

DAVOS 1869.
DAS WASSER.

Wieder fing Spengler mit der Dusche an. Sie saßen im Garten des Kurhauses und der Arzt wurde nicht müde, bei diesem Thema den immer gleichen schlechten Scherz zu machen, er sei nicht aus Baden geflohen, um dem Baden zu entfliehen, im Gegenteil. In letzter Zeit war er wie besessen von der Idee, dass die Dusche – neben dem Klima natürlich – das wichtigste Heilmittel überhaupt sein konnte. Er hatte exakte Vorstellungen, wie diese Dusche aussehen sollte. Um den gewünschten Effekt zu erzielen, sollte das Wasser der Brause kalt und der Wasserdruck hoch sein. Ein Kälteschock hätte große Wirkungskraft. Die Patienten würden dadurch schneller atmen, sich rasch an diese Kur gewöhnen, die, zumindest am Anfang, ohnehin nur wenige Sekunden lang dauern würde. Das Beste wäre das Gefühl danach: „Glauben Sie mir, sobald man die Dusche verlässt, fühlt man sich angenehm durchgewärmt und belebt, wie neugeboren."

Willem schwieg und lauschte den Ausführungen seines Geschäftspartners. Bei kalter Dusche dachte er an das Meer, an die Wellen, die bei Stürmen über die Reling peitschten und daran, dass er das nicht als Heilmittel, sondern als Übel empfunden hatte. Er überlegte, ob er Alexander darauf hinweisen sollte, dass seine Matrosen diese unfreiwilligen kalten Duschen sicher nicht als Kur empfunden, sondern sich dadurch oftmals erkältet hatten, doch er wusste, dass Spengler in dieser Sache geradezu unbeirrbar war. Die Haut, erklärte er, sei durch den Kältereiz gerötet und den durch das Aufschlagen der Tropfen vermehrten Blutzufluss gälte es noch weiter zu befördern, indem man sich nach dem Duschvorgang mit einem rauen Leinentuch kräftig abrubbeln sollte.

„Aber wer mag raue Handtücher?", fragte Willem. „Nehmen wir doch weiche Tücher aus Frottee."

Spengler schaute ihn an.

„Die Queen liebt diese neuen Tücher," sagte Willem.

„Aber wir sind in Davos", entgegnete Spengler.

„Wir könnten sie aus England importieren. Der Stoff kommt übrigens aus dem Orient, sehr weich, sehr komfortabel, Margaret hat ausschließlich Frottee benutzt."

Spengler zögerte. Er hatte gelernt, dass es nur zwei Wege gab, seinen Freund von einer Idee zu überzeugen: Erstens musste man damit Geld verdienen, und zwar viel. Zweitens, und das war weitaus wichtiger, musste es Margarets Ansprüchen posthum nicht nur genügen, sondern diese übertreffen. Er hatte sich daran gewöhnt, dass er seine Ideen nicht nur einem lebendigen Mann, sondern auch einer toten Frau, genauer gesagt einer toten Frau im Kopf eines lebenden Mannes, schmackhaft machen musste. Weil diese Kuriosität nicht nur niemandem schadete, sondern und, das musste er nach einigen Jahren Zusammenarbeit anerkennen, eine gewisse Qualität sicherte, hatte er nichts dagegen und gelernt, damit umzugehen. Ja mehr noch, das Wissen um diese kleine Sonderbarkeit seines Freundes verhalf ihm durchaus zu manchen argumentativen Erfolgen. Also sagte er: „In Ordnung, dann Frottee. Wir sollten unbedingt Kurse fürs Abtrocknen geben."

„Gymnastikübungen?"

„Natürlich", sagte Spengler, und hatte gleich noch einen neuen Einfall. „Das richtige Abtrocknen ist wirklich wichtig. Es regt den Blutkreislauf erst so richtig an. Wir sollten daher einen professionellen Frotteur einstellen. Das Ganze liefe dann so ab: Duschen, abtrocknen, spazieren gehen, bloß ein bisschen aufwärts, damit die Patienten nur ganz leicht ins Schwitzen kommen. Danach fühlen sie sich mehrere Stunden lang erfrischt, körperlich und geistig neu belebt, sie atmen leichter und tiefer, ihr Puls ist kräftiger, Appetit stellt sich ein." Überhaupt, die Patienten könnten dadurch Muskelkraft gewinnen, Gewicht zunehmen, besser schlafen. Und nicht zu vergessen: „Die Abwehrkräfte werden gesteigert. Du wirst sehen, keiner wird mehr erkältet sein." Wieder schwieg Willem. Dann sagte er den Satz, den Spengler nur zu gut kannte und der das Aus für viele Vorschläge bedeutete: „Maggie hätte es gehasst." Und Willem erklärte

warum: „Kaltes Wasser, sich von einem Fremden abtrocknen lassen – was meinst du, was hier für Schre-
ckensschreie zu hören sein werden." Trotzdem konnte
er der Grundidee von heilendem Wasser durchaus etwas abgewinnen, eine gute Geschichte sei das, die sich
wiederum in die große Erzählung der alpenländischen
Medizin einfügte. „Nennen wir es *sanus per aquam*",
sagte er. „Dann bekommt es schon gleich medizinisches
Gewicht." Die Abhärtung müsste ein heroischer Akt
sein – glorreich die Gestählten, genau, die Gladiato-
renassoziation müsse her – aber damit sich das Ganze
rechnete, müssten es schon mehr als nur ein paar Duschen sein. Er sagte: „Wenn, dann machen wir eine
ganze Badeanstalt daraus. So schön, dass auch die Gäste
anderer Unterkünfte kommen. Wenn keiner Schlange
steht, machen wir was falsch." Ja, so konnte er sich das
vorstellen. Doch vor dem Wasser kam das Feuer.

DAVOS 1872.
DAS FEUER.

Helene weinte. Willems Tochter war jetzt drei. Die offi-
zielle Version, dass sie eine Frühgeburt war, hatte keiner so recht geglaubt. Sie war schon ein halbes Jahr nach
der Hochzeit zur Welt gekommen, putzmunter und
kerngesund. Seitdem sie sprach und ihn offensichtlich
auch auf ihre eigene Art verstand, konnte er mehr mit

ihr anfangen. Solange sie gestillt und gewickelt werden musste, war die Beziehung zu ihr zwar zärtlich, aber auch zurückhaltend gewesen. Er liebte sie, hasste aber den Gestank von Windeln. Er hatte sie nach seiner Mutter genannt und meinte, dass sie auch tatsächlich nach ihr, sicher aber nicht nach Ursula, kam. Sie hatte, trotz Babyspeck, feine Gesichtszüge, ihre Haare waren dünn und blond und wenn sie lachte oder schlief, erinnerte sie ihn an eine kleine, strenge Elfe.

Jetzt kam sie auf ihn zu, Tränen und Rotz liefen aus Augen und Nase. Sie war auf der Eisbahn ausgerutscht und hingefallen. Mit dem Bau der Eisbahn, der ersten in Davos, hatte er begonnen, als Ursula schwanger wurde und pünktlich zu Helenes Geburt war sie fertig geworden. Er hatte sie im Garten des Kurhauses anlegen lassen. Ein Theater im Freien sollte diese Eisbahn sein. Seine Kurgäste waren die Zuschauer, die Eisläufer die Darsteller – er liebte Drama, und dieser Ort war wie gemacht dafür. Zuvor hatte es zum Eislaufen nur den Davosersee gegeben, auf den er so oft mit Margaret geblickt hatte und in dem sich, wenn das Wasser glatt war, nicht nur die Wolken, sondern auch die Berge spiegelten. Manchmal kam ihm auch der Himmel wie ein zugefrorener See vor, auf dem er, Schlittschuh laufend, mit seinen Kufen Spuren hinterließ. Im Traum aber war ihm der Himmel einmal bei einem hohen Sprung durchgebrochen und hinabgesunken war er bis an den tiefen

Grund, um von ganz unten nach dem Licht zu streben, das ihm von Maggies Liebe entgegenfiel. Sein Kind aber sollte niemals einbrechen und die Eisbahn war einerseits eine Sicherheitsmaßnahme, andererseits ein gutes Investment. Sie würde nicht nur für seine Tochter gut sein, sondern auch für die Gäste. Seit zwei Jahren gab es nun auch den Davoser Skating-Club und das Interesse wuchs stetig.

Jetzt nahm er Helene in den Arm, streichelte ihren Kopf, dann sagte er, sie beide müssten weiterarbeiten, sie auf dem Eis, er am Kurhaus und noch mit tränenfeuchten Wangen schickte er sie zurück auf die Bahn. Jedoch nicht ohne ihr den Gedanken mitzugeben, sie müsse sich nur in ihrer Fantasie vorstellen, wie sie auf dem Eis dahinglitte. So wie er sich nur vorstellen müsste, wie dieses Dorf von der Pflicht zur Kür überginge und dann könnte dieses Traumbild irgendwann die Leinwand der Wirklichkeit übermalen. Das Kind. Die Tränen. Ein Moment von Glück. Willem überließ seine Tochter wieder dem Kindermädchen.

Das Kurhaus entwickelte sich seit seiner Eröffnung gut – die Gästezahlen stiegen stetig, im letzten Jahr hatte er sogar einen neuen Flügel anbauen lassen und ein weiterer Trakt war fast fertiggestellt – doch es war ihm dennoch nicht genug. Es war zu einfach, zu wenig modern, es war nichts als ein besseres Strela. Hätte er es nur gleich von Anfang an planen können. Er aber war auf ein bereits bestehendes Projekt aufgesprungen und ärgerte sich nun täglich über das, was schieflief. Zum Beispiel die Sache mit der Dusche: Spengler hatte seine Idee verwirklicht, die Menschen standen sogar, wie er gehofft hatte, Schlange, doch Willem missfiel es, dass die Gäste erst einen langen Weg bis dorthin zurücklegen und teils bis zu zwei Stunden mit Warten verbrachten. Anstehen war das eine, Zeitverschwendung das andere. Er war sich sicher, dass man die Abfertigung verbessern konnte, wie so vieles. Aber es war, wie Spengler bei ihrer Ankunft gesagt hatte, die Zeit verging hier oben anders. Nur war Willem von einem überzeugt, Langsamkeit musste nicht gleichbedeutend sein mit Langeweile, denn – und das war eine Prämisse Willems – den Glücklichen verging die Zeit wie im Flug und er wollte die Menschen glücklich machen. Wie schön durfte Krankheit sein? Er hatte lange über diese Frage nachgedacht, die sich zusehends als moralisches Dilemma erwies. Margaret hatte freilich recht gehabt: Wenn aufgrund einer zu hohen Behaglichkeit die Genesung einer Vertreibung aus dem Paradies gleichkäme, so wäre der Wille zur Heilung gewiss nicht stark ausgeprägt.

Trotzdem war Willem zu der Überzeugung gelangt, dass Krankheit keine Zeitverschwendung sein durfte und die Kranken ein Recht darauf hatten, auch dieser schwierigen Lebensphase etwas Schönes abzugewinnen. Durch Margaret war die Zeit stets seltsam hindurchgeflossen und sie war auf ihre Art alterslos geblieben – so jung, zugleich so reif. Kein Augenblick ging ihr jemals verloren. Sie sagte, die Vergangenheit halle nach, die Zukunft rufe uns, doch nur das Hier und Jetzt sei entscheidend. Sie hatte ihn zu einem Gedankenspiel eingeladen: „Was, wenn du immer genau zum richtigen Zeitpunkt am richtigen Ort bist? Wenn du an keinem anderen Ort sein solltest außer hier? Würde das Leben sich nicht auf einmal sinnig und stimmig anfühlen?" Dann dachte er an die Kutsche, daran, dass er wünschte, sie hätte diese Strapaze der Anreise nicht erleben müssen und er dachte, vielleicht, ganz vielleicht nur, hatte er genau dies erleben müssen, um es anderen zu ersparen. Und er wollte anderen die Lethargie ersparen, die Margaret hier erleben musste. Er wollte die Monotonie des Krankseins unterbinden, wollte sie inspirieren, beflügeln und dafür bräuchte er mehr als diese Anbauten, im Grunde bräuchte er einen kompletten Neubau des Haupthauses. Willem stand vor dem Kurhaus, sein Atem bildete weiße Wolken in der Januarluft. Das Haus war bis unter das Dach mit Gästen gefüllt. Ein großes Fest müsste her. Davos müsste zur Bühne werden und wie er dastand, seinen Blick vom Haus ab- und den Bergen zuwandte, da bemerkte er zunächst den Trubel nicht, der hinter ihm ausbrach, bis die lauten Rufe schließlich unüberhörbar zu ihm vordrangen und ihn zum Umdrehen zwangen.

Die Menschen schrien: „Feuer! Feuer!"

Das Dach brannte. Dann brannte das Obergeschoss. Dann der Rest. Die Flammen. Der Rauch. Die Schreie. Und inmitten der Hitze bekam er Gänsehaut.

„Wir haben Glück, dass niemand gestorben ist", sagte Spengler. Sie standen vor dem, was vom Kurhaus noch übrig war, eine verkohlte Ruine. „Wir müssen die Gäste in den Anbauten unterbringen." „Die sind noch nicht ganz fertig", sagte Willem. Nie waren die Dinge schnell genug fertig. Doch es half nichts. Die Gäste siedelten um, das in Aufruhr versetzte Personal arbeitete auf Hochtouren und genügte damit endlich Willems Anspruch. Genau genommen setzten sie damit einen neuen Kurhaus-Standard, der im Ort schnell bekannt war. Im Kurhaus, erzählte man sich, schaffte man das Unmögliche. Es ginge nicht mit rechten Dingen zu, sagten die anderen. Dieser Holländer sei ein Beschleuniger, er könnte die Zeit verdrehen, von ihm ginge etwas Beängstigendes aus. Manche raunten gar, er stünde mit dem Teufel im Bund. Doch Willem ließ sich nicht beirren. „Das Mittagessen ausfallen zu lassen, um zu arbeiten, ist keine Sünde", sagte er und war der Meinung,

118

dass die Sonntagsruhe Interpretationssache war. Immerhin hatte er im Büro mehr Ruhe als im Wohnzimmer und deutete den Tag des Herrn auf seine eigene Weise um: In Ruhe zu arbeiten war sein Dienst an der Welt.

Die folgenden Nächte lag er wach. Er wollte seine Frau und die beiden Kinder – sein Sohn Willem war letztes Jahr zur Welt gekommen – nicht wecken, indem er sich im Bett hin- und herwälzte, also stand er auf. Auch sie wohnten jetzt im Anbau. Wenn die Kinder schrien, fürchtete er, die Wände könnten zu dünn sein und er schwor sich, beim nächsten Bau Wände zu errichten, die kein Treiben jenseits des eigenen Raumes hören ließen. Kindergeschrei war das eine, Lustgeräusche etwas anderes. Immer öfter mieteten sich Ehepaare ein und er hatte nicht überhören können, dass die Krankheit, genau wie Dr. Weber meinte, kein Hindernis für körperliche Zuwendung war. Liebeslaute, die aus fremden Zimmern in das eigene vordrangen, waren mehr als nur störend: Sie verschmutzten die Reinheit der Atmosphäre. Vor allem für die sittsamen, die frommen Patienten, wäre das aufgezwungene Anhören eines fremden Liebesspiels, das viele akustische Formen annehmen konnte – ein Ringen, Kichern und Keuchen – peinlich. Die medizinisch notwendige, kristalline Sterilität litt darunter und Willem grauste vor den beschämten Szenen am Frühstückstisch. Im Grunde genommen aber waren diese Wände sein geringstes Problem. Warum hatte es gebrannt? Seine Gedanken rasten. Ein Gast hatte eine Zigarre fallen lassen (seiner Meinung nach müsste das Rauchen ohnehin verboten werden, doch er war hier ja nicht der Arzt) oder eine Kerze war umgefallen. Irgendetwas in der Art. Aber dann war da dieses Gefühl, diese in ihm nagende Ahnung, die sich, je mehr er darüber nachdachte zur Gewissheit formte, nämlich dass es hier in der Tat nicht mit rechten, vielmehr verrückten, ja gar gespenstischen Dingen zuging. Zornig verwarf er diese Gedanken als Unsinn. Aber dann, als er meinte, sich beruhigt zu haben, schnellte sein Puls abermals in die Höhe. Da verließ er das Haus, ging durch die Nacht, er schaute in den Himmel, wie er es immer an Bord getan hatte und suchte nach dem Stern, der ihm Orientierung schenkte. Sein Atem ging stoßweise, wurde von der Unendlichkeit des Universums absorbiert. Er war nun außerhalb des Dorfes, stand am Fuße des Berges, den sie beide so geliebt hatten, weil er, so meinten sie, einen ganz besonderen Zauber verströmte und er schrie, so laut er konnte, seine Frage zum Gipfel empor: „Warst du das, Maggie?" Und als er im Echo seiner eigenen Stimme die ihre hörte, da wusste er, dass er *wollte*, dass sie es war, und das war ihm Antwort genug.

DAVOS 1872.
DAS HOTEL.

Willem wollte nicht nur ein neues Kurhaus bauen, sondern ein neues Davos. Er hatte sich daher für die Gründung eines Kurvereins eingesetzt und war nun seit einem Jahr dessen Präsident. Der Verein hatte ein klar definiertes Ziel: den Ort zu verschönern, weswegen er auch Verschönerungsverein genannt wurde. Es gab viel zu tun, den Fremdenverkehr befördern, Gehsteige bauen, den Straßenstaub beseitigen, neben den Spazierwegen müssten bequeme Bänke aufgestellt werden und überhaupt müsste man alles dafür tun, um zur Behaglichkeit und Annehmlichkeit des Kurlebens beizutragen. Für all das brauchte Willem Geld. Er hatte zwar vor dem Brand an seinen Gästen verdient, doch bei weitem nicht genug, um gleich ein ganzes neues, noch dazu größeres, schöneres Gebäude zu finanzieren. Alles kostete etwas und für einen kurzen Moment überkam Willem das schlechte Gewissen, dass er bereit war, diese Davoser Luft zu vermarkten, die Schönheit der Berge in Beschlag zu nehmen und die Aussicht, die doch eigentlich jedermann zustand, durch ein luxuriöses Hotelfenster gerahmt teuer zu verkaufen. Dann aber verscheuchte er diesen Gedanken, begann, seine Gewissensbisse umzudeuten und besann sich darauf, dass genau dies die

Kunst war: zu erkennen, welch heilsames Potential in dieser Landschaft lag und es so kunstvoll zu inszenieren, dass in den Kranken der Wille zur Heilung entstand. „Geheilt in Davos" musste der erstrebte Status werden, eine Art soziales Adelsprädikat. So schrecklich die Krankheit auch war, sie musste die Betroffenen erhaben und besonders machen. Erst wenn die Genesung teuer erkauft würde, würde sie wertgeschätzt werden. Nur wer dafür bezahlte, nahm ihre Kostbarkeit wahr. Kostbarkeit wiederum ergab sich aus der Seltenheit und dass dieser Ausblick, dieses Panorama, einzigartig war, daran hatte Willem keinen Zweifel. All dies musste einer Masse zugänglich gemacht werden, ohne dass es billiger Massengeschmack wurde. Ein schmaler Grat. Die Elite war ein kleiner Kreis, würde aber an diesem überschaubaren Ort viel Raum einnehmen. Er musste selektieren und Selektion ging über Geld. Wollte er Davos zur höchstgelegenen Stadt Europas machen, so musste er es schaffen, das Bergidyll von der bäuerlichen Primitivität zu befreien, ohne dabei das ursprüngliche Naturparadies zu zerstören. Das alpenländische Bauernleben musste den reichen Gästen zur Kulisse für die Illusion der eigenen Grandiosität werden. Willem konnte sich keine erhabenere Szenerie vorstellen als diese Gipfel, von denen eine Zauberkraft ausging, die ihm bis heute unerklärlich schien. Wenn die Patienten schon liegen mussten, so sollten sie wenigstens großes

Theater erleben und Willem war bereit, selbst ein großes Drama um die Weiterentwicklung dieses montanen Bühnenbildes zu machen, das seiner Ansicht nach nicht mondän, sauber und umwerfend genug sein konnte. Das aber ging nur mit hohen Preisen und so erhob er erstens eine Kurtaxe und verbündete sich zweitens mit den Basler Banken, denn Spengler hatte recht gehabt, die Davoser waren ein stures Volk und eines gaben sie nicht gerne her – ihr Geld.

Willem, Ursula und ihre beiden Kinder lebten inzwischen im Hotel Rhätia, das Willem gemietet hatte – eine langwierige Zwischenlösung, bis das neue Kurhaus fertiggestellt war. Das Rhätia war seine Art Basislager – zumindest im übertragenen Sinne sah er sich als Alpinpionier. Hier kam ihm auch die Idee mit der Kurtaxe, die ihm in diesem Jahr 909,53 Franken eingebracht hatte. Nicht genug, nicht einmal annähernd, aber immerhin ein Anfang, um Davos zu sanieren. Um seine Idee des neuen Kurhauses umzusetzen, brauchte er jedoch viel mehr Geld, denn dieses Kurhaus sollte vor allem eines werden: ein Grand Hotel. In einem waren sich Alexander und er einig, der Aufenthalt in Davos musste zum Verweilen einladen und das konnte nicht in einer biederen Krankenstube passieren. Man sagte, man erfahre das Gefühl märchenhafter Verwunschenheit nur unterwegs. Willem jedoch war der Ansicht, dass es genau andersrum war: Dort, wo die märchenhafte Verwunschenheit erreicht war, wollte man verweilen. Die Sehnsucht danach war die Lockung, der Impuls zur Reise, doch das Ankommen, das körperliche wie seelische, ermöglichte nur ein Ambiente, das zum Träumen einlud. Willem war bereit, ein solches Refugium der Träume, eine Traummanege, zu erschaffen. Es sollte das durch und durch *Andere* sein – es sollte das ganze rastlose Europa anziehen. Die Menschen sollten hier zur Ruhe, wenngleich nicht zum Stillstand kommen. Kranke sollten zu willkommenen Gästen werden und hier oben königlich logieren. Indem sie für alles Zeit hätten, würde die Zeit verfliegen und sich ein neues, ungewohntes Zeitgefühl einstellen, in dessen Mittelpunkt die Kostbarkeit einer jeden Sekunde stand. Sie sollten so viel Zeit hier verbringen, dass sie schließlich fürchteten, jeder Augenblick dort unten, jenseits der Berge, sei verloren. Ja, verzaubert sollten sie werden, verzaubert von diesem Tal, in dem er, Willem Jan Holsboer, nun das fortschrittlichste aller Gebäude errichten würde.

Er sah Margaret vor sich, sah sie in ihrem schönsten Kleid, es war gelb, hochgeschlossen, bodenlang, hatte ein florales Muster, wie immer waren da die Blumen, nichts als Blumen um sie herum, und er sah sie, wie sie durch diesen Prunkbau ging. Sie wäre in diesen prachtvollen Wänden sicher und würde immer alle übertrumpfen und den Neid der anderen Frauen auf sich ziehen. Sie alle würden mit ihr wetteifern wollen und so wäre dafür gesorgt, dass jeder stets sein Bestes gab, sich in sein bestes Gewand hüllte und sich noch mehr darum bemühte, manierlich zu sein. Jeder würde ihr und diesem Haus erster Klasse verfallen, von der ersten Sekunde an. Wenn sie doch nur noch lebte, wenn sie dies erleben könnte. Er hätte die Welt zu ihr geholt. Ja, dies musste der *Anspruch* sein: Die große weite Welt in *sein* Haus zu holen. Wie Maggie es geliebt hätte! Wie sie die Gesellschaft geliebt hatte, wie die Gesellschaft sie geliebt hatte! Er erinnerte sich an ihre wissenden, auffordernden Blicke, die sie ihm, wann immer sie auf Banketten, im Theater oder beim Afternoon Tea geladen waren, zugeworfen hatte. Sie hypnotisierte und nicht selten hatte sie an solchen Abenden ein ganzer Kreis von Männern umgegeben, die ihr gespannt lauschten, jedoch, aus Furcht, ihr nicht gewachsen zu sein, sie niemals zur Frau gewählt hätten. Nein, Margaret war *seine* Frau gewesen und dieses Hotel, dieses neue Kurhaus, musste ihr gefallen in jedem noch so kleinsten Detail. Er stellte sich Margaret im großen Salon vor, wie sie, ein Buch lesend, die Atmosphäre im Raum mit sinnlicher Intelligenz gefüllt hätte. Man müsse, hatte sie während ihrer Flitterwochen in Venedig gesagt, die Kunst beherrschen, einfach nur zu sein, nichts zu tun und dabei anmutig zu erscheinen. Ja, wenn das Nichtstun mit

Anmut gepaart sei, so sei es eine hochanspruchsvolle Daseinsform und gerade auf Reisen, wenn man fremden Menschen im Hotel begegne und sich, nur aus der Beobachtung kurzer Szenen am Esstisch oder in der Lobby, ihr gesamtes Leben ausmale, könne man darin zur Perfektion gelangen. Der Blick auf die Touristen, der Blick auf den Canale Grande, all das war schön gewesen, doch es sollte nichts sein, nein nichts im Gegenzug zu dem Panorama – gesellschaftlich wie geografisch –, das Willem mit seinem Haus würde bieten können. Der buchstäbliche Gipfel sollte es werden, denn eine schönere Landschaft als diese – er schaute auf die vom Nebel umhüllten Bergkronen – konnte sich auch niemand in der Fantasie erträumen. Ja, Margaret hatte recht gehabt, es war ein so besonderer Ort und er würde nicht nur ihn verzaubern, sondern die ganze Welt. Von allen Ländern würden sie zu ihm strömen, Ansichtskarten würden sie schreiben und die Bilder von Davos würden um die Welt geschickt werden. Er brauchte Fotografen hier oben, die alles – die Berge, sein Hotel, den See – in Szene setzten. Er würde bauen und diesen Ort nicht nur erfinden, sondern für die ganze Welt ausstellen. Musik musste es geben, Theater, Tea Parties, Champagner, Vorträge, er sah alles schon vor seinem inneren Auge und während er hinter der Bühne die Fäden zog, jede Szene, jeden Auftakt, jede Regieanweisung plante, konnte er es nicht erwarten, bis sich der große Vorhang endlich öffnen würde und das Drama beginnen konnte, von dem er wusste, es hätte Maggie nicht groß genug sein können. Das neue Kurhaus musste viele Zimmer und hohe, schicksalshafte Räume haben und dann, als er nochmals die Zacken des Gebirges betrachtete, kam ihm der Gedanke, dass es sich, wenn es wirklich hervorstechen sollte, nicht allzu organisch in dieses geografische Auf und Nieder einfügen durfte, sondern ein provozierender Fremdkörper, ein spektakuläres, fremdartiges Gebilde werden musste. Dies vor allem durch einen ästhetischen Kniff: einem Flachdach. Was wäre inmitten der Berge provokanter als dies? Auf See hatte er gelernt, mutig zu sein. Und so hatte er den Mut zu diesem architektonischen Kastrationsakt und auch den Mut, erneut mit seinen Basler Geldgebern zu verhandeln. Er wusste, dies würde nicht leicht werden. Denn auf See hatte er zudem gelernt, dass es Sicherheit nicht gab. Die Banken indes wollten genau dies: eine Garantie, dass sich ihre Investition in diesen Holländer auszahlte. Alles, was er ihnen jedoch geben konnte, war seine Idee.

Vor der Reise nach Basel hatte er schlecht geschlafen. Die Basler waren zwar keine Bündner, doch das Geld saß in diesen Tagen bei niemandem locker, erst recht nicht in den hohen Summen, die er brauchte. Auf der Fahrt nach Basel ging er immer wieder durch, was er sagen würde. Und schließlich, als er die Bank Sarasin betrat und vor seinen Geldgebern stand, die vor dem großen Brand in seinem Haus zur Kur gewesen waren, da stockte er kein einziges Mal, sondern begann, jedes Wort laut und deutlich aussprechend, zu erklären, dass nicht jedem jede Geschichte passiere, doch er dafür sorgen werde, dass sich in Davos die *besten* Geschichten abspielten, denn nur das Gründliche sei wahrhaft unterhaltend, daher müsse er eben alles gründlich anpacken, das sähen sie doch gewiss auch so? Die Finanzleute stutzen, steckten die Köpfe zusammen und raunten sich etwas zu. Dann aber, als sie erkannten, dass dieser Mann nicht aufgeben würde, bevor er ganz oben angekommen wäre, willigten sie ein. Sie setzten vielseitige Verträge auf und beschafften ihm alle nötigen Mittel.

Und somit fing er an.

DAVOS 1873.
DIE ERÖFFNUNG.

Ursula war wieder schwanger. Als er ihr von seinen Plänen erzählt hatte, hatte sie ihn verständnislos angeschaut. Ein Flachdach? Und dann auch noch diese seltsame, sich wie ein Karussel drehende Tür? Insbesondere über diese ungesehene Türkonstruktion hatten sie gestritten, denn Willem sagte, gerade diese Tür sei doch der Eintritt in eine neue Welt, das ganze Leben würde sich dadurch – buchstäblich und im übertragenen Sinne

128

– drehen und wenn einem dabei etwas schwindlig würde, so sei dies gut, der Taumel wäre vollkommen beabsichtigt, man gerate ja dadurch gewissermaßen ins *Wunderland.* Außerdem sei diese Tür wind- und wetterfest, selbst Stürme könnten ihr nichts anhaben und das sei hier oben doch durchaus viel wert. Doch Ursula erwiderte, diese Fantastereien seien vollkommen unpraktisch. Er solle doch weniger an die Schönen und Reichen, vielmehr an die Kranken denken, die für jeden Schritt lange Minuten brauchten und was denn bitte diese Zirkustüre in der Zwischenzeit machen würde, ihnen auf den Rücken hauen? „Nein, so eine Tür wäre vollkommener Blödsinn!" beendete sie das Gespräch, woraufhin Willem erwiderte, er müsse sich um die Zahlen kümmern, was bedeutete, dass er bis zum Abendessen nicht zurückkehren würde.

Ihr war das Träumen fremd, er aber hatte viele Stunden Traumarbeit geleistet, war ein Traumarchitekt geworden, so wie es ihn Margaret gelehrt hatte. Jede Tür des Kurhauses hatte er im Traum gebaut und im Traum hatte er das Hotel mit Gästen gefüllt, die hierherkamen, um glücklich zu werden und nicht mehr gehen wollten, als sie glücklich waren. Er stellte sich vor, Frauen wie Maggie – jung, gebildet, ambitioniert – würden hierherkommen. Ihre Träume durften hier nicht erlöschen, im Gegenteil. Ein Palast der Träume sollte sein Kurhaus werden, ein verträumtes Palasthotel, mit Zimmern für

Frauen, denen die Aussicht zur Perspektive werden sollte: Ein besseres Leben war möglich. Und hier oben würde es beginnen. Er hatte jetzt Kapital zusammen und Friedrich Riggenbach, sein Basler Hauptansprechpartner in finanziellen Angelegenheiten, ließ sich jedes Mal aufs Neue von seinen Vorschlägen mitreißen: „Eine Glasgalerie? In Ordnung!" „Ein Wintergarten? Wunderbar!" Willem war der Ansicht, dass man gerade in den Anfängen nicht sparen durfte und stattdessen alles Mögliche tun musste, um die Zerstreuung, die ja hochnotwendig für den Erfolg seiner erträumten Kulisse war, zu fördern. Wer hier wohnte, sollte vor lauter zauberhaften Eindrücken zwei Dinge vergessen: Erstens, den Grund zur Anreise, nämlich die Krankheit und zweitens, den Anlass zur Abreise, den Ruf zurück in die normale Welt.

Alexander Spengler wollte seinen Partner nicht bremsen (je mehr dieser tat, desto besser für ihn) und war grundsätzlich mit seinem Geschäftspartner in den meisten Dingen einverstanden, lediglich bei der Milchhalle und auch der Eingangstür waren sie uneins. Willem konnte Alexanders Begeisterung für Milch nicht nachvollziehen, beim Anblick des Fettrandes überkam ihn schon ein Würgereiz und er stellte das Heilpotential von Milch und Molke aus persönlichen Gründen der Abneigung infrage, und infolgedessen auch den Sinn einer ganzen, eigens der Milch gewidmeten Halle. Außerdem prophezeite er, dass sich irgendwann sicher noch jemand über die Qualität der Milch beschweren werde, einfach nur so aus Lust am Krawall und er würde sich vor diesen primitiven Geistern rechtfertigen müssen. Alexander dagegen erschien die Karusseltür, ähnlich wie Ursula, zu verkünstelt. „Das Flachdach meinetwegen, aber diese Tür – man darf die Menschen hier auch nicht zu sehr überfordern." Davon aber wollte Willem nichts wissen: „Ich werde es nie allen recht machen können. Und wenn einer daherkommt und sagt, ihm sei das gelungen, so möge er mich diese Kunst bitteschön auch lehren." Sie einigten sich darauf, dass Willem sich das mit der Drehtür nochmals überlegen würde, – ihm schwebte eine mit filigranen Bögen versehene Front vor – und fuhren in ihren Überlegungen fort. „Es muss ein Ganzjahreskonzept sein", betonte Spengler, denn nicht nur der Winter, sondern auch der Sommer sei hier heilsam. Es könne nicht sein, dass sich der Ort pünktlich zur Schneeschmelze leere. „Alle denken, ab März könnte man auch im Tiefland genesen, was vollkommen falsch ist. Wir müssen daran arbeiten, dass die Leute das einsehen und dann, wenn sie es verstanden haben, müssen wir für den bevorstehenden Patientenansturm auch im Sommer gewappnet sein. Und ganz wichtig: Wir müssen die Luftscheuheit der Kranken bekämpfen, sonst schlage ich bald noch ein Fenster ein." Spengler brachte wenig aus der Fassung – bis auf stickige Krankenzimmer. „Das offene Fenster muss der Grundzustand sein, das geschlossene die Ausnahme", so seine Überzeugung. „Sie werden noch nachts bei offenem Fenster schlafen", sagte Willem und versprach, die Fenster so zu gestalten, dass man sie, aus einem ästhetisch stimulierten, unterbewusst wirkenden Reiz heraus einfach aufreißen wolle. „Wie ein Tor zur Freiheit. *Open air everywhere.*[3]" Und als das neue Kurhaus im Herbst als „Kuranstalt Willem J. Holsboer" eröffnete (Alexander hatte ihn darum gebeten, als Hotelier namentlich zurückzutreten, um sich ganz der Medizin widmen zu können), da dauerte es nicht lange, bis die neu gepflasterte Hauptstraße zum städtischen Trottoir wurde und dieses kleine Dorf zum großen internationalen Treffpunkt.

DAVOS 1875.
DIE RUSSIN.

Sich in eine Russin zu verlieben, während er mit einer Schweizerin verheiratet war und um eine Engländerin trauerte, war ein abenteuerliches Unterfangen. Aber Willem hatte noch immer etwas für das Abenteuer übriggehabt und so sah er das, was er nun wagte, als eine für seine Inspiration notwendige Exkursion ins Exo-

---

[3] Überall frische Luft.

tische an. Diese Romanze, in die er sich stürzen würde, war vollkommen unnötig und daher der Inbegriff des emotionalen Luxus; eine längst überfällige Befriedigung seines Verlangens nach ständiger Verliebtheit, die er selbst durch rege Bautätigkeiten nicht vollständig hatte kompensieren können.

Willem hatte sich in seinem Hotel schließlich aus ästhetischen (nicht praktischen) Gründen gegen eine Karusseltür entschieden – er meinte, die Drehbewegung könnte die Klarheit der Front stören. Und als sich die filigrane, durch zwei Säulen gerahmte, doppelflüglige Glastüre zum ersten Mal öffnete, öffnete sich mit ihr eine neue Welt. Willem war zufrieden. Diese neue Architektur, dessen war er gewiss, würde einen nicht zu unterschätzenden gesellschaftlichen Nebeneffekt haben. Endlich würde man sich hier in diesem Davoser Gebirge eleganter bewegen. Jede Geste würde aufmerksam, im vollen Bewusstsein vor allen sichtbar zu sein, ausgeführt werden. Endlich würde man höflich miteinander umgehen, den Damen galant den Vortritt lassen, sich keusche, verständnisvolle Blicke zuwerfen, die besagten, dass man das gesellschaftliche Reglement beherrschte. Endlich würde das große öffentliche Spiel beginnen, bei dem jene gewannen, die sich besonders mühelos, geschmeidig gar, unter den städtisch anmutenden Trubel mischten, ohne jemandem nahezutreten oder gar peinlich zu berühren. Endlich würde die Eleganz im Gebirge Einzug halten: So fein, wie eine Katze ihre Spuren im Schnee hinterließ, würde sie Davos mit neuen Normen und Werten durchziehen. Endlich würde man sich im Kollektiv anders verhalten, vornehmer, gesitteter, gewandter. In dem Moment, da seine Gäste die Schwelle zu seinem Haus übertraten, würden sie sich in höhere, bessere, auserwählte Wesen verwandeln. Diese, seine, Gegenwelt würde sich selbst genügen und die Welt dort unten vergessen lassen. Innerhalb seiner Mauern würde ein neuer Ton angeschlagen, der atmosphärische Klang des feinen Lebens. Ja, Willem war zufrieden. Denn er hatte das sichere Gefühl, das Miteinander hier oben neu zu definieren und die Umgangsformen neu zu justieren.

Dann, eines kalten Winterabends, ließ ihn ein Geräusch zusammenzucken. Willem hatte gerade den Pagen an der Rezeption über die Schulter geschaut, als er das Schmettern und Klirren hörte. Eine Tür war zugefallen, die Tür links vorn, die gleich in die Halle führte, jemand musste sie, was für eine Schlamperei, ins Schloss geworfen haben. Doch als er den Kopf hob und hinsah, wusste er nicht, ob er des Geräuschs wegen erschrak, oder ihn der Anblick jener, den Lärm verursachenden Dame, zusammenzucken ließ. Sie war eben angereist, auf ihrem Pelzmantel schimmerten noch die frisch getauten

Schneeflocken, ihre Wangen waren von der Kälte geró-
tet. Ihr langes, dunkles Haar trug sie hochgesteckt, eine
Fuchsfellmütze bedeckte ihren Kopf und ließ sie noch
größer erscheinen. Sie sah Margaret in keiner Weise
ähnlich, doch etwas an ihrem Habitus, vielleicht die un-
übersehbare Verachtung für die Primitivität der Welt,
erinnerte ihn an sie. Bevor er jedoch länger darüber
nachdenken konnte, war sie verschwunden. Als Willem
diese Nacht zu Bett ging, da maß er Temperatur und beobachtete genau die Kurve auf dem Thermometer, die
auf ein leichtes Erregungsplateau hinaufstieg. Er beschloss, der fremden Dame morgen eine Hausführung
zu geben – höchstpersönlich – und war sich gewiss, dass
er sein Ziel erreicht hatte. Er hatte das Grand Hotel Kurhaus Davos für jene erdacht, die in Davos Exil vor den
beiden größten Seuchen dieser Zeit suchten: der Tuberkulose und der Banalität. Er hatte alles dafür getan, um
die Welt wissen zu lassen, dass sein Haus sowohl für
Kranke als auch Gesunde die erste Anlaufstelle in den
Alpen war, um der ordinären Wirklichkeitsdurchseu-
chung zu entkommen. Diese weite Welt war nun da.

Am nächsten Morgen war Willem gut vorbereitet.
Ihr Name war Clara, sie war Russin, Anfang dreißig
und ohne ihren Mann angereist. Sie sprach neben Rus-
sisch noch Englisch und Französisch (und mischte, wie
er noch feststellen würde, diese Sprachen nach Belieben). Die ausführliche Untersuchung durch Alexander

Spengler würde am heutigen Nachmittag erfolgen, der erste Eindruck seines Freundes war aber der, dass sie zur Gruppe jener Patienten zählte, die zwar nicht tödlich, jedoch ernst erkrankt war und für einen kumulativen Aufenthalt – „Winter für Winter" – zu gewinnen wären. Willem erwartete sie um neun Uhr morgens und hatte sich für die Hausführung zwei Stunden Zeit genommen. Zuvor hatte er sich erkundigt, ob die Dame auch gewiss das schönste Zimmer hatte.

„Nein, Herr Direktor", wurde ihm gesagt, „das ist leider nicht frei."

„Warum das?", sagte er.

„Der Italiener besetzt es."

„Der Schwätzer?"

„Der Pädagoge." Willem wollte das gerade ändern, doch dann stand sie da, neben ihm, lautlos war sie an seine Seite getreten und hielt ihm die Hand zum Kuss hin. Willem begrüßte sie und sagte, es sei ihm eine Ehre, sie durch sein Haus führen zu dürfen. Gemeinsam gingen sie los. „Wissen Sie, in diesem Hotel soll niemand, schon gar nicht die Kranken, vor Langeweile sterben", sagte Willem. Sie lächelte und sagte, ihr Gatte hatte die Befürchtung, sie zu begleiten sei ein großes, zudem risikobehaftetes Opfer. Willem, der normalerweise gesagt hätte, dass sein Hotel gerade auch für die Begleitung zu empfehlen war, hielt sich zurück und sagte, er würde alles in seiner Macht Stehende tun, um ihr das Gefühl der Einsamkeit zu ersparen, die Möglichkeiten zur Zerstreuung seien hier in jeder Hinsicht groß. „Sie befinden sich in der führenden Heilstätte Europas", sagte Willem. „Der neue Flügel – wir nennen ihn Konversationshaus – hat eine Glasfront von 100 Metern, besonders vom Garten aus können Sie den Anblick der von Süden nach Osten verlaufenden Fassade bewundern. Haben Sie schon die Villen gesehen?" Er trat mit ihr durch eine der vielen Türen ins Freie und zeigte auf die *Villa Wohlgelegen*, die *Villa Helvetia*, die *Villa Germania* und die größte von allen, die *Villa Britannia*. Gegenüber der Straße beginne die Promenade – Sie wollen sicher gerne und oft spazieren gehen? – und auch die Terrasse böte viel Platz zum Ausruhen, Lesen oder für Gespräche. Dann sei da noch die *Villa Batara* im gotischen Stil – Willem zeigte auf ein Gebäude gegenüber der südlichen Ecke des Kurhauses – die ebenfalls zum Ensemble gehörte. Clara zog ihren Mantel enger um sich herum, der Talwind pfiff an diesem Februartag streng und Willem führte sie wieder zurück ins Gebäude.

„Den Speisesaal kennen Sie ja bereits", sagte er. „Er umfasst 200 Quadratmeter, wird von einem großen Deckenventilator belüftet, die Steinfliesen sind beheizt. Sie haben also höchsten Komfort durch die gleichmäßige Wärme- und Frischluftverteilung."

„Wie viele Menschen essen hier?", fragte Clara.

„Bis zu 200."

Willem lächelte. „Gewiss", sagte er, „aber Sie haben auch die Möglichkeit zur intimeren Abendgesellschaft." Sie schaute ihn an, sagte, Intimität sei Definitionssache, sie persönlich halte gerade große Feste für besonders intim, wohingegen die kleinen kaum Raum für Privatsphäre ließen: „Wenn alles um Sie herum laut ist, können Sie sich die schönsten Dinge zuflüstern, ohne dass Sie jemand hört." Sie habe schon immer eine Sehnsucht nach dem Verschwinden gehabt, sagte sie. Wie ein stolzes und doch verletzliches Reh stand sie da, die Sonnenstrahlen beleuchteten ihr dunkles Haar, das vom Licht einen rötlichen Schimmer bekam. Sie war groß, fast so groß wie er, und trug aufwendigen Schmuck. Die Ohrringe bestanden aus Perlen und hängenden Diamanten in Rosenform, die fünfreihige Perlenkette schmiegte sich an ihren Hals. Ihre Brosche – ein Pfau – bestand aus Diamanten, Smaragden und Saphiren. Ihre Augen waren grün, ihre Brauen hochgeschwungenen, ihre Lippen rot geschminkt. Und Willem dachte, eine Frau wie sie bräuchte mehr Raum, ein kleines Zimmer wäre viel zu wenig und er beschloss, sie in einer der Villen unterzubringen, ja gleich nach der Führung würde er sich darum kümmern und er dachte, die *Britannia*

---

[4] „Also können wir viel feiern? Partys bringen einen nicht um."

müsste es sein, die schönste von allen. Nun führte er Clara in das angrenzende kleinere Esszimmer. Sie betrachtete die maßgefertigten Möbel, die Schnitzereien aus Holz und die schweren Samtvorhänge in matten Farbtönen: Creme, Beige, Sand. Alle glatten Oberflächen waren poliert, jedes Fenster war geputzt, doch nie sahen die Gäste das Dienstpersonal, es war wie unsichtbar, die Folge eines ausgeklügelten und penibel eingeübten Timings, einer Choreographie der Ordnungsliebe und Sauberkeit. Willem und Clara gingen weiter in den Frühstückssaal und durch den lichtdurchfluteten Gang hin zum Gesellschaftsraum.

„So, hier kann man sitzen und …?", fragte Clara.

„Sitzen, sich der lockeren Unterhaltung hingeben. Es handelt sich um den beliebtesten Raum überhaupt", sagte Willem. Ob er ihr die oberen Räumlichkeiten zeigen dürfe? Per Treppe – oder per Lift? Gemeinsam betraten sie den Aufzug. Der Liftboy drückte den Knopf, doch schon nach wenigen Sekunden war diese private Reise auf engstem Raum vorbei. Sie stiegen aus, gingen den langen, hellen Korridor, an seinem Büro vorbei, bis sie zu einer großen Halle kamen. „Hier beginnt der neue Gebäudetrakt", erklärte Willem. „Sie haben auch von der Straße aus Zugang." Willem sah, wie beeindruckt sie war. Alles, Türen und Wände, waren aus Glas und die gleißende, vom Schnee intensivierte Wintersonne, brach in den Wintergarten herein. Es war warm und

Clara bat um einen Moment Pause. Sie setzten sich auf einen der Divane, sie zog ihren Mantel aus, den Willem von einem Angestellten auf ihr Zimmer bringen ließ. Sie trug ein kobaltblaues Kleid aus Taft. „Die meisten Frauen lieben es, hier auszuruhen", sagte er und in der Tat waren alle Sitzmöglichkeiten – die Sessel und Divane waren aus smaragdgrünem Samtstoff und bequem gepolstert – von Frauen besetzt. Sie fächelten sich frische Luft zu, sie tranken Tee oder Milch oder Wein oder Champagner, manche lachten, manche husteten. „All die Pflanzen", sagte Clara und schaute die Orchideen und Passionsblumen an, die zwischen den Sitzmöglichkeiten als Abtrennungen standen, „fast fühlt man sich wie im Süden."

„Ich habe sie importieren lassen," sagte Willem, „das war gar nicht so leicht."

Clara nickte und begann, von ihren Kuren an der Riviera zu erzählen, wie oft sie schon in Monte Carlo, in Amalfi und auf Korfu war, doch nichts habe geholfen. „Ich gebe nur noch Davos eine Chance", sagte sie.

Ein Kellner brachte ihnen Mineralwasser. „Sie werden sehen", sagte Willem, „Dr. Spengler hat die fortschrittlichsten Methoden und dann sind da noch diese Berge."

„Zauberhaft", sagte sie, „wie im Märchen."

Und wie sie das sagte schmeichelte seiner Seele und er sagte: „Wie im Märchen soll es auch sein. Frauen wie

140

Sie sollen sich hier märchenhaft und beglückt fühlen und sich auch so kleiden dürfen. Sie werden sehen, in den Schaufenstern gibt es Pariser Abendkleider und Fracks nach dem neuesten Schnitt, Sie werden sich nicht langweilen." Und nochmals wiederholte er: „Nein, Sie werden sich nicht langweilen." Wie schön doch diese Krankheit machte, dachte sich Willem, als er Claras feine Gesichtszüge betrachtete. Ihre Nase war dünn, die Wangenknochen waren hoch, die Schlupfaugen verträumt und hellwach zugleich. Sterbende, und sterbende Frauen insbesondere, hatten etwas Heiliges an sich.

Draußen verfinsterte sich der Himmel, der nächste Wettersturz kündigte sich an. „Das geht schnell bei uns hier oben", sagte Willem und schlug vor, weiterzugehen. Er führte Clara durch eine Glastür und einen Vorraum hindurch, der durch die vielen Pflanzen wie ein Wintergarten wirkte. Sie betraten den Korridor zur Linken und warfen einen Blick auf die große, nach oben führende Treppe. Die Garderobe zeigte, dass das Haus voller Gäste war.

„Sie müssen wissen, unser Haus zieht auch Gäste anderer Hotels an", erklärte Willem und öffnete ihr die Tür zum Kurhaus-Café. „*Mon Dieu, c'est comme à Paris!*"[5] Clara hielt vor Erstaunen inne. Die Glasfront

---

[5] „Mein Gott, das ist ja wie in Paris!"

erlaubte einen uneingeschränkten Blick auf die Berge. Bald würde es wieder schneien. „Wir genießen hier alle unseren Kaffee, viele auch nach dem Dinner. Manche rauchen auch gerne ihre Zigarren hier", erklärte er.

„Aber man riecht nichts?", fragte Clara.

„Wegen der Belüftung. Ein raffiniertes System. Sehen Sie die Spiegel über den Kaminen?"

Clara nickte. Es waren vier Stück, deckenhoch, die dem Café die Atmosphäre eines Spiegelsaals verliehen. „Auf den ersten Blick scheinen diese nur Dekoration zu sein, doch dahinter verbergen sich Luftabzüge. Und dort hinten an der Decke" – Willem zeigte in Richtung Buffet – „befindet sich ein verdeckter Heizapparat, der den warmen Luftstrom die ganze Zeit durch den Raum verteilt."

„Mir scheint", sagte Clara, „Sie verschwenden hier in Ihrem Hause Luft und Licht mit exzessiver Lust."

Sie hatte es erkannt. Diese Frau hatte erkannt, dass Willem Davos nicht nur zum Kurort, sondern auch zum Lustort machen wollte – und ganz offensichtlich, wenn er das Leuchten in ihren Augen sah, gelang es ihm. Ihre Bestätigung bedeutete ihm viel und fast wollte er vor Dankbarkeit ihre Hand drücken, ihre kleine, fast schulmädchenhafte Hand, doch er unterließ es und fasste sich stattdessen an sein pochendes, ja hämmerndes Herz. Sie durchschritten das Café, gingen an den Billardtischen und der großen, bei warmen Temperaturen meist geöffneten, jetzt jedoch geschlossenen und zur Straße hinausführenden Doppelglastür vorbei, kamen zum Damensalon, gingen weiter in den prunkvollen, in warmen, hellen Blau- und Fliedertönen gehaltenen *Salle de Conversation*[6], in dem abermals Divane, Bücherregale und kleine Tische standen.

„Schreiben Sie gerne?", fragte Willem und führte Clara zur Schreibstube mit Blick in den Garten. „Hier finden Sie Briefpapier. Möchten Sie vielleicht eine Nachricht nach Hause schicken?"

„*Quelle bonne idée*"[7], sagte Clara. Ob er ihr einen Stift leihen könne? Er sagte, er habe gerade nur einen Bleistift zur Hand und sie lehnte ab. Sie schreibe nie mit Bleistiften, überhaupt könne sie mit dünnen Stiften nichts anfangen, sie wolle wenn dann einen griffigen Stift von einer gewissen Schwere, der gut in der Hand läge und zudem müsse das Blatt Papier ja auch etwas zum Aufsaugen haben. Willem empfand Scham und da es nur um einen Stift ging, irritierte ihn das. Ausgerechnet heute trug er seinen Füllfederhalter nicht bei sich. Er würde das nachholen. Er würde ihr ihn zu geeigneter Stunde vorbeibringen. Schnell führte er sie weiter in den *Salle des Réunions*[8], der direkt über dem Café lag. „Einer unserer schönsten Räume", sagte Willem. „Das Beson-

---

[6] Konversationsraum
[7] „Was für eine gute Idee"
[8] Versammlungsraum

dere ist, dass er aufgrund seiner einzigartigen Proportion so gestaltet ist, dass man sich trotz seiner Größe wie zuhause fühlt." Clara ließ ihren Blick durch den Saal schweifen, musterte die drei schweren, mit Ornamenten verzierten Eingangstüren. Wieder gab es offene Kamine, deren Feuer sich in deckenhohen Spiegeln brach. Clara ging auf die Bühne zu: Sie war so groß wie in einem kleineren städtischen Theater.

„*Hilares mox sani*'?" Sie las die Inschrift auf einem in der Mitte der Bühne angebrachten Schild vor.

„Frohsinn macht gesund", übersetzte Willem. „Die Bühne ist für Theateraufführungen gedacht, wird jedoch meist für Konzerte, unseren berühmten Tango-Tee oder auch Vorträge benutzt." Da sagte sie, wie gerne sie doch ein Drama auf der Bühne sehen würde, Puschkin! Gogol! Ostrowski! Man müsse die Bühnenkunst nicht nur feiern, sondern sie einfach nur am Leben halten, so wie die Geschichten der Bühne uns jung hielten und wagemutig machten. Wenn von uns nichts bliebe, so blieben doch diese Geschichten, die das Herz erweichten, uns zu Tränen rührten.

„Bitte, seien Sie nicht so niedergeschlagen", sagte Willem, der die Traurigkeit in Claras Stimme vernahm. „Nun sind Sie hier, bald werden Sie wieder gesund sein und bis dahin wird Sie Ihre traurige Zärtlichkeit zieren wie der frische Schnee die Berggipfel im Sonnenschein." Sie blickten sich an. Niemand außer ihnen war im Saal.

Es war zehn Uhr, die meisten Menschen waren nun in der Milchhalle. *„Je ne suis pas triste, je suis profondément désespérée"*[9], sagte sie und wie sie das „r" selbst im Französischen rollte, da wollte er dieser Buchstabe sein, der nass an ihrer Zungenspitze klebte. Ja, sie sei verzweifelt, weil alle materiellen Dinge dieser Welt nichts im Vergleich zu der Schönheit dieser Berge seien, die sich ihr nun hier in seiner Gegenwart offenbare, die sie jedoch nur betrachten, niemals jedoch werde besitzen können. *„I am used to possessing things"*[10], sagte sie, doch vielleicht habe es ihr das Leben auch einfach stets zu leicht gemacht. Willem schwieg. Dann sagt er: „Schon ein Leben im Schatten dieser Berge ist ein gesegnetes, doch wenn Sie erst am Gipfel sind und die Höhensonne Sie in goldenen Glanz hüllt, dann werden Sie erkennen, dass alles wahrlich Herrliche nur ein Geschenk ist, niemals jedoch ein Besitz sein kann." Sie fasste sich an die Brust, hustete, er stützte sie und führte sie zu einem rotgepolsterten Sessel. Willem fröstelte. Er spürte Zugluft, doch die Fenster waren geschlossen, die Tür war zu. Ob Sie die Tour abbrechen wolle? Nein, sagte Clara, er müsse ihr nur versprechen, dass er dafür sorgen würde, dass ihr Sarg, wenn sie hier stürbe, mit Diamanten besetzt sei, ihr Mann würde diesen letzten Wunsch sicher nicht

---

[9] „Ich bin nicht traurig, ich bin zutiefst verzweifelt"
[10] „Ich bin daran gewöhnt, Dinge zu besitzen"

erfüllen, was weg sei, sei weg, da kenne er nichts, egal, wie großzügig er im Leben auch sei, dem Tod schenke er nichts. Dann fasste sie sich wieder, beugte den Arm hinter den Kopf, als wolle sie die Gedanken an den Tod damit verscheuchen und reichte ihm ihre feingliedrige Hand als Zeichen, dass es weitergehen konnte. Sie gingen zum nächsten hydraulischen Lift und als sich die Türen öffneten, da befahl Willem dem Liftjungen, sie für die wenigen Sekunden der Fahrt alleine zu lassen. Die Türen schlossen sich. Willem fühlte sich so lebendig wie seit Jahren nicht mehr. Sein Interesse für diese kranke Frau war, dessen war er sich bewusst, vollkommen unvernünftig. Sie würde sicher immer zu spät kommen. Er fühlte sich für Clara, obwohl er sie erst wenige Stunden kannte, verantwortlich und sah, dass sie zwar zwei Cocktailringe mit großen Edelsteinen – einem Aquamarin und einem Smaragd – jedoch keinen Ehering trug. Seit dem letzten August, als sein drittes Kind, ein Sohn, den Ursula und er auf den Namen Florian getauft hatten, nach nur zwei Wochen verstorben war, hatten sich die Eheleute nicht mehr berührt. Es war ein Zustand der tröstlichen, versöhnlichen, jedoch anziehungsfreien Koexistenz eingetreten. Ursula kümmerte sich um die beiden kleinen Kinder, Willem um das Kurhaus. Oft kam er erst spät nachts ins Bett, lauschte noch kurz dem leisen Schnarchen seiner Frau, bis er selbst in einen unruhigen Schlaf fiel. Nun waren seine Sinne hellwach. Wie konnte ein Mann seine kranke Frau nur allein lassen? Er empfand, dass er mit Clara schon jetzt in einem zwar noch undefinierten, jedoch klar spürbaren Verhältnis stand. Er fühlte sich aus seiner sexuellen Lethargie erwacht, sein Herz war es, das sich nach all der langen Zeit endlich wieder laut regte. Es klopfte und hüpfte, verließ seinen normalen Rhythmus und dieses hektische Stolpern besorgte und erregte ihn. Sie waren sich im Aufzug nahe und er fühlte sich hilflos, dennoch voller Hoffnung, fühlte sich eingesperrt und ausgeliefert und mächtig zugleich. Er wünschte, die Aufzugfahrt, die sie beide schweigend teilten, würde länger dauern, doch abermals war der Zauber der Zweisamkeit nach nur wenigen Augenblicken verflogen und als sich die Türen mit einem Glockengeräusch öffneten, da traten sie hinaus in den ausladenden ersten Stock, von dem aus sich eine breite Treppe eröffnete, die zu weiteren drei Stockwerken und insgesamt über vierzig Räumen führte. Willem zeigte Clara den Übergang zum Badetrakt, der unterirdisch mit dem Kurhaus sowie den separat gelegenen Villen verbunden war. Ob es denn auch fließend warmes Wasser gäbe? „Es gibt sogar Fußbodenheizung." Sie lächelte. Er liebte sie für den verschwörerischen Blick, den sie ihm aus ihren schmalen Augen zuwarf und er schickte ein Stoßgebet in den Himmel, denn weiß Gott, so sehr Willem dankbar für Ursula war, für all ihre Tatkraft, dafür, dass sie ihm Kinder schenkte, die Bergtouren organsierte und das Küchenpersonal auf Trab hielt, *er* brauchte, ja, *er*, Willem Jan Holsboer brauchte *auch* eine Frau, die sich vor Extravaganz kaum bändigen ließ, eine Verbündete, mit der er die edelsten Vollblutpferde stehlen konnte, einen *partner in crime* in sämtlichen, für andere unnachvollziehbaren Luxusangelegenheiten. Und wie sie ihm sagte, sie hätte gerne einen Badezuber auf ihrem Zimmer, da schlug er nicht die Hände vor dem Kopf zusammen, sondern sein Herz machte einen noch höheren Sprung und er beschloss, ihr noch an diesem Tag einen solchen zu besorgen.

„Wenn Ihnen übrigens nach Liegen zumute ist, so finden Sie in unserer 800 Quadratmeder großen Liegehalle zu jeder Tages- und Nachtzeit Ruhe", sagte Willem und ging mit ihr dorthin. Mindestens fünfzig Patienten lagen im Freien. Die Sonne brach wieder durch, sie brannte fast auf der Haut.

„*Their glow is amazing*"[11], sagte sie und bewunderte den Teint der Gäste, der diese, so meinte sie, geradezu gesund aussehen lasse. Willem erklärte, dass die Liegeterrasse eine der wichtigsten Notwendigkeiten ihrer Kur darstellte und zudem die schönste und großzügigste weit und breit sei. Sie schritten ans Geländer und blickten auf die Villen. Willem erklärte, dass die *Villa*

---

[11] „Ihre Ausstrahlung ist unglaublich"

Wohlgelegen einen Salon, drei Zimmer und einen großen Balkon und einen eigenen Garten mit kleinen Blumenbeeten sowie einem Brunnen habe. Die *Villa Germania*, errichtet im gotischen Stil, hatte sechzehn Räume mit Balkonblick und verfügte zudem über sechs kleinere, für das Personal der Gäste vorgesehene Räume. „Die Villa ist mit dem Kurhaus durch einen beheizten Gang verbunden", sagte Willem. Dies sei insbesondere für die Damen im Winter komfortabel. Die *Villa Helvetia*, erbaut im Schweizer Stil, hatte zwei Stockwerke und war wiederum mit der *Villa Germania* unterirdisch verbunden. Die *Villa Batava* – gleich hier in Nähe der Terrasse – hatte dreißig Schlafzimmer und ebenfalls einen beheizten Verbindungsgang. Und dann – Willem richtete sich auf und zeigte auf das höchstgelegene Gebäude – sei da die *Villa Britannia*, die den schönsten Blick von ganz Davos hatte. „Sie sollten darin wohnen", sagte Willem, er würde sich noch heute um ihre Umsiedlung kümmern, denn die Villa sei einzigartig, von höchstem Komfort. „Sie werden die Zentralheizung nach dem neustem Sylvester-System lieben. Sie ist überaus effizient, vor allem für große Räume." Auch dieses Gebäude war verbunden und zwar mit der *Villa Helvetia*. „So sind alle benachbarten Villen nicht nur miteinander, sondern auch mit dem Kurhaus verbunden."

„Und wie komme ich zu Ihnen?", fragte sie. Doch bevor Willem antworten konnte, überkam sie ein Hustenanfall, so dass er sofort nach Dr. Spengler rufen und die Russin auf das schönste Zimmer, die Balkonsuite in der *Britannia*, bringen ließ.

Spengler untersuchte Clara ausgiebig. Er horchte die Lunge ab, nahm Temperatur, maß ihren Puls. Ob sie schon ein Fieberthermometer habe? Sie verneinte. Willem, der bei der Untersuchung fast wie selbstverständlich anwesend war, ließ nach der Krankenschwester läuten. Man solle ein Thermometer bringen, ein personalisiertes mit eingraviertem Namen. Das könne aber etwas dauern, sagte die Schwester mit verhaltener Stimme und Willem sagte nur: „Sofort."

„Sie brauchen jetzt vor allem Ruhe", sagte der Arzt. „Sie hatten großes Glück – es war kein Blutsturz, aber fast." Und dann begann er, in einem leisen, vertrauenserweckenden Ton davon zu berichten, wie Clara hier ihre Tage verbringen könne, sobald sie wieder aufstehen dürfe. Wie alle Patienten sollte sie früh zu Bett gehen. „*So no long party?*"[12] Spengler schüttelte den Kopf. Die meisten Gäste, erklärte Spengler, stünden bereits um sechs Uhr morgens auf, tränken ein oder zwei Glas kuhwarme Milch, dann gingen sie an der frischen Morgenluft spazieren, um dann anschließend – je nach

---

[12] „Also keine lange Feier?"

Belieben vor oder nach dem Frühstück – zu duschen. Ob sie stattdessen ein warmes Bad nehmen dürfe? Willem sagte: „Natürlich." Und er zeigte auf die freie Fläche zwischen Bett und Balkon und sagte: „Genau da kommt der Badezuber hin." Spengler schaute seinen Freund an, doch Willem ignorierte ihn.

Nach wenigen Augenblicken Stille fuhr der Arzt mit seinen Erläuterungen fort. „Nach der Dusche – oder in Ihrem Fall dann wohl Bad – erfolgt wieder ein Aufenthalt im Freien. Sie dürfen nicht vergessen, es ist die Luft, die heilt. Gehen sie raus, so oft sie nur können, das hat oberste Priorität. Sie können auch Lungengymnastik machen", sagte er und machte vor, wie die Patienten mittels eines quer über den Rücken getragenen Stockes ihre Haltung und Atmung verbesserten. Um zehn gingen alle zur Milchhalle, danach sei bis zum Mittagessen Ruhezeit.

„Und was soll ich in der Zwischenzeit tun?", fragte Clara. Spengler zögerte. „Ausruhen", sagte er dann. „Darum heißt es Ruhezeit. Genießen Sie den Frieden im Schatten der Bäume. Mittagessen gibt es um eins. Sie können aus mehreren Fleischspeisen wählen, außerdem gibt es Gemüse, nichts Schwerverdauliches. Danach können Sie wieder bis vier Uhr ruhen. Sie können sich aussuchen, wo – Hauptsache im Freien oder bei offenem Fenster, aber achten Sie bitte auf die Körperhaltung: halbliegend oder halbsitzend ist am besten, ich zeig es Ihnen." Spengler rückte ihre Kissen zurecht, so dass sie aufrechter lag und sagte: „Sie sollten das Kleid lockern, bitte vermeiden Sie jede Beengung oder Druck auf die Gefäße." Dagegen hätte sie nichts einzuwenden, sie wolle aber gerne erfahren, was für die Zeit zwischen vier und dem Abendessen vorgesehen sei. „Um vier gibt es Milch", sagte Spengler, „und dann gehen wieder alle ins Freie. Dann gibt es Abendessen und danach können Sie die verschiedenen Gesellschaftsräumlichkeiten nutzen." Ob sie diese schon kenne? Clara nickte. *„Oui, Monsieur Willem m'a fait faire une visite intensive de l'immeuble"*[13], sagte sie. So nun, dann kenne sie sich ja bestens aus, Lektüre, Schach, Billard, all das sei der gewohnte Zeitvertreib, spätestens aber um zehn Uhr sei allgemeine Bettruhe und Willem wandte ein, die Ausnahme bestätige die Regel, *naturellement*[14] sei es möglich, das Leben auch noch nach dieser Uhrzeit gesellig zu genießen. Als es an der Tür klopfte und die Krankenschwester ein Thermometer brachte – ohne Gravur, dieses sei nur „vorläufig" – da sagte Spengler, sie möge nun bitte dreimal täglich messen und die Kurve gewissenhaft notieren, sie könne die Schwankungen auch, einer Gebirgskette gleich, miteinander verbinden, die Werte seien gewissermaßen das A und O des Aufent-

---

[13] „Ja, Herr Willem hat mich ausgiebig durch das Haus geführt"
[14] natürlich

halts, an ihnen hinge nichts Geringeres als Leben und
Tod, doch nun, abermals, sei Ruhe geboten und so verließen die Herren den Raum.

Alexander bugsierte Willem so schnell er konnte ins
Freie. Sie standen im Kurgarten. „Willem, in Gottes Namen, was ist hier los? Die Frau ist keine 24 Stunden hier
und du hast die Röte im Gesicht, sag hast du Fieber?"
Da sagte Willem, ja, ein neues Fieber habe ihn gepackt,
es fühle sich sensationell an. Er bitte ihn um Verständnis, aber ein Leuchten ginge von dieser Frau aus, ein
großes stilles Leuchten, das er tief in seine Seele hinein-
lassen wolle. Alexander, der bei seinem Freund schon
manche kuriose Gefühlsschwankung miterlebt hatte,
schwieg, weil er spürte, dass jedes Wort von ihm nun
falsch wäre und weil er einen Glanz in den Augen seines Freundes sah, den er erloschen geglaubt hatte und
um den er insgeheim froh war, denn er wusste, dieser
Glanz war Millionen wert.

Bevor Willem an diesem Abend zu Bett ging, maß er
bei sich selbst Temperatur und als er erkannte, dass
diese, genau wie bei Clara, bei exakt 37,6 Grad lag, da
fühlte er sich in seinem Gefühl bestärkt, dass sie beide
etwas Körperliches verband. Vielleicht würde er auch
krank werden. Vielleicht hatte er schon dieselbe Krankheit wie sie. Er wusste, er würde nun ebenfalls jeden
Morgen, Mittag und Abend seine Temperatur messen
und die Kurve würde, wie der Rhythmus des Herzens,

ein Spiegel ihrer synchronen Leidenschaft sein. Er freute sich auf das Ansteigen der Kurve – darüber, dass sein ganzer Körper Feuer gefangen hatte.

Willem liebte ihre monströse Verschwendungssucht. Wann immer sie aus dem Dorf zurückkam – und das war geradezu täglich – hatte sie Taschen voller Pelze, Decken oder Lebensmittel dabei. „Was hast du heute gekauft?", fragte er sie und sie sagte: „Ich wollte gar nichts kaufen, *really not*[15], aber da war dieser junge Verkäufer und er schafft es jedes Mal, mir wieder etwas ganz Wunderbares zu zeigen und dann sagt er, das sei das letzte Exemplar und *bien sûr, je sais*[16], dass das nichts als ein Trick ist, *but it absolutely works*[17]!" Wer denn dieser Verkäufer sei, fragte Willem und sie sagte, sein Name sei Beat, er könne nicht älter als 20 sein, aber einen solchen Verkäufer hätte sie nicht einmal in Paris erlebt. Rotes Haar, ein Lächeln, das zwar charmant, aber auch frech sei, gerade eben so, dass man ihm diese Koketterien durchgehen lasse und er sei von einer überzeugenden Intelligenz, denn tatsächlich schaffe er es, dass er die Dinge im Geschäft so platziere, dass es stets den Eindruck erwecke, es handle sich bei jedem Gegenstand um eine Einzigartigkeit. „Du kennst ihn sicher nicht?", fragte Clara. „Nein", sagte Willem und wun-

---

[15] „wirklich nicht"

[16] „natürlich weiß ich"

[17] „aber es funktioniert absolut"

derte sich selbst. Als sie sagte, er müsse sie am nächsten Tag unbedingt in dieses Geschäft begleiten, sie habe schon eine ganz innige Geschäftsbeziehung zu ihm aufgebaut, sagte Willem zu.

Am nächsten Morgen spazierten sie also gemeinsam – die Sonne schien auf die sattgrünen Almwiesen und der See glitzerte hell – ins Dorf hinein. „Da", sagte Clara, zeigte auf das Geschäft und Willem war überrascht, mit welchem Überschwang Clara, die Fremde, hier begrüßt wurde, und zwar zuerst. „Madame!", riefen die Verkäufer und fügten hinzu, Beat werde selbstverständlich sofort für sie da sein. Willem musterte alles um sich herum. Seine Instinkte hatten ihm stets gesagt, wo es was zu holen gab und hier in diesem Laden meinte er, eine neue Idee zu wittern. Man bot ihnen – inzwischen hatte man ihn erkannt – einen Bündner Schnaps an und Willem sagte, er bevorzuge um diese Uhrzeit – es war vor vier – noch ein Glas Tee dazu. „Oh ja!", sagte Clara, auch für sie bitte Tee, sie habe die Milch satt und als die dampfenden Tassen und die Schnapsgläser kamen und wie der Alkohol in Willem ein Gefühl der Erleichterung aufkommen ließ, da fühlte er sich für nur wenige Augenblicke zurück nach London versetzt. Er spürte, wie sehr er die Stadt vermisste, den Trubel, das Leben. Und dann, als er den Schnaps geleert hatte, sagte er: „Zeigen Sie uns bitte Ihre schönsten Kleider." Beat ging nicht, er flitzte, gelenkig wie ein Turner hüpfte er die Treppe zum Atelier hoch und wieder hinunter, ein Maßband hing um seinen langen schlanken Hals. Willem verstand, was Clara an diesem jungen Mann fand und noch bevor er seinen Mund aufgemacht hatte, beschloss Willem, dieses Verkaufstalent abzuwerben und in seinem Kurhaus eine eigene Boutique zu eröffnen, einen kleinen, exklusiven Verkaufsraum für die Damen, bei dem sie sich nicht nur Waren von bester Qualität, sondern insbesondere das gute Gefühl erwerben konnte, dazuzugehören: Seine Kleider sollten die feinsten Damen machen.

Clara sagte: „*Je veux la haute couture pour la haute voleé au plus haut sommet.*"[18] Und Beat antwortete: „*Voilà!*"[19]

Willem beobachtete sie, wie ihr leichtes Fieber ihre Wangen erröten und die Atemnot sie immer ein wenig überdreht wirken ließ. Beat verstand es, Clara zu umgarnen, sie willigte – wider besseres Wissen – ein, sich auf die Illusion einzulassen, ein Kleid könne eine Krankheit vergessen machen. Beat würde auch die anderen Frauen zu dieser Illusion verführen. Geschäfte machte man mit Gefühlen und als Willem sah, wie gut sich Clara fühlte, als sie die Stoffe berührte, da dachte er, so musste es sein, selbst wenn alles nur Oberfläche war, nichts als eine glitzernde Fassade, so war diese

---

[18] „Ich möchte die feinste Mode für die elegantesten Menschen auf dem höchsten Gipfel."
[19] „Da ist es."

doch insbesondere für die Todgeweihten vollkommen legitim, mehr noch: notwendig. Vielleicht könnte er durch Mode endlich die Menschen hier oben zivilisieren, den Provinzialismus endgültig vertreiben. Inmitten der Natur würde dadurch das Künstliche hervortreten und Clara, dieses geborene Mannequin, würde sein Ideal einer schönen Frau verkörpern. Ja, sie würde auch ihn repräsentieren, denn Ursula, der jegliches Luxusbedürfnis fehlte, hatte für diese Art der Lebensverschönerung nichts übrig und war außerdem zu beschäftigt, um arbeitsfreie Zeit zu demonstrieren, was sie für Imponiergehabe und reine Verschwendungssucht der feinen Leute hielt, auf die sie mit einer beeindruckenden Verachtung herabblickte. Doch das, was Ursula ablehnte, brauchte Willem und er verstand immer mehr, was er durch Clara lernen durfte. Nämlich, dass er, Willem Jan Holsboer, ein großer Zauberer war, der es vermochte, den Menschen einen Zirkus zu bieten, eine Manege der Eitelkeiten, in der sie noch einmal erblühen durften, bevor sie verloschen. „Wer ohnehin stirbt, kann auch gleich sein ganzes Geld ausgeben", sagte er zu Spengler und verwarf dessen Einwände, wenn alles Geld weg wäre, wäre im Falle der unverhofften Genesung ja keines mehr zur Wiederkehr da. Clara legitimierte seinen Drang zum Exzess. Es war schwer für Willem, seine Sonderwünsche zu Hause zu rechtfertigen. Für Ursula war ein Heubett genug, sie trug ein Kleid so lange, bis

der Stoff zerschlissen war und all seine immer aus-
schweifender werdenden Gedanken tat sie als übertrie-
bene Spinnerei ab. „Willem, wo soll das hinführen?",
hatte sie ihn einmal gefragt, als er über eine neue Erweiterung des Haupthauses gesprochen hatte, doch seine
leise Antwort, „In den Himmel", hatte sie nicht gehört.

Ja, Willem wollte in den Himmel, zu Margaret,
bauen, wollte an den Wolken kratzen, bis sie alle wei-
terzogen und nichts als der Glanz der Sonne übrigblieb,
die ihn bestrahlte, die sein Werk beleuchtete.

Beat kündigte noch am selben Tag und begann am
nächsten Morgen bei Willem. „Die Stoffe müssen edler
sein, der Schmuck wertvoller, große Steine müssen es
sein, aber der Schmuck darf niemals ordinär wirken",
sagte Willem und Beat sagte, man brauche auch Desig-
nerstücke. „Natürlich, wir importieren Worth."
„Worth?" „Von ihm stammt das Kleid der Kaiserin von
Österreich." Da waren sie sich einig, dass mehr her-
müsste und zwar von allem: mehr Tüll, mehr Samt,
mehr Seide, mehr Rubine, mehr Saphire, mehr Spitze,
mehr Schuhe, ja, Schuhe müssten her in allen Ausführungen. Wie viele Paar Schuhe hatte Maggie besessen?
In London hatte sie nicht nur eine Bibliothek, sondern
auch ein ganzes Ankleidezimmer gehabt und sie hatte
sich vor dem Spiegel gedreht, wenn sie in eines ihrer

Abendkleider geschlüpft war. Ihre liebste Farbe war ein rauchiges Puderblau gewesen und sie hatte Kleider für alle möglichen Anlässe: einfache, bequeme für ihre Arbeit am Schreibtisch; Kleider für Spaziergänge in der kühlen Morgenluft, für Picknicke an warmen Sommertagen; sie hatte Kleider für Abendessen mit Willems Geschäftspartnern, Kleider für das Theater, den Afternoon Tea, High Tea und Royal Tea, die Oper und für ihre spiritistischen Zirkel. Maggie, dachte Willem, würde diese Boutique lieben, sie würde jeden Tag etwas Neues darin finden und genau so sollte sie sein: unerschöpflich. „Mach eine Liste", sagte er zu Beat, „so lang wie ein ganzer Roman soll sie sein. Alles, was wir brauchen, werden wir bekommen." Da sagte Beat, wie schön es doch wäre, müssten all die Waren nicht so mühsam hier hinauftransportiert werden und Willem sagte: „Ja, eine Bahn müsste man bauen." Dann fügte er, des Konjunktivs ein für alle Mal überdrüssig, hinzu: „Ich werde diese Bahn bauen."

Beats Arbeit war akribisch, seine Liste war voller Details: Der Samt sollte aus Paris sein, der Taft aus Indien, die Seide aus China. Schmuckstücke sollten von Garrard kommen, lose Diamanten aus Antwerpen stammen. Er fertigte selbst Zeichnungen an und sagte: „Zum Glück ist die Krinoline passé, es wäre hier in den Bergen doch recht unpraktisch." „Die Tournüre ist etwas besser, ja", bestätigte Willem. Er stellte sich vor, wie Claras

Körper ganz ohne stoffliche Verformungen aussehen würde und machte sich eine gedankliche Notiz, mit Alexander über eine therapeutische Kleidung zu sprechen, die einerseits bequem sein, andererseits der natürlichen Figur schmeicheln müsste. Es dauerte sechs Wochen, bis die erste bestellte Ware kam und Clara war die Erste, die alles sehen durfte. Zehn Mitarbeiter hatten dafür gesorgt, dass die Boutique in der kurzen Zeit so edel wie möglich gestaltet wurde. Die Wände waren samtverkleidet, Pfauenfedern zur Dekoration angebracht, das gedimmte Licht kam aus kleinen Lüstern und was für ein Licht es war! Im Gegensatz zum ansonsten lichtdurchfluteten Haupthaus war hier alles gedämpfter, dunkler. Es war ein edler Schimmer, in dem sich jede Frau, egal welchen Alters und welcher Figur, schön und international fühlte.

„Ich liebe es", sagte Clara, als sie eintrat. *„Faire des achats, c'est comme faire l'amour."*[20] Man wolle ja auch nicht im Scheinwerferlicht Liebe machen, sondern im Dunkel der Nacht. Beat brachte Champagner mit darin aufwirbelnden Johannisbeeren und einem Rosenblatt, dann zeigte er ihr eine Auswahl an Kleidern. „Vor allem habe ich an das hier gedacht", sagte er und legte eines aus burgunderfarbener Seide zurecht. Willem beobachtete Claras Gesicht. Ihre Augen weiteten und ihr Mund

---

[20] „Einkaufen ist wie Liebe machen."

öffnete sich. Sie probierte das Kleid an, es passte perfekt. Der Rock war in mehreren Lagen drapiert, dennoch nicht zu ausladend, ihre Schultern lagen frei. Willem legte ihr ein Collier aus Rubinen um und half ihr in ein neues Paar Lederschuhe. Für diese kurze Zeitspanne vergaßen sie, dass Clara krank war, dass sie nicht in New York, London oder Paris waren und draußen keine Menschenscharen warteten, um sie zu bejubeln. Doch dann setzte bei ihr der Husten ein, er durchbrach die Illusion wie der Applaus am Ende die Fiktion eines Theaterstücks und als die Pfleger kamen, um sie auf ihr Zimmer zu bringen und nach Spengler zu rufen, da sagte Willem zu Beat: „Was immer sie sich wünscht, es geht aufs Haus."

Jeder in Davos brauchte einen Grund, um zu promenieren. Mit Clara hatte Willem den perfekten gefunden. Er flanierte mit ihr durch die Arkaden, saß mit ihr auf einer der Bänke im Kurgarten und hatte es sich zur Aufgabe gemacht, ihre Wünsche zu erfüllen. „Clara", sagte er, „jede kranke Seele hat einen Wunsch frei. Welcher ist Ihrer?" Da sagte sie, sie wolle Champagner auf dem höchsten Gipfel trinken und er sagte, so solle es geschehen. Später am Tag sprach er mit Alexander darüber.

„Willem, die Leute reden schon über euch."

„Skandalös", scherzte er.

„Mach dich nicht lustig. Hast du mal an Ursula gedacht?"

„Ursula ist eine Meisterin im Wegschauen", sagte Willem. „Außerdem ist da nichts. Und selbst wenn: Die Menschen brauchen was zum Reden. Ohne Klatsch und Tratsch sind sie verloren."

Sie warteten drei Tage, bis sich die dicken Wolken, die sich in den Gipfeln festgesetzt hatten, auflösten und marschierten los. Ein Schritt, ein Atemzug, Pause. Sie kamen langsam voran und schon nach einer Stunde war klar, dass sie den Gipfel nicht erreichen würden. Sie machten auf einer Bank Rast, Clara fächelte sich Luft zu, bat um einen Schluck Wasser. „Wir müssen nicht ganz nach oben", sagte er und sie antwortete: „Aber es wäre doch so schön." Sie lächelte ihre Traurigkeit weg und verlangte nach Champagner. Er packte die Flasche aus, die der Esel in einem Korb heraufgetragen hatte, sie war durchgeschüttelt, spritze in alle Richtungen und Clara lachte laut auf, als sie nass wurde.

„Haben wir nun versagt?", fragte sie. „Wir haben noch nicht mal die Hälfte der Strecke geschafft, *maybe a third*[21], aber auch das ist vermutlich kolossal übertrieben."

„Hier mit Ihnen zu sitzen, das ist für mich mehr als genug. Es ist ein Traum", sagte Willem.

---

[21] vielleicht ein Drittel

Sie tranken den Champagner, Clara leerte das erste Glas schnell. „Wissen Sie, was eine Freude wäre?", fragte Willem. „Wenn wir nun mit dem Schlitten hinunterführen."

„Êtes-vous fous?"[22]

„Es macht großen Spaß. Schon mal auf einem gesessen?"

„In diesem Aufzug? Der Wind wird unter meinen Rock wehen."

„Sie werden vor Freude nicht daran denken."

„Aber wir haben keinen dabei."

„Nein, aber das wird uns kein zweites Mal passieren."

„Das nächste Mal kommen Sie noch auf die Idee, ich solle Ski fahren."

„Da müssten Sie Dr. Spengler um Erlaubnis bitten, sein Sohn Carl ist gut darin."

In diesem Augenblick, in dem er mit Clara auf der Bank an einem Davoser Berghang saß und niemand außer einem Esel Zeuge ihrer zunehmenden Betrunkenheit und Vertraulichkeit war, spürte er in sich eine aufwallende Lebendigkeit und er genoss es. Seine Hand rückte näher an ihre heran, er wickelte ihren Schal enger um ihren Hals. „Ich werde dem Kurverein vorschlagen, dass wir überall an den Hängen Leihstationen für

---

[22] „Sind Sie verrückt?"

Schlitten aufbauen", sagte er. „*Quelle bonne idée.*[23] Aber ich traue mich nicht, alleine auf diesem Ding zu fahren."

„Ich würde Ihnen helfen", sagte Willem. Sie lehnte nun ihren Kopf an seine Schulter an und schloss die Augen. Die Vögel. Die Bäume. Der Schnee. Das Gefühl, etwas wiedergutmachen zu müssen, überkam ihn. Er hatte Margaret nicht helfen können und der Gedanke, dass er mehr für sie hätte tun müssen, quälte ihn. Er fragte sich, worin die größte Hilfe bestand, die er nur leisten konnte. Er wusste, dass er die Vergangenheit nicht zurückholen, dass keine Frau jemals seine erste Frau ersetzen konnte. Clara war nicht Maggie, Ursula war nicht Maggie, niemand war Maggie, außer Maggie selbst, aber sie war tot. Doch noch immer, selbst nach so vielen Jahren, konnte er sie spüren und das war gut. Das Schönste, was er Kranken geben konnte, war das Gefühl, das er mit Maggie geteilt hatte: eine leichte, erregte Beschwingtheit, eine Berauschtheit an der Schwelle des Todes. Die Sehnsucht, das Tor zum Himmel möge sich noch nicht öffnen. Liebende, nach denen der Tod griff, waren besonders empfänglich – für all die Zwischentöne des Seins, die sanften Melodien, die in allem Beseeltem schlummerten. Willem wollte lieben, sich von keinem Hindernis, nicht einmal dem Tod, aufhalten lassen, ja die Liebe schien im Angesicht des Todes noch

---

[23] „Was für eine gute Idee."

mehr zu können und zu wagen als sonst. Er strich Clara über die Stirn. „Wir müssen los", sagte er. Als sie im Dorf ankamen, ging die Sonne unter.

Am nächsten Tag gab es großen Aufruhr im Kurhaus. Ein Professor, der einen Vortrag im Großen Saal über Humor als Weltanschauung hielt, hatte sich als Hochstapler herausgestellt. Alle dachten, er sei ein hochangesehener Kunsttheoretiker, der Saal war gefüllt, das Publikum international. Er trug einen Gehrock mit weißer Nelke im Knopfloch und verbeugte sich, bevor er mit seiner Rede begann. Er sprach davon, wie wichtig die Perspektive sei, von gleich großen Bäumen, die dem Betrachter einer Allee unterschiedlich hoch vorkamen, vorne groß, hinten klein; er sprach vom Widerspruch zwischen dem Erwartungsgemäßen und dem Unangemessenen, doch hier geriet er ins Wanken, sagte, er müsse ein Geständnis machen, dann jedoch schrie er, er denke gar nicht daran. Clara, die dem Ganzen beigewohnt hatte und sich nun mit Willem auf einem ihrer täglichen langen, zugleich besonders langsamen, Spaziergänge durch den Kurgarten befand, zeigte sich entzückt: „*C'était du grand théâtre!*"[24] Sie habe seine Theorie vom Humor als bewusst unperspektivische Lebenweise

---

[24] „Das war großes Theater!"

– warum Wissenschaftler denn alles verkomplizieren müssten, sogar etwas so Volksnahes wie Heiterkeit – ohnehin nicht verstanden, dann aber, als wie aus heiterem Himmel der Eklat enstand, sei der Abend doch noch interessant geworden. „Er stellte sich einfach hin und sagte laut und deutlich, er sei nicht der, für den er sich ausgebe, sondern ein Prinz!“ Clara lachte. „Sogar mit sechsundvierzig gleichnamigen Vorvätern brüstete er sich!“ Sie schüttelte den Kopf. „Willem, war das deine Idee, jemanden hier oben unter den Totgeweihten über Humor reden zu lassen? *C'était trop grotesque. Almost macabre.*“[25] Doch sie wartete nicht auf seine Antwort, sondern mokierte sich darüber, welcher Adlige denn ernsthaft gerne mit einem Akademiker tauschen wolle, so etwas Absurdes habe sie schon lange nicht mehr erlebt. Das sei ja ihr einziger Makel: „*not being married to a nobleman.*“[26] Und während er dachte, er müsse ihr demnächst das Kompliment machen, aristokratisch auszusehen, sagte sie: „Das Seltsame aber war, dass er dieses Geständnis wie ferngesteuert gab, als wäre er … *enchanted*[27] … verhext? *Oui*[28], verhext.“ „Das ist nicht verwunderlich“, sagte Willem, der natürlich von dem Vorfall erfahren hatte, wenngleich er wegen eines geschäft-

---

[25] „Das war zu grotesk. Fast makaber.“
[26] „nicht mit einem Adligen verheiratet zu sein.“
[27] „verwunschen“
[28] „Ja“

166

lichen Termins nicht hatte zugegen sein können. Der Schwindler hatte angeboten, das Fiasko mit einer großzügigen Spende wiedergutzumachen, womit für Willem die peinliche Sache erledigt war. Nichtsdestotrotz blieb etwas Unerklärliches übrig, denn auf die Frage, warum er sich denn zum Narren gemacht habe, hatte der Prinz geantwortet: „Ich weiß nicht, warum ich es tat." So sagte Willem zu Clara: „Hier oben geht nicht immer alles mit rechten Dingen zu." Ob ihr das erst jetzt aufgefallen sei? Er lachte und sagte: „Ich sehe, du sehnst dich nach echtem Theater. Was hältst du davon, wenn wir den *Sommernachtstraum* aufführen? Diesen August? Draußen im Musikpavillon? Du bleibst doch noch so lange?" Bis August waren es noch vier Monate.

Am nächsten Morgen sprach Willem mit Alexander. „Sag, wie steht's um Clara?"

„Es geht ihr gut", sagte Spengler. „Den Umständen entsprechend. Die Höhenluft sagt ihr zu, sie sollte weniger Alkohol trinken, sie hält sich ja leider nicht an Veltliner, sondern an Champagner, aber alles in allem sieht es gut aus."

„Du empfiehlst also ein Ende der Kur?"

„Ich empfehle niemals ein Ende der Kur, aber wenn sie abreisen wollte, so spräche medizinisch nichts dagegen."

„Ist nicht das Schöne an diesem Kurhaus, dass Menschen hier einfach für immer bleiben können? Aus Patienten können Gäste werden und diesen Ort so liebgewinnen, dass sie hier leben könnten statt logieren."

„Nicht jeder kann sich das leisten."

„Darum geht es doch gar nicht, ich spreche ja von denen, die dazu in der Lage sind."

„Ich wünschte, wir könnten auch Kranken mit weniger Mitteln zu einem Aufenthalt hier verhelfen."

„Vielleicht lässt sich da ja was durch den Förderverein arrangieren", sagte Willem, „aber erstmal brauchen wir noch viel mehr Geld. Wir müssen den Wintersport fördern, es gibt immer noch nicht genügend Sitzbänke, außerdem dachte ich, wir könnten Palmen im Kurgarten pflanzen."

„Warum denn jetzt Palmen?"

„Weil sie gut zu den Pfauenfedern in der Boutique passen."

„Das mit der Boutique ist auch so eine Sache, ich hörte, die Frauen stehen inzwischen Schlange."

„Ja, wir vergeben jetzt Termine. War eine gute Idee und sie wäre noch viel besser, wenn wir mehr Stoffe hier heraufbekämen, diese Transportwege sind immer noch ein Problem. Ich muss diese Bahn bauen. Ich sollte einen Verein gründen."

„Noch einen? Ich dachte, der Kurverein und die Elektrizitätswerke sind genug Arbeit."

„Das mit dem Strom war bitternötig. Der Verein für öffentliche Vorträge hat sich mit diesem falschen Professor ja schön blamiert, aber Clara hat's gefallen. Übrigens will ich ein Theater inszenieren."

„Wo?"

„Draußen, im Kurgarten."

„Gut, dass wir das mit der Kapelle hingekriegt haben."

„Absurd war das." Willem hatte einigen Widerstand gegen seine Idee, für musikalische Unterhaltung zu sorgen, erlebt. Man hatte ihm vorgeworfen, eine Kurkapelle, die nur im Inneren spiele, hielte die Gäste vom Aufenthalt an der frischen Luft ab. Also ließ Willem einen großen Musikpavillon im Freien bauen, um den Musikern auch das Spielen bei leichtem Schneefall, Nieselregen oder starkem Sonnenschein zu ermöglichen.

„Wir könnten die Kapelle noch erweitern", sagte Willem, „ich denke, zwanzig Mann wären gut."

„Mir ist das alles recht, die Patienten scheinen unter Einfluss der Musik durchaus zu genesen. Und was soll das jetzt mit dem Theater?"

„Du klingst wie Ursula."

„Vielleicht hat Ursula auch nicht immer Unrecht."

„Sie hat keinerlei Befähigung zur Begeisterung, du aber doch schon."

„Nicht in dem Maße wie du." Da erzählte Willem von seiner Idee, den *Sommernachtstraum* aufzuführen,

die Proben würden Wochen dauern, im August würde
es dann so weit sein und er bitte seinen Freund im Vertrauen um eines: den Aufenthalt der russischen Patientin so lange hinauszuzögern, dass sie die Premiere des
Stückes erlebe, denn er habe da so ein Gefühl, dass dies
der Durchbruch in ihrer Heilung sei.

„Zur Ruhe muss eine kleine Dosis Aufregung kommen", sagte Willem. „Sonst ist es nicht gesund. Fällt dir
das nicht auch auf?"

„Was?"

„Dass dieses Rumliegen nicht gut ist. Manchmal
denke ich, die Leute werden dadurch noch viel kränker."

„Willem, bei allem Respekt: Der Arzt bin ich. Wer
will, kann sich hier den ganzen Tag beschäftigen. Es gibt
so viele Angebote, dass für Ruhepausen fast keine Zeit
mehr ist."

„Ich finde, es ist nicht genug."

„Dir ist nichts genug."

„Also dann verbleiben wir so? Clara bleibt bis zur
Premiere? Mindestens?"

Und Spengler sagte, man müsse freilich bedenken,
dass er bei einem solch langen Aufenthalt seine Visiten
gegebenenfalls intensivieren müsse und ob die Russin
wisse, dass dies durchaus gewisse Zusatzkosten verur-
sachen könne.

Willem dachte an ihre Kleider, ihren Schmuck, ihre Schuhe und ja, an ihren Mann, und sagte: „Das sollte kein Problem sein." Am nächsten Morgen begann Willem mit der Organisation der Proben.

DAVOS 1875.
DAS THEATER.

„Ist das nicht ein bisschen zu theatralisch?" Ursula stand neben ihrem Mann und schaute die Theaterkulisse an. Willem hatte Unmengen an Blumen auf die Bühne bringen lassen: Rosen, Gardenien, Astern, Callas, Dahlien, Gladiolen, Ranunkeln, Zauberglöckchen, Orchideen. Sie bildeten einen Rahmen, ein Blütenmeer genauer gesagt, das sich nach oben hin ausweitete und sich schließlich wieder in der Mitte traf. Die Sorten, die nicht im Davoser Tal blühten, hatte er hertransportieren lassen. Er hatte einen der besten Bühnenbildner aus London eingeladen, damit sich dieser hier, in seinem Garten, verwirklichen konnte. Er hatte Theodore Piggott keinerlei Vorgaben gemacht außer der einen: Es müsse *stunning*[29] sein, genau genommen derart atemberaubend, dass den armen, an Atemnot leidenden Kranken, endlich einmal wegen etwas absolut Berauschendem die Luft wegblieb. Mr. Piggott huschte über die

---

[29] umwerfend

Bühne, gab den Davoser Bühnenbauern, die kein Englisch sprachen, mit Händen und Füßen Anweisungen: *„More gold! More flowers! More phantasy!"*[30]

„Wolltest du nicht in die Berge?", fragte Willem seine Frau.

„Helene muss noch gebadet werden."

„Kann das nicht eines der Kindermädchen übernehmen?"

„Die Hälfte der Blumen würde mir auch langen."

„Dann wäre es nur halb so schön."

„Und die Stühle?"

„Was ist damit?"

„Alexander meinte, du willst auch Liegen aufstellen?"

„Natürlich."

Als er in das Gesicht seiner Frau blickte und den immer gleichen, überschwangsbefreiten Ausdruck darin fand, der sich inzwischen in ihre Mimik eingebrannt und ihre Mundwinkel nach unten verformt hatte, sagte er: „Vielleicht hättest du einen Bauern heiraten sollen."

Sie ging. Willem rief Mr. Piggott zu sich und teilte ihm seine Zufriedenheit mit. Ob noch mehr möglich sei? *„Sure"*[31], sagte der Mann, der noch keine dreißig war, aber schon für Bühnen in Venedig, Mailand und Rom

---

[30] „Mehr Gold! Mehr Blumen! Mehr Fantasie!"
[31] „Sicher"

gearbeitet hatte. Er war dünn, regelrecht hager, bewegte sich federnd und ging nie ganz aufrecht, sondern mit leicht angezogenen Schultern. Er hatte ihm erzählt, dies sei ein Überbleibsel seiner Lieblingsrolle, in die er einmal, mehr oder weniger aus Versehen, hatte schlüpfen müssen. Vor einigen Jahren hatte er im Globe die Bühne für den *Sturm* bauen lassen und eine märchenhafte Insel erschaffen. Sand, Palmen, künstliche Wasserfälle und Tropenfrüchte hatte er hergeschafft und so vielen Proben beigewohnt, dass er die Texte der Schauspieler bald auswendig mitsprechen konnte. Als just bei der Premiere der Darsteller des Caliban ausfiel, hatte man ihn, aus einer Zwangslage heraus, gebeten, zu übernehmen. Natürlich hatte er sich mit Händen und Füßen dagegen gewehrt, ein Caliban, das müsse doch ein Kaliber sein, er aber sei schmächtig, ein schlaksiger, ewig jugendlich wirkender Künstler, doch es half alles nichts, entweder er spielte oder die Welt würde sein Bühnenbild nicht zu Gesicht bekommen, also sagte Mr. Piggott zu. Er hatte dann den Caliban nicht nur einmal, sondern mehrmals gespielt, denn das Publikum war begeistert gewesen von seiner Befähigung zum Fluchen, die von ganz tief Innen zu kommen schien. Um archaischer anzumuten, habe er sich immer hingebuckelt, ja stundenlang sei er, selbst hinter der Bühne, um nicht aus der Rolle zu fallen, so dagestanden und habe festgestellt, dass zumindest ein leichter Buckel etwas durchaus Bequemes sei und so ganz hatte er sich diesen eben nicht mehr abgewöhnen können oder wollen.

„Und wenn Sie jetzt auch mitspielen? Den Puck zum Beispiel? Der kann doch keinen Buckel gebrauchen, es wäre doch ein Versuch wert, sich wieder aufzurichten?"

„Sie haben den Puck noch nicht besetzt?"

„Nein."

Überhaupt war das mit der Besetzung so eine Sache. Willem konnte auf die Davoser Laienschauspieltruppe zurückgreifen, die durchaus Talent aufwies. Sie hatten im letzten Jahr eine Bauernkomödie aufgeführt und großen Applaus geerntet. Jetzt aber wollte er mehr als nur eine Laienaufführung: Er wollte großes Theater. Er war davon überzeugt, dass er, um aus den Schauspielern alles herauszuholen, schon die Proben so angenehm wie möglich gestalten musste. Ursula hatte natürlich recht: Die Hälfte der Blumen wäre immer noch mehr als genug, vor allem wären für die Proben gar keine ausreichend, doch ihm gefiel diese Opulenz und er brachte Clara jeden Morgen und Abend einen frischen Strauß von der Bühne vorbei. Allein dafür lohnte es sich.

Mr. Piggott erklärte sich dazu bereit, den Puck zu spielen, *quite a challenge indeed*[32], ein Anti-Kaliban gewissermaßen, aber warum nicht, wenn er schon mal hier

---

[32] „eine echte Herausforderung"

war. Er warf jedoch ein, dass er, wenn er das gewusst hätte, viel früher mit dem Lernen des Textes angefangen hätte – er müsse sicher auf Deutsch sprechen? Ja, sagte Willem, aber bloß keine Sorge: Der Sinn des Bühnenbildes sei ja der einer großen, grandiosen Ablenkung.

„Ein Drittel der Zuschauer wird husten, so dass das zweite Drittel ohnehin kaum etwas verstehen wird."

„Und das letzte Drittel?"

„Wird sehen, was es sehen will."

Die Proben liefen seit zwei Wochen und die Gruppe machte Fortschritte. Auch Alexander schaute inzwischen täglich vorbei. „Das Schöne am Theater ist doch", sagte Willem zu ihm, „dass es, im Gegensatz zum Leben, so viel berechenbarer ist. Auch im Hinblick auf die Enttäuschungen."

„Unsere Gäste verdienen Zuversicht", sagte der Arzt. „Mir gefällt dieses Unterfangen immer besser. Ich spüre eine vorfreudige Erregung unter den Patienten, das Stück ist *das* Gesprächsthema, ich glaube, viele würden selbst gerne mitspielen.

„Großartig!", sagte Willem. „Wir haben ohnehin ganz prächtige Schauspieler unter den Kurgästen, findest du nicht?"

„An wen denkst du?"

„Zum Beispiel dieses englische Mädchen, Miss Thimbleby, das gar nicht mehr nach Hause möchte – du hast mitbekommen, wie sie geschrien hat, als ihr Vater sie holen wollte? Außerdem Baron Kopp mit seiner Familie, dann Dr. Mayer aus New York. Zum Glück ist er ein Doktor der Geisteswissenschaften und kein Arzt und mischt sich nicht in die Behandlung ein. Aber dann ganz sicher noch der Freiherr von Hügel aus Stuttgart."

„Ja der auf alle Fälle, er erzählte mir, er habe nur hier oben vor seiner Frau seine Ruhe, weil sie Angst davor hat, sich anzustecken."

„Wir müssen was gegen diesen Ruf tun. Letztens habe ich beim Spazieren auf der Promenade überhört, wie jemand sagte, man müsse mit einem Taschentuch vor der Nase durch Davos gehen, um die Bakterien abzuhalten. Eine Frechheit ist das. Wir haben das modernste Ventilationssystem Europas."

„Die beste Ventilation ist die frische Luft selbst", sagte der Arzt.

„Sollten wir etwas gegen diese eingebildeten Kranken tun? Du untersuchst sie ja täglich, was sagst du denn zu ihnen?"

„Die Wahrheit. Dass die Davoser Luft noch niemanden geschadet hat und natürlich auch eine optimale Gesundheitsprophylaxe ist. Es kann also jeder bleiben: Die, die krank sind genauso wie die, die gar nicht erst krank werden wollen."

„Wie steht es um Clara? Sie ist kurzatmiger geworden, obwohl sie jetzt seit Monaten da ist." Alexander
schwieg. Auf der Bühne fiel ein Strauß Blumen um, Mr.
Piggott fluchte, Willem rief, als Puck könne er das nicht
mehr und Mr. Piggott verbeugte sich tief: „*Of course not,
Sir.*"[33]

„Schwer zu sagen", sagte Alexander. „Ich wünschte,
ich könnte es, aber sie ist ein seltsamer Fall. Da ist der
Körper, sicher, aber auch die Seele, und ihr Gemüt ist so
wankelmütig wie das Davoser Wetter. Mal lacht sie,
wenn ich sie untersuche und von einer Minute auf die
andere erfolgt der psychische Wettersturz. Sie ist oft
melancholisch."

„Ich werde mal nach ihr schauen, ich wollte ihr eh
einen Stift bringen."

„Wozu einen Stift?"

„Ach …", rang Willem nach Worten, „eigentlich eine
alte Sache. Kurz nach ihrer Ankunft wollte sie einen
Brief schreiben und bat mich um einen Stift, doch ich
hatte damals nur einen Bleistift zur Hand. Das war mir
peinlich."

„Warum das denn?"

„Du hättest sie sehen müssen. Wie sie mich angeschaut hat, als wäre dieser Bleistift ein Witz. Und es
stimmt schon: Welche Frau mit Stil schreibt Briefe mit

---

[33] „Natürlich nicht, mein Herr."

einem dünnen Bleistift? Man will ja doch etwas Schwere fühlen und das, was man produziert, soll überdauern."

„Es ist doch nur ein Stift, Willem."

„Nein, nein", sagte er. Und nochmals setzte er an: „Nein. Es ist mehr als das."

Willem verließ die Proben, nahm, trotz des schönen Wetters, den unterirdischen Gang in Claras Villa und klopfte an ihre Tür. Als er keine Antwort erhielt, klopfte er nochmals und drückte die Klinke nach unten. Er ging durch das lichtdurchflutete Balkonzimmer, empfand Genugtuung darüber, dass er diesen Raum so gestaltet hatte, dass er gerade gut genug für sie war. Ein neues Kleid hing außen an der Schranktür, es war aus grünem Tüll mit strassbesetztem Saum. Da hörte er das Plätschern von Wasser und als er in das große Zimmer eintrat, lag Clara in dem Zuber, den er ihr hatte anfertigen lassen. Sofort drehte er sich um. „Bitte entschuldigen Sie, ich werde gehen."

Clara sagte: „Traurig ist doch nur, dass ich hier alleine in der Wanne liege."

Willem drehte sich wieder um. „Ich wollte mich nur nach Ihrem Befinden erkundigen."

„Manchmal ist mir, als hätten Sie das alles nur für mich erbaut. Als ich hier ankam, hatte all das – die Berge, dieses Hotel, Sie – etwas Schicksalhaftes an sich und ich dachte, vielleicht ist es meine Bestimmung, hier meine letzten Tage zu verbringen und zu sterben."

Willem holte sich einen Stuhl und setzte sich neben
sie an die Wanne. Sie badete in einem Hemd, das Wasser war milchig-weiß. Sie war ungeschminkt, Willem
entdeckte blasse Sommersprossen auf ihrer Nase und
wie sie die Haare lose hochgebunden hatte und ihr einzelne Strähnen ins Gesicht fielen, da sah sie noch ver-
letzlicher aus und Willem fand sie schöner denn je.

„Die Theaterproben laufen gut", sagte er. „Noch drei
Wochen, dann ist die Premiere."

„Die Premiere, wie schön. Die will ich noch erleben."

„Dr. Spengler sagte nichts von Lebensgefahr."

Da griff sie mit ihrer nassen Hand nach der seinen,
führte sie an ihre Lippen heran und küsste sie.

„Ich bin froh, dass ich keine Kinder habe", sagte sie.
„Sie wären sicher missraten."

„Oder so schön wie ihre Mutter."

„Hören Sie auf, mir zu schmeicheln, nur weil sie
schön wären, könnten sie trotzdem missraten sein, ganz
schrecklich sogar." Willem betrachtete diese Frau, die
ihm in den letzten Wochen immer vertrauter geworden
war. „Ich habe ein neues Kleid. Haben Sie es gesehen?
Es ist wunderschön. Ich will es zur Premiere anziehen.
Ich wünschte, Sie könnten mich begleiten, aber ich weiß
in meinem Herzen, dass die Ehe bitter und unbarmherzig ist und so werde ich alleine hingehen und mir

vorstellen, Sie hielten meine Hand, wie jetzt." Sie wischte sich eine Strähne aus dem Gesicht und sagte, sie wisse, es sei unwürdig, als verheiratete Frau so sehr um die Gefühle eines verheirateten Mannes zu betteln, aber dann sei da manchmal in ihr die Hoffnung, tausendmal glücklicher sein zu können als jetzt. Für einen Augenblick nur bestand die Möglichkeit, dass sie beide von diesem Ort fortgingen, dass Willem wieder einmal alles hinter sich ließ und neu anfing. Dass sie gemeinsam durch Europa reisen könnten, in den Orient, nach Afrika. Doch wie es mit Möglichkeiten so war, verflüchtigten sie sich so schnell wie sie aus einem Wunsch heraus geboren wurden und als Willem schließlich Claras Zimmer verließ, da war er froh, erleichtert sogar, ihr endlich seinen Füllfederhalter gegeben und dabei ihr zufriedenes Gesicht gesehen zu haben.

Willem diskutierte mit dem Regisseur. Das Bühnenbild erschien ihm inzwischen perfekt, es war wie eine Kulisse vor der Kulisse und erzeugte eine Art Doppelillusion: Hier, hinter den Bergen, in denen man sich vor der Welt verstecken konnte, bot sich nun inmitten des Kurgartens ein verwunschener Wald. Endlich konnte die Fantasie die Liegenden aufrichten, so dass sie mit offenen Augen weiterträumen konnten. Doch die Sorge davor, dass dieses Stück nicht nur nicht perfekt, sondern ein Reinfall, ja eine Blamage werden könnte, ließ ihn zusehends unruhiger und ungeduldig werden. Bis auf Puck erschienen ihm alle Figuren fehlbesetzt. Titania zu dick, Helena zu einfach, Oberon zu laut, Hermia zu künstlich, Lysander zu steif, Demetrius zu ernst. Man könne jetzt nicht mehr alles umschmeißen, sagte der Regisseur, ein Deutscher namens Winfried, untersetzt, mit Geheimratsecken und immer mit Zylinder. Er hatte auch schon das letzte Stück aufgeführt. Wenn es aber nichts tauge, so müsse man eben nochmal ran, sagte Willem. Winfried erwiderte gekränkt, er sage ihm ja auch nicht, wie er sein Hotel zu führen habe, woraufhin Willem sagte, ohne ihn wäre er überhaupt nicht hier und er möge sich nun bitte seinem Wunsch fügen, zumindest die Titania müsse noch zwei Kilo abnehmen. Ob denn der Puck dann auch noch besser Deutsch lernen könne, fragte Winfried. Und gerade, als Willem zur Antwort ausholte, da kam ein Windstoß auf, ein Blitz zuckte am Himmel, es donnerte. Gleich würde es wieder schneien, die Sicht verschwimmen, die Flocken würden tanzen, die Gäste nach innen stürmen, bis sie der nächste Sonnenstrahl wieder nach draußen locken würde. Ein ewiges Pilgern fand hier oben statt, ein Pilgern der Sonne entgegen.

Eine Stunde später war alles weiß. Mitten im Sommer hatte der Schnee eingesetzt und er sorgte bei den Gästen für einen Stimmungswechsel. Die Leichtigkeit,

die der blaue Himmel und die milden Temperaturen
mit sich gebracht hatten, waren wie weggefegt, der Be-
wegungsdrang ließ nach, der morgendliche Spaziergang fiel nur bei den Diszipliniertesten nicht aus, die
Gespräche bei Tisch verstummten. Es gab in der Nacht
drei Todesfälle – die Leute stürben einfach weniger
gerne bei Sonnenschein, so Spengler – und das Bühnenbild war zerstört. Teile davon – die Holzskulpturen, die
aus Gusseisen geschmiedeten Tore – waren unversehrt
geblieben, doch die Farben der gemalten Kulissen waren verlaufen, sämtliche Blüten kaputt.

„Und jetzt?", fragte Winfried.

„Wiederaufbauen", sagte Willem.

„Wir haben kaum mehr Zeit."

„Ich will noch mehr Gold, mehr Blumen und mehr
Seidenstoffe bei den Kostümen."

Willem ließ die Proben ins Konversationshaus verlegen.
Clara kam vorbei. Sie war aufgebracht, denn sie hatte
am Tag nach dem Schneesturm, als die Gehwege noch
matschig waren, es sie aber dennoch nach draußen ge-
drängt hatte, ein Paar Satinschuhe ruiniert. „Willem",
sagte sie, „ich könnte mich ohrfeigen für diese Dumm-
heit. Warum habe ich diese Schuhe angezogen? Sie waren viel zu gut für die Straße. Meine Lieblingsschuhe.
Tiefstes Smaragd mit einer kristallbesetzten Schnalle.

Jetzt sind sie zerschlissen und voller Schlamm. Aber das ist eben das grundlegende Dilemma: Entweder sind die Dinge viel zu gut, um sie zu gebrauchen – oder sie sind Gebrauchsgegenstände, die das restliche Leben zermürben." Sie fächelte sich Luft zu, Willem spürte, dass sie sichtlich unter dem Verlust dieser Schuhe litt, doch dann erblickte sie die Titania auf der Bühne und sagte: „Ich will dieses Kleid." Willem war begeistert. Welche Frau wollte nicht wie Titania aussehen? Und er spürte, dass es, wie vor vielen Jahren in London, wieder an der Zeit war, dass der Grenzverkehr zwischen Bühne und Wirklichkeit zunahm, dass die Magie des Theaters wirken durfte und sich die Faszinationskraft der Aufführung in diesem Bergdorf entfaltete. Willem hätte Clara am liebsten geküsst. Genau dafür liebte er sie: für ihre Macht, sein Leben zu dramatisieren. Für ihre Kraft, das ganze Leben zu inszenieren. Willem wies Mr. Piggott und Beat an: Was, wenn die Gäste, vorzüglich die Damen, die Kostüme nachkaufen könnten? Ja, sagte er, vor allem hier oben müsse das doch ein besonderer Wunsch sein. Wo, wenn nicht hier hinter den Bergen, wo der Schnee selbst im Sommer noch die Wiesen wie mit Feenstaub bestäubte, so dass alles glitzerte, wenn die Sonne sich nur erbarmte. Die beiden mögen alles Erdenkliche tun, um die Bühnengarderobe in eine Abendgarderobe für die Damen umzuwandeln. Sie ließen die besten Schneiderinnen des Ortes kommen und arbeiteten daran, die Kostüme so zu interpretieren, dass die Frauen damit elegant, jedoch nicht manieriert wirkten. Die Trägerinnen wollten einander gleich und doch ganz anders sein, sie wollten derselben Gruppe zugehören und doch herausstechen. Wollten wie Clara sein – und würden sie doch nie erreichen.

Seit ihrem Aufenthalt hatte sich Claras Stil in kostspielige Höhen geschaukelt, was Willem nicht spürte. Das Kurhaus war ausgelastet, die Warteliste lang, die Preispolitik unverschämt, die Einnahmen hoch. Eine Fürstin hatte kürzlich ihren Mann in der Lobby angeschrien: „Ich bleibe in Davos, egal, was es kostet!" Dafür hatte sie von allen, die diese Szene beobachtet hatten, Beifall erhalten. Und so störte es Willem mitnichten, dass zehn Meter Tüll an einem Körper wie ihrem schnell aufgebraucht waren. Sie genoss es, das zur Schau zu stellen, was sie umsonst bekam, sich andere jedoch niemals leisten konnten. Beat hatte inzwischen für dreißig Kleider Maß genommen und kannte ihren Körper so, wie ihn nur ein Schneider kennen konnte, Zentimeter für Zentimeter. Er kannte auch ihren Wunsch, ihren von Krankheit gezeichneten Körper den Anschein der Vollkommenheit zu geben und er wusste, dass es die Mode war, die sie – neben Willems Hingebung – am Leben hielt. „Wenn ich schon sterben muss, so wenigstens schön angezogen", seufzte sie. Das Leben sei *too short to be badly dressed.*[34] Und mit Nachdruck sagte sie: „*La mort craint les femmes élégantes.*"[35] Die Gründe, warum sie ein neues Kleid brauchte, gingen ihr nie aus: „Ich sehe es gar nicht ein, mich mit tiefgründigen Dingen zu beschäftigen, wenn mich die oberflächlichen so sehr reizen." Warum solle man sich über Politik den Kopf zerbrechen, *if there is fashion?*[36] Schließlich forderte sie im Brustton der Überzeugung: „*Les médecins devraient enfin reconnaître la haute couture comme un remède.*"[37] Ja, Mode sei heilsam, davon war Clara überzeugt, so heilsam wie die Davoser Luft, mindestens, denn: „Hier oben geht es nur ums Atmen, die Haut aber atmet doch auch, wie also könnt ihr die Heilwirkung edler Stoffe unterschätzen? Ich reagiere so empfindlich, wenn mich irgendetwas kratzt oder eine Naht drückt." Clara hatte hierüber tatsächlich einen Streit mit Dr. Spengler anfangen wollen, Willem jedoch hatte ihr geraten, dies nicht zu tun – der Doktor habe wenig Sinn für solcherlei ästhetische Dinge – ihr jedoch seine vollständige Unterstützung zugesagt. Eine Persönlichkeit wie die ihre müsse man nicht nur umhüllen, sondern zur Geltung bringen und in der Tat war es so, dass, wenn Clara übel gelaunt war,

---

[34] zu kurz, um schlecht gekleidet zu sein.

[35] „Der Tod fürchtet elegante Frauen."

[36] wenn es Mode gibt?

[37] „Ärzte sollen Haute Couture endlich als Heilmittel anerkennen."

sich diese Stimmung auf sämtliche Patienten im Raum auswirkte. War sie jedoch voller Freude, so erfüllte sie den ganzen Raum mit Licht. Wenn sie ein Löffelchen voll Kandiszucker in ihren Kaffee gab, so war es als könnte jeder, der ihr dabei zusah, den süßen Geschmack selbst genießen. Sie hatte etwas – und im Hinblick auf ihre Krankheit war dies der Inbegriff der Ironie – Ansteckendes und wäre sie eine Farbe gewesen, sie wäre Gold, ein prächtiges, glänzendes Gold, das langsam in ein tiefes Bordeauxrot überging, einen satten Farbton wie ein schwerer Wein.

„Aber eigentlich hatte ich doch schon ein Kleid für die Premiere", sagte sie zu Willem, der sie in Beats Maßatelier begleitete.

„Du sollst ein noch besseres bekommen."

„Mit Federn?"

„Mit Federn, Perlen, Pailletten, was immer du willst. Beat? Wir machen das glamouröseste Kleid, das Davos je gesehen hat."

Die beiden Männer musterten Clara. Willem beneidete Beat um die Nähe, die er durch sein Maßband herstellen konnte. Der Vermessung ihres Körpers zuzusehen, die durch Beats vorsichtige, dennoch erfahrene Bewegungen etwas Sinnliches, zugleich Keusches erhielt, erregte Willem. Beats Maßband glitt an ihrer Taille entlang, streifte ihre Schlüsselbeine, Schulterblätter, ihren Rücken. Da klopfte es, ein Page trat ein und sagte im

Flüsterton zu Willem, Ursula bräuchte Hilfe, Willi sei gestürzt. Ob denn hierbei nicht Dr. Spengler besser helfen könne. Der Bub verlange nach seinem Vater, Ursula nach ihrem Mann. Willem nickte, nahm seinen Hut und sagte zu Beat: „Mach sie zur Feenkönigin."

Willi hatte sich beim Klettern im Kurgarten den Knöchel verstaucht – nichts Tragisches, doch Willem war froh, seinem Sohn Trost spenden zu können. Er nahm ihn in den Arm, während Alexander den Fuß bandagierte, erzählte ihm von seinen Erlebnissen als junger Seemann, von den Delphinen, mit denen er geschwommen war, den Muscheln, nach denen er getaucht hatte, und war selbst erleichtert durch diese Ablenkung.

Willem erhöhte die Intensität bei den Proben. Während draußen das Wetter immer noch unbeständig war und wie im April Sonnenschein und Schneeschauer abwechselten und die Laune der Gäste und Patienten flatterhaft schwankte wie die Fieberkurven auf dem Thermometer, arbeiteten Regisseur, Schauspieler und Bühnenbildner auf Hochtouren. Willem wollte auch die Maske verbessern: Die Schminke sollte die Mimik deutlicher unterstreichen, um auch noch vom hintersten Platz aus zu überzeugen. „Man muss hinschauen, sich fallenlassen, verlieben", sagte Willem.

„Verlieben?", fragte Winfried.

„Wer sich nicht im Theater verliebt, der wird sich nie verlieben", sagte Willem, „den Verliebten gehört die Welt. Jeder sollte immerzu verliebt sein, endlich würde alles zu schweben beginnen."

Mr. Piggott sagte, verliebte Schauspieler seien ohnehin die besten. *„Falling in love on stage is just a natural thing"*[38], so wie Liebe selbst das größte aller erdenklichen Spiele sei. Ob er schon einmal in eine Schauspielerin verliebt gewesen sei? Und Willem, sich Clara vor ihrem Spiegel vorstellend, sagte: „Ganz Davos ist eine Bühne."

Sonnenstrahlen brachen durch die Fenster, sofort wurde es warm, die Staubkörner tanzten sichtbar in der Luft. Willem sagte, es sei kein Wunder, dass die Patienten die Hitze bekämen und ließ die Fenster aufreißen. Die Schauspieler traten auf die Bühne. Willem zeigte sich insbesondere mit der Besetzung der Handwerker – junge Bauern aus dem Dorf – zufrieden. Sie müssten gar nicht viel tun, einfach nur das, was sie ohnehin täglich machten, dabei nur etwas deutlicher sprechen, hatte Willem begeistert zu Alexander gesagt, der ihn jedoch ermahnt hatte, die Bauern nicht nur auf die Rolle der Nebenhandlung zu beschränken: „Unterschätze den Stolz der Bündner nicht!" Ein Bauer als Oberon, das

---

[38] „Sich auf der Bühne zu verlieben ist eine ganz natürliche Sache"

hätte Symbolwirkung, endlich eine Chance, sich beim Volk beliebt zu machen, nicht immer alle nur mit tollkühnen Ideen zu provozieren, er sage nur Flachdach, „das sei wirklich …, aber lassen wir das". Das Flachdach gefiele inzwischen allen, sagte Willem, so sei es eben mit dem Volk hier oben, man müsse es überfordern, herausreißen aus der engstirnigen Verbohrtheit, ansonsten wären alle in hundert Jahren noch auf demselben Niveau.

„Der Fortschritt ist ein Geschenk, das nicht jedem gefällt", sagte Alexander.

„Der Fortschritt ist das Beste, das diesem Ort passieren kann", sagte Willem. „Wir sollten übrigens über einen Omnibus nachdenken."

Es waren noch zwei Tage bis zur Aufführung. Das Wetter hatte sich stabilisiert, es war wieder sommerlich mild geworden. Die Alpenveilchen blühten, die Blumenbestellungen für das Bühnenbild kamen rechtzeitig an, die Gartenstühle wurden in drei Blöcken angeordnet und weil die Liegestühle, die mehr Platz brauchten als die normale Bestuhlung und besonders begehrt waren (man hatte die Vorstellung mit einer Dauer von drei Stunden angekündigt), den Schwerkranken vorbehalten waren, mehrte sich die Anzahl derer, die über eine akute Verschlimmerung klagten, über Nacht drastisch.

Dr. Spengler kam mit der Visite kaum mehr hinterher und sagte abends zu Willem: „Als ich zu Frau Lilienfeld sagte, sie müsse liegenbleiben, wenn sie sich so miserabel fühle, insistierte sie vehement, sie wolle unbedingt das Stück sehen, aber eben liegend. So ging es auch bei Herrn Sievers, Fräulein Goldermann, der Kanadierin und der Baroness … und ein Wort zu Clara: Unter uns, sie sollte *wirklich* liegenbleiben.“

„Das wird sie nicht tun.“

„Dann sollte sie liegend zusehen.“

„Auch das wird sie nicht tun.“

„Warum?“

„Weil ihr Kleid sitzend besser zur Geltung kommt.“

„Und das kannst du ihr nicht ausreden?“

„Ich kann ihr überhaupt nichts ausreden, ich kann ihr höchstens etwas einreden, aber auch nur das, was sie ohnehin hören will.“

„Sie macht auf mich keinen guten Eindruck. Ihre Lunge pfeift inzwischen und ihr Fieber steigt.“

„Ich bin es leid, in der ständigen Sorge zu leben, dass die Frauen, die ich liebe, sterben.“

„Deine verfluchte erotische Ansprechbarkeit! Du bist schlimmer als die Kranken. Fiebrig, hastig, friedlos, rastlos. Du hast eine kerngesunde Ehefrau. Ich kenne keine vitalere Frau als Ursula. Maggie ist tot, Willem. Reiß nicht immer die Wunden wieder auf, indem du einer Frau, die genauso krank wie Margaret ist, hinterherjagst. Clara ist nicht Margaret. Und sie kann Margaret auch nicht zurückbringen."

„Aber es ist, als brächte sie mir Maggie *näher*. Ich will sie doch nur spüren, Alexander. Spüren, als wäre sie noch hier." Alexander schaute ihn lange an. Dann tat er etwas, das Willem erstaunte: Er schloss das Fenster. Es sei so zugig im Raum. Zugiger als sonst.

Am Tag der Premiere schien die Sonne und die Temperaturen kletterten auf über 25 Grad. Im Kurhauscafé servierten die Kellner Eiskaffee, die Damen fächerten sich kühle Luft ins Gesicht, die Schlange vor den Duschen war so lang, dass die Gäste bis zu drei Stunden Wartezeit in Kauf nahmen. Der Friseur war ausgebucht und Besucherinnen, die noch kein passendes Kleid hatten, versuchten, noch eines bei Beat zu erstehen. Die Idee, die Bühnengarderobe der Schauspieler nachkaufen zu können und somit auf die Promenade zu bringen, war ein voller Erfolg. Nicht nur heute Abend, sondern auch die kommenden Wochen würden die Damen in der *Sommernachtskollektion* flanieren und, ganz nach Lust und Laune, in die Rolle der Hermia, der Hippolyta oder der Helena schlüpfen. Nur ein Kleid war ausverkauft, das der Titania, und allein Willem und Beat wussten, dass es dieses nur ein einziges Mal und nur für eine einzige Frau gegeben hatte. Als diese am Abend der Premiere die Stufen des Kurhauses hinab in den Garten schritt, da hielten die einen die Luft an und die anderen schnappten danach. Ein Raunen ging durch das Publikum. Claras Schönheit verstörte. Ihr rotes Kleid glänzte, die Ärmel waren aus dünner, durchsichtiger Gaze. Das Mieder war enggeschnürt, der Seidenstoff des Rockes üppig gerafft, eine kleine Schleppe andeutend. Sie trug ein Collier mit Rubinen, dessen Mitte ein großer tränenförmiger Stein zierte, der sich in die Kuhle zwischen ihren Schlüsselbeinen schmiegte. „Wenn ich sterbe, musst du mir eine Träne weinen so groß wie dieser Rubin", sagte sie zu Willem und er sagte: „Alleine dafür, dass du Davos glamourös machst und tollkühne Ideen in die Köpfe der Damen zauberst, hast du Unsterblichkeit verdient." Er wünschte sich, er könnte den Abend an ihrer Seite verbringen, doch Ursula war da, niemand, selbst seine Frau nicht, wollte sich die Premiere entgehen lassen und so konnte er nicht mehr tun, als Clara zu ihrem Sitz zu geleiten, einem gepolsterten Samtsessel in der ersten Reihe im linken Block, während Willem in der Mitte saß – weit genug weg, um kein Aufsehen zu erregen – und doch so gewählt, dass er sie sehen konnte.

Das Spiel begann. Eine Mischung aus Lachen und Husten erfüllte den Kurgarten und Willem empfand Genugtuung darüber, dass es nicht einfach nur ein lautes, schallendes Gelächter ohne Zweck war, sondern sich eine befreiende Heiterkeit unter den Gästen breitmachte. Er hatte recht gehabt: Lachen war eine Therapie und ihr heilsamer Effekt setzte unmittelbar ein. Der Mond schien, der Alpenföhn wehte und der Gegensatz zwischen der alltäglichen Welt dort unten und der Märchenwelt hier oben war nie deutlicher zu spüren als in dieser Nacht. Willem bemühte sich darum, auf die Bühne zu blicken, so wie es Clara tat. Kein einziges Mal schaute sie ihn an. Er aber konnte kaum den Blick von ihr abwenden. Ihr Schmuck reflektierte den Glanz der Bühnenlichter, ihre Wangen schimmerten rosig. Sie war keine Frau der Wirklichkeit. Sie würde es niemals sein. Dann, als sich Pucks Liebeswirren dem Höhepunkt näherten, blickte Willem erneut zu Clara und erschrak. Sie hatte den Fächer fallengelassen, griff sich an die Brust, ihr Sitznachbar, ein berühmter Eiskunstläufer, stand auf, um ihr zu helfen, auch Clara erhob sich nun mit sichtlichen Schmerzen. Zum ersten Mal trafen sich an diesem Abend ihre Blicke. Als Clara in Willems Augen sah, da schrie sie laut seinen Namen und als ihr schrilles „Willem" die Stimmen der Schauspieler übertönte und das Publikum aufhorchen ließ, da lief Willem zu ihr hin. Sie, deren Sinne schwanden, sank in seine Arme und als er sie in sein Kurhaus trug, da fühlte er sich an jene Szene mit Margaret vor vielen Jahren erinnert, als er sie aus der Kutsche hob und ins Strela brachte – nur dass er diese Frau hier auf weiche Kissen bettete und ihr das bieten konnte, was er Maggie gerne gegeben hätte.

Das Stück ging nach einer kurzen Pause weiter. Alle waren das Sterben hier gewohnt, auch wenn alle wussten, dass niemand jemals so schön sterben würde wie Clara, von der es nun hieß, sie habe schlicht und ergreifend auch an diesem Abend die Hauptrolle spielen wollen. Willem schloss die Fenster, um den Trubel auszusperren. Dr. Spengler kam und untersuchte sie. Sie öffnete die Augen nicht.

„Sie hatte einen Blutsturz", sagte er.

„Wird sie es schaffen?"

„Ich weiß es nicht. Aber sie wird abreisen müssen."

„Abreisen? Jetzt?"

„Du Esel! Wenn wir Glück haben, wechseln die Gäste nach dem Sommer und bis zum Winter ist dieser Skandal vergessen. Denn ja, genau das ist es jetzt. Die Leute reden und du kannst Ursula nicht weiter demütigen. In den Köpfen der Menschen passieren die abscheulichsten Dinge und du, Willem, hast einen Ruf zu verlieren. Was dachtest du, wie lange das gutgehen kann?"

„Solange ich will", sagte Willem.

Er setzte sich zu Clara. Nur gedämpft drang der laute Applaus durch das Fenster hinein. Lange hielt er ihre Hand, dann nahm er seinen Füllfederhalter, den sie behalten und in ihrem Nachtkästchen verwahrt hatte, und schrieb ihr einen Brief.

Liebste Clara,

seit Ihrer Ankunft befinde ich mich im ständigen Rausch. Sie reisten im tiefsten Schneesturm an – und brachten die Aufregung mit sich, die mein Herz brauchte. Hier oben, hinter den Bergen, hat eines gefehlt: die weite Welt und Sie allein haben mir diese gebracht. Ich bin Ihnen unendlich dankbar für jeden einzelnen Funken Glanz, den Sie in mein Haus trugen. Sie beschenkten mich so reichlich mit Ihrer unerträglichen Schönheit, Ihrem erbarmungslosen Anspruch, der mich immer wieder herausfordert, mehr zu tun, nie aufzugeben, bis es Ihnen genügt. Ich bin dabei, verrückt zu werden und spüre doch, dass ich gerade in diesem Wahnsinn zu der Genialität finde, die ich brauche, um Befriedigung zu erlangen.

Sie heute in den Armen zu halten und zu spüren, wie Ihr Leben schwindet, war für mich schmerzlich. Ihre traurige, zärtliche Krankheit macht Sie nur umso vollkommener. Mir ist, als hätte Sie mir jemand geschickt, als erfüllten Sie einen himmlischen Auftrag, als wirke etwas Höheres durch Sie hindurch zu mir. Ich weiß, dass Sie nicht mir gehören, niemals mir gehören können – und doch bilde ich mir ein, dass man Geschenke des Himmels behalten und ich somit für immer das Gefühl, das Sie mir geben, in meinem Herzen tragen darf: das Gefühl, begehrt und bewundert und für Sie der einzige Mann auf dieser Welt zu sein.

Ihr W. J. Holsboer

Willem, der an Claras Krankenbett keinen Schlaf fand, brach im Morgengrauen zu einer Wanderung auf. Claras Wangen hatten sich nach ein paar Stunden wieder ein wenig gerötet, ihr Atem hatte sich normalisiert. Bis sie erwachte, würde er wieder zurück sein. Manchmal verschliefen Patienten ganze Tage. Willem durchschritt den Kurgarten. Der Morgen nach einem Fest war umso schlimmer, je berauschender der Abend gewesen war. Das Personal hatte noch nachts das Gröbste aufgeräumt, doch Willem vermisste die penible Sauberkeit, an die er gewöhnt war. Blütenblätter lagen auf dem Boden, sie waren ihm ein Zeichen der Vergänglichkeit, doch er wollte nichts davon sehen. Er wollte das Leben spüren und jetzt, da er der Einzige war, der den Berg bestieg, die Rehe im Morgennebel grasten, die Luft noch reiner als sonst war, die Vögel sangen und die aufsteigende Sonne die letzten Sterne am Himmel vertrieb, da kam ihm der Gedanke, dass in diesem Tal so viele Menschen starben, absurd vor. Er blickte hinunter und es kam ihm wie ein großer kalter Friedhof, eine nüchterne Krankenhaussiedlung vor. Er hatte bei Margaret versagt und würde er nun auch bei Clara versagen, so wäre sein Scheitern vollkommen. Je höher er stieg, desto größer wurde ihm die Gewissheit, dass er nicht aufgeben durfte. Nur die Feigen gaben auf. Jeder Tote sollte Ansporn sein, es besser zu machen: Die Kur zu verbessern, die Heilmethoden zu verbessern, den Komfort zu ver-

bessern. Er sah einen kleinen Gletschersee, so Türkis
wie das Meer vor der Küste Amalfis. Willem ging hin,
prüfte die Temperatur mit seiner Hand. Das Wasser war
kalt, jedoch erträglich und Willem zog sich aus. In wenigen Schritten war er ganz im Wasser, er schwamm
mehrere Minuten lang, tauchte unter, spürte das Pri-
ckeln auf seiner Haut und genoss es. Dann ging die
Sonne auf, Willem entstieg dem See und ließ sich von
der Luft trocknen. Zum ersten Mal seit Tagen kam er
zur Ruhe und wie er die Augen schloss und sich seine
Träume öffneten, da entrückte er dieser Welt und sich
selbst. Er träumte von Kriegen, die die Menschen in sein
Davos trieben. Er träumte vom Feuer, das alles zerstörte. Er träumte von Unterwasserwesen, von zärtli-
chen Küssen der Meerjungfrauen, die ihn zu verführen
versuchten. Er träumte vom Diamantglanz seines Hotels, von kultivierter Entzücktheit der Gäste, von Erd-
beertürmen und Vanillecreme, von Palmengärten und
Eisbahnen. Er träumte von Liebespaaren, die einander
aufsaugten wie Waffeln frischen Ahornsirup und von
Kirschen, so saftig und süß wie Limonade. Er träumte
von Zitrusfrüchten und Lammbraten, von warmen Bä-
dern und kühlen Flüssen. Er träumte von Clara, dem
Geruch von Zimt und Nelken. Er träumte von Versai-
lles, Chambord, Neuschwanstein. Er träumte vom
Mond und der Sonne und von Elfen, die ihn entführten.
„Haltet mich fest", sagte er, „so haltet mich für immer

fest." Doch sie entließen ihn wieder nach sieben Jahren. Er träumte von Zwergen, Riesen und Spritzgebäck. Er träumte von Margaret, seiner Maggie, sie war schöner denn je. Zarter, schlanker, größer, als hätte sich ihr Körper im Glanz der Totensonne aufgerichtet. Ihre Kindlichkeit war der Schönheit einer reifen Frau gewichen und er erblickte in ihr das, was sie hätte werden können. Sie überstrahlte alles und jeden und Willem schämte sich, dass er beinahe vergessen hatte, wie vollkommen sie war. Das Sehnsuchtsbild Claras verschwand. Es gab nur noch Maggie, es hatte immer nur Maggie gegeben und es würde immer nur sie geben. Er träumte davon, wie sie beide nach Davos reisten, in einer Bahn, die sie sicher durch die schwindelerregenden Höhen brachte. Er erwachte mit dem Gefühl, nicht alle Möglichkeiten genutzt zu haben und empfand den Groll eines Gescheiterten. Er erinnerte sich, klar und deutlich, an den Schwur, den er einst geleistet hatte: Dass er, wenn Margaret überleben sollte, genau diese Bahn bauen würde und er hatte zwei, ihn verzehrende, ja quälende Gedanken: Warum nur sollte er dies von Maggies Überleben abhängig machen? Und warum hatte er es nicht schon längst getan?

Als Willem zurück ins Kurhaus kam, war Clara weg. Sein Brief war weg, sein Stift aber noch da und die Tinte leer.

DAVOS 1880.
DER SCHOTTE.

Glauben war eine Frage der Erfahrung. Seitdem Willem die Liebe seines Lebens in einer Bibliothek kennengelernt hatte, glaubte er unerschütterlich daran, dass die wesentlichen Begegnungen inmitten von Büchern stattfanden, ja mehr noch, dass in Büchereien schicksalshafte Wendungen vonstattengingen. Und als er an einem eiskalten Dezembervormittag im Jahre 1880 in die Englische Bibliothek ging, tat er dies einerseits aus einem intuitiven Impuls heraus, andererseits aus einer tief in seinem Inneren schlummernden Hoffnung auf ein neues Ereignis, das ihn inspirieren möge. Claras Abreise hatte ihn erschüttert. Wochenlang war er unfähig, sinnvoll zu arbeiten. Wann auch immer er es versuchte, sich in die Bücher und Pläne versenken wollte, schweifte sein Geist ab, seine Ruhe war dahin und egal, was er auch versuchte – Wanderungen, kalte Duschen, Diäten und Enthaltsamkeit – nichts half. Schließlich hatte er auf den Rat seines Freundes Alexander gehört: „Die beste Heilstätte ist das Ehebett." Nun hatte er zwei weitere Kinder, Aleida und Johann, und fühlte sich zwar weder geheilt noch energetisch wiederhergestellt, allerdings genug abgelenkt, um an weitere erotische Eskapaden zu denken. Er stöberte durch die Bücherregale, ließ seine Finger an den Buchrücken entlanggleiten, er mochte die warme, leicht abgestandene Luft, den Duft von Papier und die darin verewigten Gedanken. Die Bibliothek war eines der am besten beheizten Gebäude des Dorfes, was daran lag, dass die Bibliothekarin – eine ältere, aus Wales stammende Dame namens Bertha Beatrix Bowen, die ihren Kuraufenthalt in einen Daueraufenthalt umgewandelt hatte – verfroren war. Sie hüllte sich immer in eine grau-grüne Wolldecke: Wenn sie saß, lag diese um ihre Beine, wenn sie ging, hing ihr diese über die Schultern, manchmal zog sie die Decke auch wie einen Umhang hinter sich her. Das Grau ihrer Locken hatte dieselbe Farbe wie die Decke. Außerdem trank sie, der Sehnsucht nach innerer Wärme geschuldet, ununterbrochen Tee. Nicht selten fand man in den Büchern Teeflecken und wenn die Kurgäste die Bücher zurückgaben und Miss Bowen diese prüfte, rügte sie die Gäste, doch vorsichtiger mit dem Bibliotheksgut umzugehen. Der Einwand, die Flecken seien aber doch schon vor der Ausleihe dagewesen, ließ Miss Bowen nicht gelten. Manchmal echauffierte sie sich so sehr, dass sie ihre Teetasse nach oben riss und der Tee abermals auf das Buch schwappte. Dennoch musste niemand für Miss Bowens Teeflecken aufkommen. Die Kurtaxe war so hoch, dass alles damit abgegolten war und viele Gäste erfreuten sich an der großen Auswahl, die die Bibliothek zu bieten hatte. Willem selbst hatte dies stets unterstützt. Um Kultur in dieses Dorf zu bringen, brauchte es Bücher und er wusste, dass es Jahre, Jahrzehnte brauchen würde, bis das Wissen aus diesen Büchern in die Köpfe der Menschen und in ihren Geist hineinfließen würde und schließlich die Atmosphäre des Ortes beschwingen würde. Nun waren alle wichtigen Dichter und Denker hier zu finden: Chaucer, Malory, Marlowe, Kyd, Shakespare, More, Johnson, Milton, Dryden, Bacon, Hobbes, Richardson, Pope, Browning, Wordsworth, Keats, Tennyson, Rossetti, Arnold und noch viele mehr. Er wusste nicht, was er sich heute ausleihen wollte – vielleicht auch nichts. Vielleicht würde er einfach nur in der Stille verweilen, denn die Ruhe war ihm selten geworden. Der kleine Johann schrie, sogar mehr noch als seine Geschwister im selben Alter. Er empfand tiefen Respekt vor Ursula. Wie mühelos sie die vier Kinder dirigierte war ihm ein Rätsel und er redete ihr in der Erziehung nur selten drein. In gewisser Weise profitierte er sogar von seiner pädagogischen Zurückhaltung: Je weniger er sich zeigte, desto mehr schienen ihn die Kinder zu verherrlichen. Vor allem Helene, die inzwischen elf war, fing an, ihren Vater auf ihre eigene Weise zu bewundern. Die wenigen Male, die er sich für sie Zeit nahm, genossen beide sehr. Das blonde Mädchen begeisterte sich vor allem für das Malen und wenn sie gemeinsam vor einer Leinwand saßen und Willem ihr dabei zuschaute, wie sie Farbe auf das Papier gab, da erlaubte sich Willem den Gedanken, dass seine Tochter in diesen Augenblicken nur seinetwegen glücklich war und das Bild, das sie malte, Beweis dafür war, dass er als Vater nicht versagte.

Willem blickte aus dem Fenster und sah, wie sich ein schlanker junger Mann mit Schnurrbart den Weg zur Bibliothek erkämpfte. Die Straße war, obwohl sie morgens geräumt worden war, schon wieder verschneit und rutschig. Willem wurde zornig, denn genau das war die Aufgabe des Kurvereins: alle Straßen zu jeder Zeit zugänglich zu machen. Er würde dieses Problem bei der nächsten Sitzung zur Sprache bringen, genau wie die Sache mit den Straßenlaternen (die länger leuchten sollten) und den Wegweisern (er war der Meinung, die Wanderwege sollten besser ausgeschildert sein. Der Einwand, er wolle sogar den Weg nach Amerika ausschildern und die Wegweiser, die in alle Himmelsrichtungen zeigten, sähen schon jetzt wie Igel aus, ließ er nicht gelten). Die Tür öffnete sich, das Pfeifen des Windes drang herein und als er Mrs. Bowens Stimme hörte – heller, freundlicher und fröhlicher als sonst – da wusste er, dass es sich bei dem Neuankömmling um einen ihrer Landsmänner handeln musste, denn Mrs. Bowens Liebe für die Schweizer Berge war zwar groß, wie groß aber ihr Heimweh nach dem Vereinigten

202

Königreich sein musste, das wurde immer dann deutlich, wenn sie jemanden aus ihrer Heimat traf, noch dazu, wenn dieser jemand ein Fremder war und damit Neues zu berichten hatte. Willem bewegte sich näher dem Eingang zu. Auch er war neugierig. Inzwischen kamen jede Saison so viele Kurgäste, dass er sie längst nicht mehr alle persönlich kannte (und zu seinem Bedauern auch nicht alle bei ihm wohnten). Dieser Mann – er fröstelte und hustete – strahlte Kreativität aus. Wenn er kein Maler war, so ein Dichter oder ein Schauspieler und wenn all das nicht stimmte, so musste er zumindest fürchterlich intelligent sein. Die Sensibelsten waren oftmals die Kränkesten und überhaupt, das hatte Willem in all seinen Jahren hier beobachtet, machte diese seltsame Krankheit insbesondere vor Künstlern keinen Halt. Wie sie so dalagen – lesend, schreibend, malend – da bildeten diese fragilen Intellektuellen einen magischen Zirkel todgeweihter Romantiker, denen das Leben erst jetzt, da es bedroht war, lebenswert erschien. Alles deuteten sie aus, das rote Blut im weißen Taschentuch erschien ihnen märchenhaft, ihren Sarg imaginierten sie aus Ebenholz, die kränkste aller Patientinnen kürten sie zur Bienenkönigin, um die sie, in ihren Balkonwaben lauernd, alle herumschwirren wollten. Der Löchrigkeit ihres eigenen Gewebes versuchten sie mit Kadaverruhe Herr zu werden, so wie eine morsche Brücke nicht einstürzte, wenn man sie nicht betrat, so

meinten sie, ihr Körper würde nicht absterben, wenn
man ihn nicht bewegte. Ihrem Dahinschwinden gaben
sie einen festlichen Anschein, die Magerkeit war ein
Zeichen der Vornehmheit und je höher das Fieber, desto
edler der Mensch. Waren hier alle verrückt? Aber nein,
Willem erkannte in diesen Fantasien eine bewunderns-
werte Willenskraft. Sie alle leisteten hier oben intensive
Traumarbeit. Sie träumten den Traum einer entrückten,
verborgenen Welt, in der Heilung möglich war. Wer
Zugang zu ihr hatte, war auserkoren, machte eine Erfahrung, die nur hier möglich war. Wer hierherkam,
tauchte ein in ein Leben jenseits des Normalen. Nichts
war hier oben gewöhnlich. Alles war übertrieben. Die
Berge waren zu hoch, die Luft zu dünn, der Schnee zu
viel, die Sonne zu stark, der Luxus absurd. Auf diesem
großen Fest war der Tod stets Ehrengast – doch wer den
Tod nicht kannte, der wusste nicht, wie gut er feiern
konnte. Der Fremde hustete stark. Dann fragte er nach
Mary Shelley und weil er das „r" rollend aussprach,
wusste Willem, dass es sich um einen Schotten handeln
musste. Da Mrs. Bowen eingemummelt in ihrer Decke
saß, trat Willem näher, stellte sich vor, erwähnte höflich,
dass er nicht hatte überhören können, dass er nach einer
ihm sehr bekannten Autorin suche und bot an, ihn zum
Regal zu führen. Mrs. Bowen, zwischen Neugier und
Bequemlichkeit hin- und hergerissen, begrüßte dieses

Angebot schließlich, blieb sitzen und trank weiter Tee. Und so lernte Willem Robert Louis Stevenson kennen.

Willems Intuition hatte ihn nicht getrogen: Diese Begegnung (und er war dankbar, dass es sich jetzt, da er sich in seiner Ehe endlich wieder wohlfühlte, um einen Mann handelte) war für ihn von höchster Bedeutung. Erstens empfand Willem ihm gegenüber eine natürliche Vertrautheit – alles Britische erinnerte ihn an Maggie. Zweitens erkannte er in ihm den klugen Geist, nach dem er sich gesehnt hatte. Drittens war dieser Mann ein Weitgereister (wenngleich auch nicht so weit wie er). Viertens – und dies war ihm Zeichen genug – hatte er eine tuberkulosekranke Mutter namens Margaret. Und fünftens empfand Mr. Stevenson, der als Schotte zwar raues, jedoch nicht ein so derart unbarmherzig winterliches Wetter gewohnt war, einen solch starken Widerwillen gegen das kalte Davoser Klima, dass Willem ein unerbittlicher Ehrgeiz packte. Wenn er diesen Schriftsteller (ja, auch hier hatte ihn seine Menschenkenntnis nicht getäuscht) davon überzeugen konnte, dass er genau hier und jetzt am richtigen Ort war, dass er überhaupt nirgendwo anders sein konnte, durfte und sollte als hier, wenn er erkennen würde, dass Davos das Beste war, das ihm überhaupt nur passieren konnte und er aus dem Leid Gutes schöpfen konnte, dann hätte er das

Gefühl, wieder etwas geschafft zu haben. Denn vieles, was er schaffen wollte, scheiterte an der Sturheit der Menschen, mit denen er es tagtäglich zu tun hatte. Jeder Fortschritt war ein Kampf. Was immer er auch vorschlug – neue Hygienemaßstäbe, neue Straßen, neue Schulen – fast immer waren die Davoser erstmal dagegen. Im Überzeugen hatte er also eine Routine und obwohl er Mr. Stevenson auf keinen Fall bekehren wollte – Willem verstand sich nicht als Missionar – so wollte er ihm doch die Augen öffnen für alles Schöne, das es hier oben zu entdecken gab. Gewiss, er konnte verstehen, dass für jene, die im Winter ankamen, die Kälte und der Schnee zunächst eine Herausforderung waren. Natürlich wäre alles viel leichter gewesen, wenn Mr. Stevenson im Kurhaus übernachten würde, doch er hielt sich gemeinsam mit seiner Frau Fanny, einer Amerikanerin, noch dazu einer geschiedenen, die obendrein noch zehn Jahre älter war als er, im Belvedere auf. Die beiden hatten erst kürzlich geheiratet und Fanny mochte das Klima genauso wenig wie ihr Mann. Sie bestätigten sich gegenseitig darin, dass ihr Kuraufenthalt einem Wegsperren gleichkam.

„Schauen Sie", sagte Mr. Stevenson im Kurhauscafé – aus Willems erster Einladung war rasch eine zweimal wöchentliche Routine geworden – „es ist, als wollte nicht nur meine Fantasie hier ausbrechen, sondern auch mein ganzer Körper. Das Tal, der Winter, dazu die

Schwäche eines Invaliden – das ist, mit Verlaub, ein Gefängnis der wirksamsten Art."

„Finden Sie?"

„Aber ja. Alles sieht gleich aus, egal wo Sie hinschauen. Alles ist Weiß."

„Weiß ist doch eine wundervolle Farbe, finden Sie nicht? Selbst in der dunkelsten Nacht erleuchtet der Schnee das Tal. Haben Sie schon einmal Davos in einer Vollmondnacht betrachtet?"

„Wir gehen früh zu Bett. Aber natürlich gebe ich Ihnen recht. Weiß ist nicht gleich Weiß. In der Sonne wirkt der Schnee mal golden, mal rosa, mal schillert er in tausend Blautönen."

„Und ist das nicht ein beeindruckendes Schauspiel der Natur?"

„Ja, ich weiß, was Sie meinen. Da ist die Unendlichkeit der Kristalle – aber all die weißen Felder können doch niemals die Schönheit der bunten Erde ersetzen."

„Mr. Stevenson, Sie kennen den Davoser Frühling und den Sommer noch nicht. Ich bitte Sie, haben Sie Geduld. Die Vögel werden zwitschern und das Gras in den sattesten Grüntönen leuchten."

„Aber jetzt, Mr. Holsboer, ist alles starr, starr wie der Tod." Der Pianist spielte ein Stück von Mendelssohn. Mr. Stevenson nahm einen letzten Schluck schwarzen Tee, dann bestellte er beim Kellner ein Bier.

„Alles, worum ich Sie bitte, ist, dass Sie diesem Tal

eine Chance geben. Genesung ist eine mentale Sache – öffnen Sie sich für das Schöne und Gute, versperren Sie sich nicht innerlich."

„Es ist nicht so, dass ich mich absichtlich dagegen wehre – mir bleibt ja auch keine Wahl. Diese Atemschwäche hat Macht über mich und natürlich reiste ich mit der besten Absicht an. Man spricht in den höchsten Tönen von Davos und das ist wohl das Problem. Vielleicht waren meine Erwartungen zu hoch – das Paradies jedenfalls habe ich mir nicht als Eishölle vorgestellt."

„Nur die Menschen machen aus einem Ort ein Paradies oder eine Hölle. Sie sind doch in guter Begleitung hier?"

„Sie meinen Fanny? Ja, nur ist sie das kalifornische Klima gewöhnt. Und ihr Sohn – mein Stiefsohn – Lloyd, er mag es auch lieber wärmer."

„Wie gefällt Ihnen Kalifornien?"

„Gut. Ich meine, es ist nicht Edinburgh. Ich habe mich noch nie irgendwo so schottisch gefühlt wie in Kalifornien."

„Und die Menschen? Als ich dort war, glaubten alle noch an das große Gold."

„Sie haben den Goldrausch erlebt?"

„Ich habe ihn negiert. Nichts erschien mir dümmer als einer Illusion hinterherzulaufen. Am Ende ist es nur Glück, ob man Gold findet oder nicht. Es hat nichts mit

Können oder Fleiß zu tun. Ich wollte etwas tun, dessen Ausgang ich selbst bestimmen kann."

„Was meinen Sie, warum ich schreibe? Es gibt nichts Schöneres als den Ausgang einer Geschichte selbst zu definieren. Es fühlt sich an wie Gott spielen. Ich bestimme über das Schicksal meiner Helden – und wenn mir danach ist, kann ich sie ganz einfach fallenlassen. Klingt das sadistisch?"

„Man kann nicht immer ein guter Mensch sein. Das wäre unmenschlich. Und wir lieben doch genau die Geschichten, in denen das Böse steckt – das Gute allein ist langweilig. Wissen Sie, genau deswegen braucht dieser Ort hier die Krankheit. Ohne sie wäre es ein perfektes Paradies. Aber wer hält das schon aus? Die Tuberkulose ist Evas Apfel – das kleine Quäntchen Gift, das jeder Mensch braucht, um das Gefühl zu haben, etwas zu riskieren. Wer immer nur im Garten Eden sitzt, muss schreckliche Angst haben, etwas zu verpassen."

„Hätte ich nicht über Silverado geschrieben, ich hätte genau dieses Gefühl gehabt: meine Lebenszeit zu vergeuden. So schön Kalifornien auch ist, ein bisschen viele Klapperschlangen vielleicht und auf den Wein kann ich verzichten, aber wir saßen in dieser verlassenen Minenstadt eigentlich nur rum."

„Ja, das können sie gut dort. Warten – warten, bis etwas passiert."

„Der Nebel war schön."

„Nebel ist immer schön, solange man weiß, dass er sich bald auflöst."

„Ich glaube, der Nebel ist eine grandiose Metapher für diese Stadt. Ich hörte die wildesten Geschichten. Die einen sagten, man hätte dort Silber im Wert von 600.000 Dollar gefunden, die anderen beharrten darauf, dass es dort gar nie Silber gegeben hätte. Ein dicker Schleier liegt über der Wahrheit und ich werde nie herausfinden, was wirklich stimmt."

„Vielleicht müssen Sie das auch nicht. So wie Patienten nicht wissen müssen, ob sie genesen oder nicht. Allein die Hoffnung ist wichtig. Und je kränker die Menschen, desto fester der Glaube, dass alles wieder gut wird."

„Ist das so?"

„Fragen Sie Dr. Spengler. Selbst auf dem Sterbebett denken viele, alles würde wieder gut. Was gefällt Ihnen also besser, dass es in der Mine Silber gab oder nicht?"

„Was für eine Frage. Natürlich sprudelte sie nur so."

Die beiden lachten und schauten nach draußen. Der Himmel war grau.

„Ich weiß, was Sie denken", sagte Mr. Stevenson. „Dass in Schottland auch kein besseres Wetter ist."

Willem grinste. „Na, jedenfalls", sagte er, „je kälter die Tage, desto romantischer die Nächte. Wir nennen die Tuberkulose auch die Krankheit der Leidenschaft. Die Kranken fühlen einfach mehr. Im Grunde genommen sind die Patienten wie eine Heerschar Verliebter. Erst sind sie blass, dann erröten sie, dann erhöht sich ihr Puls. Aber Sie kennen das ja."

Mr. Stevenson sagte, er fühle sich manchmal eher von Hades bestimmt als von Eros.

„Verzeihen Sie mir, falls ich Sie damit verletze. Doch mir kommt dieses Tal verflucht vor, so wie jedes andere Alpental auch. Von Anfang bis Ende ist und bleibt es ein Dorf."

Willem zuckte. Ihm war bewusst, dass Mr. Stevenson ein Fremder war und somit den Schutz des Ahnungslosen in Anspruch nehmen konnte. Dennoch sollte und konnte diesem so scharfen Beobachter doch nicht entgangen sein, dass Davos eben *kein* Dorf mehr war.

„Sie finden wirklich, dass Davos ein Dorf ist?"

„Nun ja, ist es eine Stadt?"

„Sie finden alles, was Sie auch in einer Stadt finden können."

„Darum geht es nicht. Es fühlt sich nicht nach Stadt an. Ich glaube, es liegt an den Bergen."

„Aber die Berge machen Davos doch erst besonders."

„Sie sind wie eine Falle. Wie eine wunderschöne, eiskalte Falle. Selbst wenn du sie erklimmst, siehst du das Meer nicht. Es ist, als würde man in einem Loch leben."

„Unterschätzen Sie die Behaglichkeit dieser Erdung nicht", sagte Willem. „Ich bin meine gesamte Jugend zur See gefahren, habe die Weiten der Ozeane erlebt und geliebt, doch glauben Sie mir, mein Sportsfreund, erst die Enge dieses Tals gibt mir ein Gefühl der Einbettung, des Daheimseins."

„Und das Reisen vermissen Sie nicht?"

Ein Koffer. Ein Bahnhof. Clara. Nur für einen kurzen Augenblick atmete sich seine Seele zu ihr, bis er die Erinnerung an die verpasste Möglichkeit, mit ihr zu gehen, hinfort zu gehen, die Welt noch einmal zu erkunden, verscheuchte. Er dachte lange über seine Antwort nach und sagte schließlich: „Es gibt doch nur zwei Bewegungen auf dieser Welt. Entweder *ich* ziehe los in die Fremde – oder das Fremde kommt zu mir. In meiner ersten Lebenshälfte war ich der Reisende. Und nun bin ich derjenige, der Reisenden ein Zuhause gibt."

„Aber kommen Sie dabei zur Ruhe? Kommen die Gäste zur Ruhe? Ich blicke mich um, sehe all die Liegenden, Hustenden und verstehe doch nicht, wie sie den ganzen Tag nichts tun können."

„Sie sollten wirklich ins Kurhaus überwechseln, es gibt hier so viel Unterhaltung, dass Sie sich über die wenigen Ruhepausen freuen werden."

„Aber nichts könnte mich von der Tatsache ablenken, dass ich diesem Ort unmöglich entkommen kann."

„Sie können jederzeit gehen."

„Ach wirklich? Um dann kurze Zeit darauf wieder anzureisen, tagelang im eiskalten Schlitten? Die Flucht,

Mr. Holsboer, ist eine Illusion. Die einzige Möglichkeit, all diesem hier zu entkommen, ist hier oben." Robert Louis Stevenson tippte mit seinem rechten Zeigefinger an seinen Kopf. Er zündete sich eine Zigarette an, es war bereits die dritte, und raunte dann: „Trotzdem ist selbst die Flucht in Gedanken nicht so leicht. All das ist tödlich für meine Fantasie."

Da lachte Willem. Er hatte hier oben schon viele Charaktere erlebt, aber selten jemanden wie diesen Schotten, der die größte Lust dabei empfand, auf sein Davos zu schimpfen. „Glauben Sie mir", sagte Willem, „es wird Ihnen noch ganz Großes einfallen."

„Woher wissen Sie das?"

„Es geht noch jedem so."

DAVOS 1881.
DIE SCHATZINSEL.

Ein Jahr später behielt Willem recht. Mr. Stevenson war bis April geblieben und kehrte erst, nachdem sich sein Gesundheitszustand gebessert hatte, nach Schottland zurück. Seine Frau und sein Stiefsohn waren über diesen Klimawechsel froh. Vor allem Fanny – Willem hatte sie nur kurz kennengelernt, war aber von der sichtlich intelligenten Frau beeindruckt gewesen – hatte den Schnee nicht mehr ausgehalten. Sie sahen sich also schon im Herbst wieder, doch abermals nächtigte Mr.

Stevenson nicht im Kurhaus, sondern diesmal in der Villa Stein. „Selbst zu guten Freunden soll man Distanz wahren", sagte er, als sie sich zu einem Spaziergang im Wald trafen, denn Mr. Stevenson bestand darauf, jeden natürlichen Windschutz zu nutzen, den es nur gab.

„Was macht Ihre Fantasie?", fragte Willem, seinen abgemagerten Freund sorgenvoll musternd.

„Bestens, ausgezeichnet", sagte dieser. „Sie hatten ja vollkommen recht: Fast habe ich mich nach dieser Enge hier gesehnt, nach dem Gefühl, das ich hier habe. Ich ringe um Atem. Und rastlos, atemlos soll auch meine Geschichte werden." „Worum geht es?"

„Wissen Sie, wir waren in der Nähe von Balmoral und dann kam diese Erkältung. Ich hustete, ich fieberte, ich spuckte Schleim und an Wandern war nicht mehr zu denken. Also malte ich mit Lloyd. Hatten Sie nicht erzählt, dass Ihre Kinder auch gerne malen?"

„Helene, ja. Ist ganz verrückt nach Kunst."

„Also nach Kunst sah das bei uns weniger aus, vielmehr nach Abenteuer – wir malten einfach drauf los und es entstand eine Landkarte. Wir fingen an, die Umrisse einer Insel zu malen. Man braucht ja noch nicht mal großes Talent dafür, im Grunde sieht so eine Karte ja umso besser aus, desto schäbiger sie ist. Und wir malten Häfen ein, Meere und Berge. Da dachte ich an Sie, Mr. Holsboer."

„An mich?"

„Ja, an Sie. Ich dachte an all das, was Sie mir in unseren vielen Gesprächen über Ihre Zeit auf See sagten. Zum Beispiel über die Goldgier. Sie sagten, dass diese Gier die Menschen antreibt, bis zum Äußersten. Dass sie die Sinne benebelt und blind macht. Ich habe an Ihre Matrosen gedacht, die von Bord rannten und versuchten, sich durch Gold Befriedigung zu verschaffen und beim Schürfen nach Gold doch nur ihr eigenes Grab schaufelten. Waren Sie jemals versucht, Ihre Seele zu verkaufen?"

„Ein einziges Mal nur", antwortete er. „Als ich dachte, meine Frau stirbt. Es war am Tag unserer Anreise." Eine kurze Stille kehrte ein. Dann sagte Mr. Stevenson: „Aber Sie haben es nicht getan. Und das macht den Unterschied. Sie sind stets, selbst in tiefster seelischer Not, bei klarem Verstand geblieben. Die Schilderung Ihrer Crew aber ist mir nicht aus dem Kopf gegangen. Diese Gier führt doch nur zu einem – Wahnsinn. Und so müssen auch meine Figuren daran zugrunde gehen. Sie werden schlecht träumen, unzufrieden, zerrissen sein. Sie werden Blut vergießen. Und auf einmal, mitten im schottischen Moor, war sie da, die Idee von der *Schatzinsel*."

„Ein Abenteuerroman also?"

„Ja, ich habe schon damit angefangen. Immer nachts, wenn mich diese verfluchten Alpträume jagen, da schreibe ich und manchmal meine ich, ich schreibe aus purer Rache an diesen dunklen Gedanken, die mir den Schlaf rauben."

„Wollen Sie mit Dr. Spengler darüber reden?"

„Über *Die Schatzinsel*?"

„Nicht doch, über die Alpträume."

„Ist er denn ein Seelendoktor? Ich halte nichts davon, in diesen Hirngespinsten herumzufuhrwerken. Es gibt ja einen Grund, warum wir uns meistens nicht mehr an all den nächtlichen Unfug erinnern können. Wenn es von Bedeutung wäre, dann hätte der Herrgott es doch so eingerichtet, dass wir uns unsere Träume einprägen. Was soll das bringen, über etwas reden, das man doch nur vergessen will? Nein, nein, ich halte nichts davon, einen natürlichen Mechanismus gewaltvoll auszuhebeln. Man reißt doch auch keine Wunde auf, nachdem sie endlich vernarbt ist. Verdrängung ist eine herrliche Sache und was ich nicht verdrängen kann, das bietet mir guten Stoff."

„Dann brauchen Sie das Schreiben als Therapie?"

„Ganz und gar nicht, wo denken Sie hin? Das Schreiben selbst ist ein Alptraum. Es ist ja nicht so, dass wir Schriftsteller gerne schreiben, wir können nur sonst nichts. Wissen Sie, was ich gerade habe?"

„Sagen Sie es mir."

„Eine Blockade, lieber Mr. Holsboer, eine brutale Hemmung, auch nur ein Wort zu Papier zu bringen. Hier oben in meinem Kopf ist alles drin. Ich sehe die

Figuren vor mir, diesen Burschen namens Jim Hawkins, ehrlich gesagt soll er wie Lloyd sein, Long John Silver, das Schiff, Mr. Holsboer, vor allem das Schiff sehe ich vor mir!"

„Ein Dreimaster?"

„Ja, ich dachte daran: Ist das gut? Sie müssen mir alles über Schiffe erzählen."

Willem wollte gerade ansetzen, dass es vor allem wichtig sei, die Kapitänskajüte mit einem Mindestmaß an Komfort auszustatten, doch Mr. Stevenson fuhr bereits fort. „Ich habe keine Ahnung", sagte er, und es mutete unter dem windstillen Blätterdach wie ein Geständnis an, „wie ich diese Geschichte zu Papier bringen soll. Es ist, bitte glauben Sie mir, nicht so einfach, auch wenn es am Ende, wenn man es liest, wie ein Kinderspiel aussieht. Hoffentlich sieht es sogar so aus, dann habe ich es gut gemacht, aber ich bezweifle" – und nun nahm Willem Schweißperlen auf seiner Stirn wahr – „dass ich es überhaupt schaffe."

„Aber Sie haben schon angefangen?"

„Ja, ja, natürlich, aber ich habe nicht mehr als ein paar Kapitel. Ich bin gerade beim Schlaganfall. Kann man durch zu viel Rum einen Schlaganfall erleiden?"

Willem verzichtete darauf, nochmals auf Dr. Spengler zu verweisen, murmelte stattdessen ein „Ich denke doch" und hörte Mr. Stevenson weiter zu.

„Also ein Junge ist in einem Gasthaus, ein ständig betrunkener Kapitän mietet sich ein –" Hier musste Willem doch dazwischengehen. „Sie wissen, dass kein guter Kapitän je ständig betrunken sein kann, Sie bedienen hier ein schrecklich falsches Vorurteil. Wäre ich auf See ständig berauscht gewesen, wo denken Sie, dass wir gelandet wären?"

„Ah, ja, Sie haben recht", sagte Stevenson, doch sofort wandte er ein, „aber die Menschen lieben das."

„Die Menschen lieben viel Unsinn."

„Nun, ich denke darüber nach. Vielleicht hat er erst nach dem Dienst zu Trinken begonnen, er ist ja schon sehr alt. Jedenfalls: Er hat schreckliche Angst, versteckt oben in seinem Zimmer eine Schatzkarte, dann kommt der Schwarze Hund."

„Tiere sind immer gut. Gibt es auch einen sprechenden Papagei?"

„Das ist kein Mensch, sondern ein Seemann."

„Auch das ist ein Klischee, das wissen Sie? Ich hatte nie einen solchen Namen."

„Oder Sie wissen es nicht, wie man Sie hinter Ihrem Rücken nannte."

„Oh doch, das hätte ich gewusst. Seemannswissen wabert immer. Man kann es nicht *nicht* aufschnappen. Vor allem nicht auf See. Der Wind trägt einem alles zu."

Stevenson nickte, fest darauf fixiert, dass seine eigenen Vorstellungen von der Seefahrt der Geschichte dienlich waren. „Sie waren ja auch kein Pirat. Also der Schwarze Hund macht ihm Angst, er erleidet einen Schlaganfall. Und jetzt soll als nächstes Pew kommen, ein blinder Bettler, und dann die ganze Bande und dann … aber Sie sehen, es ist ein heilloses Durcheinander und was in meinem Kopf funktioniert, das funktioniert noch lange nicht auf Papier. Es sind zwei verschiedene Welten, die im Geiste und die schließlich im Buche steht. Ich hasse das Schreiben, es bringt mich noch um!“

Willem räusperte sich. „Ich bin gewiss kein fachkundiger Ratgeber in literarischen Angelegenheiten, ich wünschte, Sie hätten meine erste Frau gekannt, sie liebte die Literatur und wollte selbst schreiben.“

„Und hat sie es auch getan?“

„Nein, nicht wirklich. Sie hat mir nie etwas gezeigt, aus Sorge, ich könnte es schlecht finden.“

„Da sehen Sie, diese Zweifel sind eine Qual. Man denkt, alle Menschen verlieren die Achtung vor dir, wenn sie deinen Mist lesen.“

„Maggie ist gestorben. Ich kann daher nur für mich sprechen, wenn ich Ihnen sage, nichts wird Ihren Schreibfluss wieder so sehr in Gang bringen wie ein Aufenthalt in Davos.“

„Und woher wissen Sie das?“

„Wo könnten Sie sich besser in die Südsee träumen als hier? Wo besser verstehen, dass es nur einen einzigen Schatz gibt, die Gesundheit, das Leben selbst?“

„Ich bezweifle, dass ich überhaupt das nächste Kapitel zu Papier bringe."

„Doch", sagte Willem, „das werden Sie. Schreiben Sie, schreiben Sie, als hinge Ihr Leben davon ab."

DAVOS 1882.
DAS ZWEITE GESICHT.

Tatsächlich machte sich Mr. Stevenson an die Arbeit und er ließ Willem daran teilhaben. Die Geschichte nahm immer mehr Form an und je höher sich die Schneemassen im Tal auftürmten, desto näher kamen die Helden der Insel im Süden. Willem war inzwischen mit den Figuren vertraut: mit Long John Silver, dem einbeinigen Koch; mit Dr. Livesey, dem Arzt; mit Kapitän Smollet, Mr. Trelawney und der Piratenbande.

Und immer wieder sagte Willem zu ihm: „Die Seefahrt ist nicht romantisch, das Saufen nicht schön. Edelmänner können genauso verschlagen sein wie Piraten und was auf hoher See geschieht, bleibt auf hoher See. Menschen sterben dort schneller und Leichen verschwinden einfacher."

„Und woran erinnern Sie sich am besten?"

„An die Brandung. Ich höre sie an den Küsten dröhnen."

„Und woran denken Sie, dass sich Ihre Crew erinnert?"

„Womöglich an das Gefühl, wenn sich das Fremde vertraut anfühlt. So als wäre die Seele schon einmal an einem Ort gewesen, den der Körper bislang nicht kannte."

„Das ist es ja", sagte Stevenson, „es gibt überhaupt keine fremden Länder. Nur wir sind die ewig Fremden."

An manchen Tagen war Fanny mit dabei. Willem mochte Mrs. Stevenson. Sie war nicht das, was er als ausgesprochen schön bezeichnet hätte. Sie hatte etwas durchgängig Lautes an sich. Immer trug sie bunte Farben, die im verschneiten Davos umso mehr herausstachen, und sie türmte ihr lockiges Haar, das sich nie ganz bändigen ließ und von grauen Strähnen durchzogen war, hoch auf. Mr. Stevenson war von beiden gewiss der Attraktivere – doch Fanny war auf ihre eigene Art anziehend und wenn sie ihn ansah, so blitzte in ihren Augen etwas auf, das er kannte. Ja, diese Frau, die vielen im Ort unheimlich war – man erzählte sich, sie habe das Zweite Gesicht – war Willem seltsam vertraut.

Dann begannen sie eine Diskussion über die Ausgestaltung der Insel und Willem war erstaunt darüber, wie gut sich Fanny in jedes Detail einfühlen konnte. Sie, die Weitgereiste, sprach über Fasern von Kokosnüssen genauso kundig wie über den Geschmack von Rum. Sie war der Meinung, im Grunde sei *Die Schatzinsel* doch eine Parabel über das *flüssige* Gold: „Mein Mann lässt sich alle zu Tode saufen", sagte sie zu Willem, „am Ende brauchen wir keine Feinde. Wir richten uns allein zugrunde." Sie sagte, Rum sei völlig zu Unrecht in Verruf, so schlecht sei er gar nicht. Ihr Mann wandte ein, dass die Geschichte mit Wein einfach nicht funktioniere, und Fanny sagte: „Darum geht es doch im Leben, oder nicht? Nur darum, ob etwas funktioniert, nicht darum, ob es gut, schön, wahr oder rechtens ist." Dann begann Mr. Stevenson zu husten und entschuldigte sich. Er zog sich zurück auf sein Zimmer und als Fanny mitgehen wollte – sie saßen auf der Terrasse der Villa Stein – sagte ihr Mann, sie möge bitte bleiben und dem gemeinsamen Freund Gesellschaft leisten. So saßen Fanny und Willem in der Sonne, die bald schon wieder hinter dem Gipfel verschwinden würde.

„Es fällt ihm schwer, sich nicht zu bewegen", sagte sie schließlich. „Diese Unfähigkeit zu reisen setzt ihm zu. *Die Schatzinsel* ist nichts als eine geistige Flucht, eine Fantasiereise."

„Ist das nicht schön, wenn daraus ein solches Kunstwerk entsteht?", frage Willem.

„Es wird ein Meisterwerk."

„Sicher. Er weiß es nur noch nicht."

„Im Ernst. Das Buch wird sein Durchbruch. Ich sehe es klar vor mir. Ihrer Frau geht es übrigens gut."

„Ursula?"

„Margaret."

„Maggie?"

„Sie sagt, dass sie weitermachen sollen."

„Womit?"

„Ich sehe eine Eisenbahn."

Doch bevor Willem nachfragen konnte, wandte sie sich von ihm ab, sagte, sie müsse nun wirklich zu ihrem Mann, es sei schon viel zu spät.

Eine Woche später erhielt Willem eine Notiz von Mr. Stevenson. Sie waren nach Schottland aufgebrochen, er entschuldigte sich, dass er nicht persönlich Lebewohl hatte sagen können, doch auf einmal habe es sie gepackt und er spürte, dass er diesen Impuls ohne Verzögerungen nutzen musste, weil er sonst ja doch nur hier verweilen würde, vielleicht sogar für immer.

Lieber Mr. Holsboer,

Davos ist eine Krake, die Patienten in die Tiefsee zieht. Sie hat mich schon zu lange im Griff und jetzt ist es Zeit, aufzutauchen. Und doch hatte hier alles seinen Sinn. Das letzte Kapitel ist fertiggestellt und wenn meine Krankheit nur diesen einen Zweck hatte, hierher zu kommen, um diese Geschichte zu vollenden, die nirgendwo anders hätte geschrieben werden können – denn wie recht Sie hatten, dass der Zauber der Berge auf die zu wirken beginnt, die verzaubert werden wollen –, so ist doch alles gut. Ich danke Ihnen für Ihre Konversationen. Sie waren mir eine Freude und erweiterten meinen Horizont. So reise ich nun mit der Hoffnung ab, dass Sie mich in bester Erinnerung behalten, so wie ich Sie.

Ihr Robert Louis Stevenson

P.S. Auch meine Frau lässt Sie grüßen. Sie mögen bitte an die Bahn denken.

Willem steckte den Brief zurück in den Umschlag und schaute aus dem Fenster. Fünfzehn Jahre war es jetzt her, dass er mit Margaret in einer Kutsche angereist war. Fünfzehn lange Jahre. Er seufzte. Draußen gingen die Menschen im Kurgarten spazieren, manche liefen Schlittschuh. Er hörte Gelächter, das sich mit Husten mischte. Schneeflocken fielen langsam vom Himmel und bestäubten den Boden wie mit Puderzucker. Diese Geister, dachte er, lassen einem doch keine Ruhe. Abermals seufzte er und empfand beim Ausatmen für einen kurzen Moment Leichtigkeit. Die Sonne brach durch die Wolken, er schaute ins helle Licht, bis er blinzeln musste. Dabei stellte er fest, dass er Gefallen an diesem übersinnlichen Ansporn fand, verlieh dieser seinem persönlichen Streben doch eine größere, ja geradezu heilige Dimension.

DAVOS 1882.
DER ERREGER.

„Wie konnte er!" Willem ging in seinem Büro auf und
ab. Er schaute aus dem Fenster und machte, wie Alexander auffiel, große Gesten mit den Händen.

„Vielleicht hat er nicht ganz unrecht", sagte Alexander. „Ich frage mich", sagte Willem, „wie John Adding-
ton Symonds es wagen kann, eine Warnung für unseren
Kurort auszusprechen. Von mir aus kann dieser Autor
Literatur kritisieren, aber nicht Davos. Gerade er! Ihm
war doch das Belvedere zu klein und jetzt beschwert er
sich über die Ortsentwicklung."

Alexander nahm die Ausgabe des *Freien Rhätier* und
überflog abermals den Artikel, der nicht nur seinen
Freund, sondern sämtliche Hoteliers, ja im Grunde genommen einen Großteil des ganzen Dorfes in Aufruhr
versetzte. „Ich finde den Hinweis, dass sich die sanitä-
ren Verhältnisse des Ortes verschlechtert haben, zwar
aus touristischen Gründen fatal, medizinisch betrachtet
aber ist durchaus was dran. Früher haben die Leute aus
Davos ‚da wo's teuer' ist gemacht. Du willst doch nicht,
dass sie ‚da wo's stinkt' draus machen? Denn das tut es!
Es mieft und das darf es einfach nicht, schon gar nicht
seit Koch – " „Nur weil Robert Koch herausgefunden
hat, dass Tuberkulose ansteckend ist, heißt das nicht,

dass man in Davos nicht mehr bauen darf. Und die größte Schnapsidee von Symonds ist doch, ein neues Davos jenseits von Davos zu errichten."

„Ich glaube, er will damit sagen –"

„Mir ist egal, was er meint, Fakt ist, dass er schreibt, dass Davos eine Konkurrenz braucht, am besten in St. Moritz. In Gottes Namen, das ist Blasphemie!" Willem nahm den Artikel an sich und las vor: „‚Als ich den Ort kennenlernte, war er ein kleines Dorf.' Weißt du was, Alexander? Als ich den Ort kennenlernte, war er ein *Nichts*. War dieses *Nichts* gut? Nein, war es nicht. Und wenn Symonds schreibt, dass ‚das Leben anfänglich einfach und die Luft rein war', dann sage ich dir, dass Maggie diese Langeweile den Atem geraubt hat, ja dass sie an dieser faden Luft fast erstickt wäre. Dieser Artikel ist eine Schande."

„Wir haben schon viel gebaut", sagte Alexander.

„Bauen ist gut. Bauen ist Fortschritt. Ohne Bauen keine Entwicklung. Willst du etwa sagen, du hältst zu diesem Verräter? Er hatte bereits Mr. Stevenson aufgewiegelt und es hat viel Besänftigung gekostet, um ihm klarzumachen, dass Davos gerade recht für sein Schaffen ist. Er hat hier einen ganzen Roman geschrieben, und was für einen!"

„Nein, ich finde die Art und Weise, wie er Kritik übt, entsetzlich. Es schadet uns, natürlich. Aber wir müssen bedenken – gerade jetzt, nachdem Robert Koch, also

Willem, das ist wirklich eine Sensation, die du richtig einordnen musst – also gerade nach dieser medizinischen Entdeckung, da müssen wir schon darauf achten, dass Davos wirklich nicht zum, wie schreibt er? ‚Sammelplatz einer kosmopolitischen Krankheit' wird. Vielleicht meint er es am Ende ja nur gut."

„Das ist mir herzlich egal, wie er es meint, er hat eine Katastrophe ausgelöst, unseren Ruf ruiniert. Er hat es im Ausland veröffentlicht!"

„Und das Problem mit dem Abwasser?"

„Müssen wir lösen. Lösen wir." Er räusperte sich. Dann fragte er: „Und jetzt ist Tuberkulose also ansteckend?"

„Ja, ein sensationeller Durchbruch in der Medizin. Die Entdeckung des Tuberkelbacillus verändert alles. Natürlich müssen wir jetzt, da wir den Erreger kennen, auch die Behandlungen überdenken."

„Das müssen wir sowieso, die Leute sind so schrecklich schwer zufriedenzustellen, vor allem, wenn sie gar nicht wirklich krank sind, sondern nur krank sein wollen. Deswegen weiß ich nicht, ob ich das gut finden soll mit dieser Entdeckung. Macht es nicht alles kaputt?"

„Was soll es denn kaputtmachen?"

„Ich weiß nicht. Die Romantik. Den Zauber – es kommt mir vor als würde alles, was ich erschaffen habe, über Nacht an den Pranger gestellt. Es war so schön, nicht genau zu wissen, woher diese Krankheit kam. Wir hielten Tuberkulose doch alle für eine konstitutionelle Krankheit, die nur diejenigen befiel, die, nun ja, schwächer, zarter, fragiler waren. Die Künstler halt. Uns hat es nie erwischt! Und gab sie den Kranken nicht eine Aura des Auserwähltseins? Manche sind richtig stolz drauf, dazuzugehören."

„Mein teurer Freund", sagte Alexander, der sich nun, da er wusste, dass auf Willems Rage Sentimentalität folgen würde, nach einem Glas Veltliner sehnte, „in der Theorie vielleicht, doch in der medizinischen Praxis sehe ich Schleim, Blut und Atemnot."

„Aber sind sie nicht alle irgendwie besonders? Ich beobachte die Kranken jeden Tag, und habe mich oft gefragt, was sie verbindet. Ich komme immer wieder darin überein, dass sie anders sind."

„Natürlich sind sie anders, sie sind krank."

„Ja, aber es ist eben nicht wie bei anderen Krankheiten, es ist … schau, Maggie war so zart und zerbrechlich und so leicht erregbar. Und … auch andere sind doch so sensibel, so ahnungsvoll."

„Sprichst du von deiner russischen Geliebten?"

„Bezeichne sie nicht so."

„Ich bin froh, für dich, für Ursula, für deine Kinder, dass sie weg ist."

„Sie hat mir gutgetan."

„Du hast dich aufgeführt wie ein verliebter Gockel. Zwischendrin dachte ich, du hättest dich angesteckt."

„Ich wünschte, ich hätte es. Ich wünschte, ich hätte nur einmal fühlen können, was Margaret und Clara verzehrte."

„Du hattest Fieber, aber das kam von der Verliebtheit. Das ist überhaupt die einzige Krankheit, mit der du dich ständig freiwillig anstecken willst, dieser Liebesrausch."

„Mir fehlt das Verliebtsein."

„Aber deswegen musst du nicht immerzu weiterbauen."

„Wir müssen vor allem eine Bahn bauen."

„Siehst du? Du gibst nie Ruhe. Außerdem kommen dann noch mehr Menschen nach Davos, viel mehr."

„Das ist auch der Sinn der Sache. Es sollen nicht nur Tausende nach Davos kommen, sondern sie sollen auch bequem anreisen. Erreichbarkeit ist die Voraussetzung für den Erfolg von Davos."

„Damit gießt du Öl ins Feuer. Wir sollten erstmal eine Kanalisation bauen, denn es stimmt schon, was Symonds schreibt, Davos stinkt."

„Aber nicht vom Kopfe her, denn der Kopf bin ich. Ich habe auch nichts gegen eine Kanalisation, natürlich können wir sie bauen, nur finde ich den Vorwurf übertrieben, wir hätten dies längst tun sollen. Symonds selbst sollte doch erkennen, dass wir vor 15 Jahren noch ein Dorf waren und es erstmal wichtigere Sachen gab als Abwasser."

„Aber jetzt sollte das Thema wirklich auf den Tisch."

„Er hätte damit direkt zum Kurverein kommen und nicht diesen leidigen Weg über die Presse gehen sollen. Und wenn wir es angehen, dann richtig, denn dann geht es nicht nur um das Abwasser, sondern um sämtliche Missstände in diesem Ort. Es regt mich nämlich wahnsinnig auf, wenn tagsüber Brot gebacken wird und es aus diesen niedrigen Schornsteinen raucht. Es gibt auch kein gescheites Abfuhrsystem und zu wenig Wasser, wenn es irgendwo brennt. Außerdem ist am Alberti-Bach immer zu viel Müll. Gott, wenn man dieses Fass einmal aufmacht, dann nimmt es ja wohl kein Ende mehr."

„Es gäbe keinen besseren Zeitpunkt zur Hygienisierung als jetzt. Wir können Koch nicht ignorieren, wir können nicht einfach so weitermachen. Das Sputum der Kranken ist gefährlich, vor allem die Patienten mit offener Tuberkulose müssen wir isolieren."

„Also sollten wir im Grunde genommen nicht weniger bauen, wie es dieser englische Ignorant verlangt, sondern mehr."

„Naja, wir bräuchten mehr Abstand."

„*Social distancing*[39] also."

„Treibst du dich immer noch so viel im Englischen Viertel rum?"

---

[39] Soziale Distanzierung

„Was ist falsch daran? Es erinnert mich an London. An Margaret."

„Möchtest du auch Wein?" Alexander griff nach einer Flasche.

„Nein, später. Danke. Aber jetzt nochmal, sind wir nicht erledigt, jetzt, da die Tuberkulose erforscht ist? Wenn man weiß, woher sie kommt, wird man wissen, wie sie geht."

„Das wissen wir auch jetzt schon."

„Nein, Alexander, wir vermuten es. Wir behaupten es. Wir können es nicht beweisen. Wir erzählen eine wundervolle Geschichte, die Geschichte einer verwunschenen Märchenwelt hinter den Bergen, in der man dem Tod entrinnen kann. Unsere Zaubersprüche wirken bis in die Außenwelt hinein. Weißt du, wie ich mir manchmal vorkomme? Nicht wie ein Kaufmann, nicht wie ein Hotelier, nein, wie ein Magier, der die Menschen in eine Zaubershow einlädt, doch wie lange noch hält dieser Spuk? Wann öffnen die Menschen die Augen und sehen, dass sie hier genauso verloren sind wie irgendwo sonst? Wir haben kein Medikament, Alexander, nichts als den Glauben daran, dass Davos heilt. Wenn diese Illusion platzt –"

„Meine Studien belegen eindeutig den Heileffekt des Bergklimas und selbst Symonds zweifelt das nicht an."

„Aber dein werter Herr Koch wird bald den magischen Glauben an das Klima vertreiben, wenn er eine

Wunderpille erfindet und dann braucht niemand mehr unsere Berge, keiner mehr Hotels und wir sind überflüssig. Kein Mensch muss mehr nach Davos kommen, um geheilt zu werden."

„Vergiss die Seele nicht", sagte Alexander. „Die Krankheit befällt die Lunge, ein Organ so nah am Geiste. Es zieht die Kranken an einen Ort fern der Welt, wo sie Ruhe finden."

„Aber wenn es ein Gegenmittel gibt, wird es auch dieses Verlangen nicht mehr geben. Es wird all das nicht mehr brauchen, diese Welt aus Euphorie, Schönheit und Glanz. Davos fühlt sich so an wie der kurze Moment eines Skifahrers hoch oben am Gipfel, bevor er sich in den Abgrund stürzt. Einmal noch innehalten, einmal noch durchatmen am Höhepunkt. Vielleicht war ich selbst zu lange berauscht von der Höhenluft, vielleicht ist es auch für mich an der Zeit, nüchtern zu werden."

„Die Medizin ist kompliziert und Forschung langwierig. Es heißt nicht, dass es bald ein Medikament gibt."

„Überleg doch, Alexander, es würde alles verändern, die ganze schöne Geschichte wäre dahin. Willst du von der Sonne geheilt werden, von der göttlichen Luft, vom Himmel und den Bergen? Oder von einer Pille oder Spritze? Je banaler die Heilung, desto sinnloser die Krankheit. Die Kranken kommen doch um des Krankseinwollens hierher. Was, außer dem Kranksein, erteilt dir Erlaubnis, aus der Welt zu fliehen? Je länger wir die Heilung hinauszögern, umso glückseliger sind die Patienten."

„Willem, du wirst zynisch. Ich bin Arzt, kein Scharlatan."

„Nein, ich beobachte das seit langem. Die meisten sind glücklich, krank sein zu dürfen. Sie zeigen sich erleichtert, wenn du eine Verlängerung des Aufenthalts anordnest. Nur in der ersten Woche sind die meisten schrecklich nervös, weil sie nicht wissen, was sie mit der Zeit anfangen sollen. Aber wenn du dich einmal daran gewöhnt hast, dass du für alles länger brauchen darfst, so wunderst du dich schon bald, warum du dich immer zuvor gehetzt hast. Ich will doch nur sagen: Die Krankheit darf nicht banal werden. *Das* wäre tödlich für die Kranken."

„Ich sehe das etwas pragmatischer", sagte Alexander, sich Wein nachschenkend. „Selbst wenn Koch ein Medikament entwickelt, so ist dies zwar sein Werk, doch Davos wird immer ein wichtiger Beitrag bei der Genesung sein."

„Bist du dir da sicher? Mir scheint diese Entdeckung fatal zu sein. Wir haben einen verdammten Argumentationsfehler. Wir haben immer gesagt, dass es die schlechte Luft in den Städten ist, die die Menschen krank macht, dass es dieser verfluchte moderne Lebensstil ist, aber nein, es ist einfach nur ein kleiner, unsichtbarer Bazillus, den Menschen ausatmen. Das ist ein kolossaler Unterschied. All das macht unseren ganzen Lebensstil kaputt. Husten, Höhenluft, Champagner, das ist es, was die Menschen jetzt brauchen. Nicht die Wahrheit, dass es jeden treffen kann. Unsere Gäste sind nicht *jeder*."

„Aber wir wollen doch, dass sie gesund werden – egal wie."

„Natürlich wollen wir das, aber sie sollen auf magische Weise genesen, das Gefühl haben, besonders zu sein, eine einzigartige Kur zu machen. Sie sollen sich erheben, buchstäblich und metaphorisch. Wenn sie hier heraufkommen, sollen sie die Hässlichkeit der Welt hinter sich lassen, sollen sich innerlich aufrichten, dem Himmel entgegenrecken. Du willst sie heilen, Alexander. Ich will sie verzaubern. Und vielleicht können nur die Kranken die Schönheit der Welt erkennen, weil sie es sind, die sie verlieren können."

„Und jetzt?"

„Reinigen wir den öffentlichen Raum."

Und wie die Straßen sauber gespritzt und die Kanäle gelegt wurden, da wurde Davos noch ein Stück geordneter, gepflegter und schöner und Willem fühlte sich wie ein Künstler, der immer weiter an seinem Werk arbeitete. Ja, wie ein Artist, dessen Stil die Menschen doch endlich verehren und bewundern müssten.

DAVOS 1886.
DIE BAHN.

Willem hasste Volksversammlungen. Und die für ihn wohl größte Herausforderung war, sich genau das nicht anmerken zu lassen. Er verfiel dann in jenen unnahbaren Habitus, für den man ihm Überheblichkeit, den Holsboerschen Hochmut, vorwarf. Für die Davoser war er immer noch „der Holländer, der sich für etwas Besseres hält". Wie sehr er sich auch bemühte, mit der Dorfbevölkerung auf eine Ebene zu gelangen, es lagen zu viele Bildungs- und Erfahrungsschichten dazwischen. Eine ganze Welt. Es war nicht so, dass er sich nicht um eine Annäherung bemüht hätte – vor allem deswegen, weil er wusste, dass ohne diese Bauern, die stolz auf ihren „Grind", ihre Starrköpfigkeit, waren, rein gar nichts möglich war. Die Bündner hatten eine Zähigkeit an sich, die Willem bewunderte. Der unerschütterliche Glaube daran, dass Davos genau so, wie es jetzt war, am besten war, und es am besten für immer so bleiben sollte, einte sie, so wie nur ein gemeinsamer Feind Menschen zusammenbringen konnte, selbst wenn sie sich sonst nicht ausstehen konnten. Sie waren ein Heer aus Blutsbrüdern, die ihm, dem Kolonialherren, eisern trotzten. Im Grunde genommen hatte er bei all seinen Innovationsvorschlägen stets nur Widerstand erfahren – und selbst wenn sie aus der Erfahrung gelernt hatten, dass all seine Ideen im Grunde gar nicht so schlecht waren, widersetzten sie sich ihm jedes Mal aufs Neue mit Wucht und Leidenschaft.

Willem wusste, dass Ursula seine wichtigste Verbündete war, wenn es um die Durchsetzung seiner Projekte ging. Sie war das Bindeglied zwischen ihm und den Dorfbewohnern, sie übersetzte für ihn all die Stimmungen, Zwischentöne und Sorgen. Es war also bei weitem nicht so, dass Ursula Willem nicht unterstützte. Oder dass er sich von ihr nicht unterstützt fühlte. Es war nur so, dass sie sich wenig für alles, was er erschuf, begeisterte – und das allein reichte, um in Willem immer wieder dasselbe Gefühl aufwallen zu lassen: dass sie nie voll und ganz begriffen hatte, wer er eigentlich war. Und auch sie war ihm in ihrer kühlen Nüchternheit, ihrer seelischen Härte, stets fremd geblieben. So hatte sie auch den Tod eines weiteren Kindes, der nach ihr benannten Tochter Ursula, vor zwei Jahren stoisch akzeptiert und sich pragmatisch auf den siebtgeborenen Sohn, Max, konzentriert. Das Nesthäkchen war inzwischen auch schon wieder drei Jahre alt – und Willem konnte verstehen, warum alle in ihn vernarrt waren. Wenngleich er auch Helene für äußerst wohlgeraten hielt, was auch Alexanders Sohn Lucius nicht entgangen war – die beiden hatten letztes Jahr geheiratet –, so war Max vermutlich doch das schönste all seiner Kinder. Er hielt ihn auch für außerordentlich talentiert. Er stand schon mit drei Jahren auf Schlittschuhen und das weitaus geschickter als Helene damals und überhaupt besaß er das, was er für eine der wichtigsten Gaben überhaupt hielt: Präsenz. Er hob sich von all seinen Geschwistern ab. Er war frecher als sein Bruder Hans, entzückender als seine Schwester Aleida, dramatischer als Willi, charmanter als Helene. Er hatte eine große Neugier und panschte im Garten mit Brunnenwasser allerlei Gräser und Kräuter zusammen – sehr zum Leidwesen Ursulas, die sich dann stets über das meist stinkende „chemische Gebräu" beschwerte. Manchmal, so meinte Willem, hatte Max etwas leicht Besessenes an sich. Schon einige Male hatte er, wenn eine Theaterprobe stattfand, die Bühne gestürmt, nur um alle Aufmerksamkeit an sich zu reißen. „Ich glaube, er ist verrückt", hatte Ursula einmal gesagt. „Er würde sich sogar von einem Eisbären fressen lassen, wenn ihm das Applaus beschert." In dieser Hinsicht kam er ihrer Ansicht nach ganz nach dem Vater.

Ursula unterstützte ihren Mann, so wie heute, da sie ihn auf die große Versammlung begleitete und hätte niemals öffentlich ein Wort gegen ihn gesagt, doch einer der häufigsten Sätze, die er zuhause von ihr hörte, war: „Du spinnst". Er müsse sie mehr auf seine gedanklichen Reisen mitnehmen, seine Ideen mit ihr teilen, riet ihm Alexander, und sie nicht nur immer vor vollendete

Tatsachen stellen. Ihr fehle das Talent zum Träumen, erwiderte Willem, und auch oftmals die Fantasie. Aber sie hatte den Mut, ihn zu heiraten, hatte Alexander gesagt. Und damit war diese Diskussion beendet.

Bei der Idee mit der Bahn war Ursula zu seiner eigenen Überraschung von Anbeginn an erstaunend milde gewesen, was vielleicht daran lag, dass sie ein enorm gutes Gedächtnis hatte und sich an eine Zeichnung vor über einem Jahrzehnt in den Davoser Blättern erinnerte, auf der ein Zug nach Davos einfuhr und darunter geschrieben stand: „Wenn wir erst so weit wären". Willem vermutete, dass sich dieses Bild in ihrem durchaus klugen, wenngleich ungemein pragmatischen Kopf festgesetzt und in ihr ein Gefühl der Erleichterung ausgelöst hatte: Es handelte sich also nicht nur um ein weiteres Hirngespinst ihres Mannes allein, nein, auch andere hatten diese Idee schon gehabt, es musste also vielleicht wirklich etwas dran sein.

Als er dann eines Tages mit seinen Plänen rausrückte – eine Bahn musste her, aber nicht nur von Landquart bis Davos, auch wenn man mit diesem Abschnitt als Stammlinie starten müsse, sondern nein, viel weiter noch sollte sie gehen, von Davos über den Scalettapass ins schöne Engadin hinein bis nach Italien.

„Italien?" Ursula schaute ihn an.

„Chiavenna!"

„Siehst du, Willem, genau damit vertreibst du wieder alle", sagte sie und beharrte darauf, diese italienische Reiseroute vorerst geheimzuhalten, wenn er nicht wieder als Größenwahnsinniger beschimpft werden wollte und auch sie, das gab sie zu, hatte genug davon zu hören, mit einem „Gspinnerten" verheiratet zu sein. „Denk an die Kinder!", sagte sie und erinnerte ihn daran, dass Adi letztens weinend nach Hause kam und erzählte, ihre Mitschüler hätten gesagt, ihrem Papa müsse man den Teufel austreiben. Willem nahm ihre Mahnung ernst. Ursula hatte ein untrügliches Gespür dafür, wenn er den Bogen überspannte. Sie war eine Art Vorkoster für seine Ideen und nun schien es ihm ratsam, auf sie zu hören und den Vorstoß zu wagen, wenngleich in abgemilderter Form. Er würde nur ein Teilprojekt vorstellen, so detailliert ausgearbeitet und zu Ende gedacht, dass er jeden Kritiker überzeugen konnte – vor allem jene, die behaupteten, das Ganze bedeute den Ruin.

Willem war dafür nach Basel gereist. Es war ihm jedes Mal aufs Neue ein Rätsel, was 300 Kilometer Entfernung an mentaler Flexibilität bedeuteten. Friedrich Riggenbach, Leiter der Bank Sarasin und Präsident der Aktiengesellschaft seines Kurhauses, begrüßte ihn freundschaftlich, fast überschwänglich und beglückwünschte ihn zu seinen Plänen: „Endlich einer, der das macht! Es ist ja längst überfällig."

„Ich plage mich mit dem Gedanken seit meiner Anreise", sagte Willem, „und das ist fast 20 Jahre her. Ich saß mit meiner ersten Frau in dieser verdammten Postkutsche und es wackelte und holperte und alles, was ich dachte war, her mit einer Bahn. Aber Sie glauben nicht, wie schwer es sein wird, das in die Köpfe der Menschen zu bringen."

„Oh doch", sagte Riggenbach, „die Davoser Sturheit ist weitbekannt. Wir sind halt nicht in London oder Paris."

„Vermissen Sie Paris?", fragte Willem.

„Gewiss, immer mal wieder. Auch wenn es 1848 freilich recht turbulent zuging. Vermissen Sie London?"

„Mehr als Sie ahnen", sagte Willem.

Die beiden Herren schauten sich an. Ein Gefühl der Vertrautheit stellte sich ein, das weit mehr war als nur das Ergebnis einer jahrelangen Geschäftsbeziehung. Es beruhte auf einer fundamentalen Ähnlichkeit. Nicht nur, dass sie im Grunde genommen Kollegen waren – im Herzen war Willem immer noch Bankier – und wirklich wussten, was der andere tat, warum er es tat und wie er es tat, sondern auch, dass sie einander auf eine ganz eigene Art ähnlich sahen und waren. Riggenbach war 13 Jahre älter als Willem, legte höchsten Wert auf sein Äußeres, er war hochgewachsen, hatte freundliche Augen und einen eindringlichen intelligenten Blick. Wenn sie nicht übers Geld sprachen, dann über Schmetterlinge (Riggenbachs Passion) oder Musik (ihrer beider Leidenschaft). Riggenbach hatte Willems Bemühungen um eine Kurkapelle und Konzerte stets unterstützt, war er doch selbst einer der größten Förderer der Musik in Basel. Es war ein permanenter Scherz unter den beiden Männern, dass Friedrich es im Gegensatz zu Willem geschafft hatte, dass Clara Schumann in seinem Haus ein Konzert gab – wenngleich er dafür extra einen Flügel aus Paris hatte kommen lassen müssen.

„Vielleicht beim nächsten Mal" sagte Willem und erinnerte daran, dass Clara Schumann in Davos wohl andere Dinge zu tun hatte als sich der musikalischen Pflicht hinzugeben. „Sie lebte recht exklusiv und anspruchsvoll, nur leider nicht unter meinem Dach."

„Künstlerpech. Aber jetzt erzählen Sie, wie Sie das mit der Bahn machen wollen – und wie viel Geld Sie brauchen."

„Ich schätze, es wird um die fünf Millionen Franken kosten. Wir werden drei Tunnel bohren müssen: im Fuchsenwinkel, Saas und Cavadürli, da sind es sogar über 300 Meter. Mit weniger als 2000 Mann schaffen wir das nicht."

„Garantiert nicht."

„Und wir sollten groß denken. Wirklich groß."

„Haben Sie jemals klein gedacht?"

„Es ist jetzt aber nochmal was anderes als mit dem Kurhaus. Diese Bahn bringt buchstäblich alles zusammen. Wenn wir die Trasse bauen, bedeutet das Aufschwung – nicht nur für die Hotellerie, sondern auch für die Landwirtschaft. Wir können importieren, exportieren, tausende von Patienten und Gästen transportieren."

„Und die Ressourcen?"

„Alles da. Sand, Steine, Wasser, Holz. Das Prättigau wartet nur darauf, erschlossen zu werden."

„Wollen wir hoffen, dass die Prättigauer es auch so sehen."

„Wird Überzeugungsarbeit kosten, ist aber machbar."

„Überreden Sie sie dazu, das Material umsonst zu liefern und das Projekt mit mindestens 500.000 Franken zu subventionieren. Außerdem müssen sie den Boden unentgeltlich abtreten. Dann haben wir einen Deal."

Genau das war nun an diesem Septemberabend seine Aufgabe. Es war, sehr zu seiner Freude, noch sommerlich mild draußen. Läge Schnee, so wäre das Wasser auf den Mühlen jener, die sagten, die Gegend sei unzugänglich. Es waren nicht nur Davoser gekommen, sondern auch viele Bürger aus anderen Prättigauer Gemeinden. Genau genommen hatte es hier noch nie zuvor eine derart gut besuchte Versammlung gegeben und es herrschte eine gespannte Aufregung in der Kirche St. Johann. Ursula trug eines ihrer feierlichsten Trachtenkleider und ein stolzes Gesicht. Warum man das denn nicht im Kurhaus, sondern in einer Kirche machen müsse, hatte sie ihn gefragt und Willem musste zugeben, dass er es selbst nicht wusste, er vermute aus Platzgründen oder eben, weil man – und damit meinte er die Herren Politiker – dann doch geahnt habe, dass das Projekt von einer geradezu himmlischen Dimension sei. Tatsächlich hatte er den Nationalrat Bühler, den Bezirkspräsident Lietha sowie die Regierungsräte Salzgeber und Walser mit relativer Leichtigkeit davon überzeugen können, dass Davos mit der Bahn in eine gänzlich neue Ära hineingleiten könne. Vor allem Bühler hatte schnell gewittert, dass er sich mit der Bahn ein Denkmal setzen (und praktischerweise von Willem planen und erbauen lassen) konnte. Willem war die Eitelkeit der Politiker nur recht und da es noch dazu ein Sonntag war, an dem die Menschen zusammenkamen, so lag ein feierlicher Ernst, eine sakrale Würde über dieser Gemeinde, die tatsächlich verstanden zu haben schien, dass es bei dieser Entscheidung um etwas ganz Wesentliches, ja dass es sich um nichts Geringeres als um eine Weichenstellung für die Zukunft ging.

Der Nationalrat ergriff das Wort. Einen guten Abend und wie schön, dass sie so zahlreich erschienen seien. An diesem denkwürdigen Tag ginge es um vieles und er wolle sich gleich zu Beginn an positionieren. Die Bahn habe die volle politische Unterstützung, sie bedeute Fortschritt, den Anschluss an die Moderne. Man wolle sich doch hier hinter den Bergen nicht abhängen, ja gar nachsagen lassen, man sei hinterwäldlerisch. Dieser Mann hier – und er zeigte auf Willem – sei von weither gekommen, um diesen Ort zu gestalten. Erst durch ihn habe sich hier eine *Kultur der Krankheit* etablieren können, die sie weltberühmt gemacht hätte, doch zur Kultur gehöre Entwicklung, ein entschiedenes JA zur Zukunft und darum möge sich hier bitte niemand verweigern, wenn es darum ginge, diesem Bahnprojekt grünes Licht zu geben.

Raunen. Klatschen. Buhrufe.

Willem erhob sich. Er dankte Bühler für die einleitenden Worte und begann damit, seine großen aufgezeichneten Pläne an der Wand zu entfalten, die freilich niemand lesen konnte, schon gar nicht hinten. Das aber machte gar nichts, es ging Willem vor allem um die Anmutung der großen bedeutungsschweren Arbeit, die in diesen Papieren steckte. Mit einem Zeigestock deutete er auf einen kleinen Punkt auf der Karte und sagte: „Da, in Landquart, soll die Strecke beginnen." Er erklärte die dringende Notwendigkeit der Trasse: „Ihr Leben wird sich verändern und der Wohlstand wird für jeden kommen!" Er trug eine Stunde lang vor, dann kamen die Fragen und Einwände. Aber die Kosten! Auf unserem Grund und Boden! Wer er, der Flachländer, sei, um zu glauben, dass man hier im Gebirge eine Bahn bauen könne. Die Schluchten! Die Felsen! Die reißenden Flüsse! Die Stimmung drohte zu kippen. Den Bauern, durch deren Äcker die Strecke gehen sollte, stand der Zorn ins Gesicht geschrieben. Ihre Wangen glühten. Die Luft wurde stickig, denn obwohl das Kirchenschiff hoch war, war es bis auf den letzten Platz voll, sogar in den Gängen standen die Menschen. Willem war genau das gewohnt und der ewige Widerstand spornte ihn nur noch mehr an. Ursula warf ihm einen unmissverständlichen Blick zu – er solle jetzt bloß nicht auf Angriff schalten, vielmehr das tun, was der Davoser Seele guttat, ihr schmeicheln, ein weiches Bett aus Komplimenten bereiten. Da schloss er für einen Moment die Augen. Ganz kurz nur atmete sich seine Seele hinfort, hinfort an einen anderen Ort, wo er das Echo vergangener Zeiten hörte und als er erneut das Wort ergriff, da sprach es durch ihn hindurch von Meeren und Stränden und Palästen weit weg und vom Paradies, das genau hier war, in den Davoser Bergen. Und ist es nicht unsere Pflicht, fragte er, dieses Paradies zu teilen, auf dass der Glanz der Davoser Sonne sich in alle Himmelsrichtungen erstrecke? „Diese Bahn wird den Menschen Glück bringen", sagte er, „diese Bahn wird sie zum Glück bringen." Die Menschen schwiegen und Willem dachte schon, es sei entschieden, doch dann ging ein erneutes Raunen durch die Kirche. Aber er könne den Erfolg ja nicht garantieren! Die Predigt könne er sich sparen, es sei ja nicht sein Land, durch das die Bahn ginge! Das große Geld mache wieder nur er, nicht die kleinen Leute! Nichts wisse man sicher! Da erhob sich Johannes Hauri, der Pfarrer. Er rückte sich die Brille zurecht, sein Haupthaar war akribisch geglättet, sein Barthaar hingegen struppig. Mit seiner schlanken, großen Gestalt überragte er die meisten und wie auch in jedem seiner Gottesdienste vermochte er es auf stille, anmutige Weise, auf seine Herde einzuwirken. Der Pfarrer, der vor allem Alexander tief verbunden war – er hatte ihn vor vielen Jahren von seinem Lungenleiden kuriert – sagte nur zwei Sätze: „Manchmal müssen wir uns zwischen Glauben und Wissen entscheiden. Ich dachte, Davos sei intelligent genug, um zu erkennen, wann was angebracht ist." Willem murmelte ein stummes Stoßgebet. Mein Gott, was war er diesem Geistlichen dankbar. Vor allem dafür, dass er schlau war.

Sie konnten sich tatsächlich einigen. Willem garantierte die Finanzierbarkeit des Projekts durch die Bank Sarasin, Davos würde 400.000 Franken, Klosters 100.000 Franken bezuschussen und alles Nötige unentgeltlich stellen. Als Willem, durchgeschwitzt und heiser, in dieser sternenklaren Nacht die Kirche als einer der letzten verließ, atmete er die Davoser Luft tief in seine Lungen ein. Er nahm Ursulas Hand und küsste seine Frau, die draußen auf ihn gewartet hatte. Er nahm sich vor, das nächste Mal, wenn er den Pfarrer besuchte, dessen Schmetterlingssammlung mehr Aufmerksamkeit zu schenken.

DAVOS 1888.
DER SCHWUR.

Es gab viel zu tun. Jedes Detail musste stimmen: Wie die Tunnel gebohrt, wo die Brücken gebaut, wann die Schienen verlegt wurden. Willem erntete böse Blicke, als er neben der Zürcher Firma Jakob Mast auch noch das Frankfurter Bauunternehmen Philipp Holzmann & Cie. engagierte. Auch hier wiegelte er ab. „Wenn es etwas werden soll, brauchen wir Holzmann", sagte er zu allen, die sich querstellten.

Der deutsche Bauunternehmer imponierte ihm. Er war, anders als Willems Landesgenossen, innovations- und technikaffin. Schon bei der Wettsteinbrücke in Basel hatte er Druckluft angewandt und Willem war begeistert, dass die Brücke bei der Pariser Weltausstellung ausgezeichnet worden war. Philipp Holzmann liebte Maschinen, je größer, desto besser. Er benutzte eiserne Senkkästen anstatt hölzerner, was eine deutlich höhere

Stabilität des Fundaments bedeutete, und wenn ihm in Basel ein aufsehenerregendes Bauwerk gelungen war, so musste er es doch auch hier in Davos schaffen! Die Bahn sollte nicht nur praktisch (wie sehr er das Wort verabscheute) sein, sondern ein Kunstwerk, die Brücken sollten wie übergroße Skulpturen wirken. Weil er bei italienischen Arbeitern bildhauerisches Talent witterte, ließ er 3000 Mann aus dem südlichen Nachbarstaat kommen. Sie hatten im März mit dem Bau begonnen und kamen bislang gut voran. Doch Willem war ungeduldig, wie immer. Und unzufrieden. Es drängte ihn, schon jetzt mehr Strecken zu bauen als nur die Trasse von Landquart bis Davos. Es drängte ihn vor allem deswegen, weil er auf den anderen Spuren wesentlich größeres ästhetisches Potential sah. In seiner Tochter Helene fand er eine Verbündete. Sie verstand ihren Vater in diesen Angelegenheiten wie keine zweite und freute sich über seine Besuche.

„Stell dir die Schlucht bei Wiesen vor", sagte sie, während sie den Kuchen anschnitt.

„Was für ein Motiv das wäre!"

„Du meinst, wenn man dort eine Brücke baut?"

„Eine *einzigartige* Brücke."

„Das klingt gut. Ein Wahrzeichen. Ein Viadukt."

„Ja, genau. Und stell dir vor, ein Künstler würde es malen und sein Bild würde weltberühmt. *Du* würdest dadurch weltberühmt."

„Das ist es ja, wenn wir bauen, wir erschaffen so viel mehr als nur Gebäude, Städte und Brücken. Wir erschaffen Verbindungen – in die Vergangenheit, wenn wir das Alte ehren und zitieren, in die Zukunft, wenn wir Visionen Wirklichkeit werden lassen. Ich finde immer, dass bei dieser Bahn noch so viel mehr drin ist, wir kühner werden müssten. Bis Filisur wäre ja auch wieder nur ein kleines Stück. Diese Bahn müsste ganz Graubünden erschließen und noch viel mehr."

„Vielleicht kommt das noch."

„Wenn nicht jetzt, wann dann?"

„Ohne dich gäbe es nicht einmal die Kernstrecke."

„Ohne mich gäbe es dich nicht." Willem zwinkerte ihr zu. Seitdem sie mit Lucius verheiratet war, erschien ihm seine Tochter glücklicher denn je und etwas Sanftes, das er sonst immer an ihr vermisst hatte, umspielte ihr Lächeln. Sie wirkte weniger streng und melancholisch als sonst, und wenngleich sie den kompliziertesten und widersprüchlichsten Charakter all seiner Kinder hatte, so drängte sich inzwischen ihre Hilfsbereitschaft in den Vordergrund. Sie sei menschenhungrig, hatte sie einmal zu ihm gesagt – nur um gleich hinzuzufügen, dass sie oberflächliche Gesellschaften nicht ausstehen konnte. Ihr Interesse für Kunst war etwas, das sie von ihm geerbt hatte.

„Warum bedeutet dir die Bahn so viel?", fragte sie.

„Das weißt du doch. Wir brauchen sie. Die Züge werden den Wohlstand bringen, Davos endlich zu dem machen, was es sein kann: eine Stadt von Welt."

„Aber warum brauchst *du* sie?", hakte sie nach.

„Ich habe es jemandem versprochen."

„Wem?"

Und dann, wie der Himmel sich verdunkelte und ein Schneesturm aufkam und er das Gefühl hatte, dass dieser Sturm kein Zufall, sondern ein Zeichen war, da begann er von einer Zeit vor Helenes Geburt zu erzählen, von einer Frau, die er gut kannte, die ihm alles bedeutete und die ihm wie ein Geist erschien, als er sie aus der Kutsche hob und sie das erste Mal Davoser Boden betrat.

„Mein Kind", sagte er, „ich habe es dieser Frau nicht nur versprochen, sondern ich habe es mir geschworen, dass ich nicht ruhen werde, ehe diese Bahn erbaut ist. Dass ich nicht aufgeben werde, ehe es Menschen einfach haben, hierherzukommen, hier tiefer zu atmen, sich gesund zu atmen."

„Und wenn die Bahn fertig ist, was dann? Fühlst du dich dann befreit?"

Er hielt inne, schaute aus dem Fenster und in den anthrazitfarbenen Himmel. Es blitzte. Er griff sich an die Brust, fühlte, wie öfter in letzter Zeit, eine Enge. Er wollte sagen, dass er gar nicht frei sein wollte; dass er diesen seltsamen Bann, unter dem er stand, brauchte wie ein Süchtiger das Morphium; dass er froh um diesen Schwur war, der ihn nach ihrem Tod am Leben und gefangen hielt; dass er wusste, dass nach seiner Erfüllung der nächste Auftrag auf ihn warten würde; dass es niemals, dass es *ihr* niemals genug wäre; dass alles, was er erbaute, immer nur ein Weg zurück zu ihr war. Doch stattdessen sagte er: „Bis zum Gipfel ist es noch weit." Der Sturm rüttelte an den Fenstern, trotzdem erhob sich Willem. Da wusste Helene, dass es sinnlos war, ihren Vater aufzuhalten, auch wenn es Wahnsinn war, bei diesem Wetter nach draußen zu gehen.

DAVOS 1889.
DIE EINWEIHUNG.

Noch nie zuvor hatte Willem eine solche Aufregung in und um Davos herum gespürt. Es war, wie er es vorhergesehen hatte. Nachdem zunächst alle gegen die Bahn gewesen waren, waren nun alle dafür, mehr noch, die Menschen wollten, dass die Züge am besten unmittelbar vor ihrer Haustüre hielten. Bis auf den Bau des Cavadürli-Tunnels – aus der ursprünglich geplanten Spitzkehre wurde ein Kehrtunnel – verlief alles nach Plan. Jetzt, neunzehn Monate nach Baubeginn, wurde der erste Streckenabschnitt Landquart-Klosters eingeweiht. Um die Mittagsstunde erwarteten alle den offiziellen Eröffnungszug. Alexander und Willem standen mit hunderten von Menschen am Bahnhof in Klosters.

„Alle sind da, nur Ursula nicht", sagte Willem.

„Wo ist sie denn?", fragte Alexander.

„Sie ist morgens auf den Berg und war zur Abfahrt noch nicht zurück. Ich wünschte, sie würde das hier genauso ernstnehmen wie der Rest der Region."

„Vielleicht interessiert sie sich nur nicht für Volksfeste."

„Oder Festreden."

„Oder Umzüge."

„Oder Chöre."

„Naja, vielleicht kommt sie noch", sagte Alexander.

„Hauptsache, sie ist später beim Bankett im Kurhaus dabei und standesgemäß angezogen", sagte Willem, „wobei sie sowas auch nicht mag."

„Mit so viel Andrang habe ich jedenfalls nicht gerechnet." Alexander schaute ungläubig herum. Die Glocken läuteten, eine Blaskapelle spielte, Kaltblüter zogen geschmückte Brauereiwägen.

„Das ist noch gar nichts", sagte Willem. „Glaub mir, jetzt kommen sie alle."

Und in diesem Moment des Triumphs war er der unerschütterlichen Überzeugung, dass die Menschen für immer nach Davos kommen und darin das erkennen würden, was er und Margaret von Anfang an erkannt hatten: eine Schönheit jenseits des Irdischen, eine Schönheit von göttlicher Pracht.

DAVOS 1890.
DIE ZUCHTANSTALT.

Es fiel Willem schwer, seine Wut zu unterdrücken. Ein Tyrann hatte sich in Davos niedergelassen. Willem verabscheute Dr. Karl Turban. Er missbilligte ihn als Mensch, als Mediziner, aber auch als Bauherr. Er verabscheute seinen wagemutigen Anspruch, hierherzukommen und alles ändern zu wollen. Er hasste Turbans eigene kränkliche Kondition, seine widerwärtige Arroganz, die nicht zuletzt daher kam, dass er Robert Kochs Assistent gewesen war. Er hatte es immer geahnt, dass von Kochs Entdeckung etwas Unheilvolles ausging, etwas Zerstörerisches, ja Dämonisches. Und nun hatte dieser Dämon Gestalt angenommen und zwar in Form eines unscheinbaren, doch unbeugsamen Mannes. Als Willem Dr. Turban das erste Mal begegnet war, es war an einem warmen Sommertag und die Menschen im Dorf genossen die Sonne und das Leben, da hatte sich Turban derart abfällig über diesen Ort geäußert, dass Willem kurz davor war, ihn anzuherrschen, er könne doch gleich die Bahn zurücknehmen, genau dafür sei diese ja erbaut worden. Ob es ernsthaft Davoser Sitte sei, Fiebernde und Blutspuckende auf Bergspaziergänge zu schicken, hatte Turban gefragt. Alexander, der dem Treffen beigewohnt hatte, hatte erwidert, dass die

Betonung mehr auf Spaziergang denn auf Berg liegen müsse, es seien, wenn überhaupt, nur sanfte Wanderungen, die immer im Verhältnis zur Konstitution des Kranken stünden. Da ereiferten sich die beiden Ärzte, was denn nun besser sei. Das radikale Liegen, welches Turban vertrat. „Sie wollen doch Dettweilers Erfolge nicht kleinreden! Ich stimme ihm voll und ganz zu, dass wir hier im Ort die Zügel straffer ziehen müssen," ereiferte sich Turban, dessen deutscher Kollege Peter Dettweiler mit seiner strengen Tuberkulose-Therapie die medizinische Disziplin neu erfand. Oder ob im Gegensatz dazu das mondäne Kurleben, für das Willem und Alexander einstanden, das beste Therapeutikum sei. „Dettweiler", sagte Alexander, „nimmt den Menschen das wichtigste aller Heilmittel überhaupt weg, die Lebensfreude. Sie wollen die Patienten doch nicht ernsthaft einsperren?" Doch Turban war unbeirrbar. Mit seinem Spazierstock in der Luft umherfuchtelnd sagte er, dieser Davoser Leichtsinn sei unverantwortlich, die Bierkonzerte im Kurhaus, bei denen selbst die Kehlkopfkranken mitgrölten, seien eine medizinische Farce. „Wie nur können Sie als Arzt zuschauen?" Die Patienten müssten sich beherrschen, Klima allein mache es nun wirklich nicht aus.

„Als mir zu Ohren kam, welche Orgien Sie hier feiern, wurde mir ganz schwummrig. Haben Sie je an die Selbstdisziplin der Patienten appelliert – oder nur gehofft, dass Betrunkene das Geld noch schneller ausgeben?" Turban warnte und wetterte, der Tod hole hier noch alle ein, Willem hielt dagegen, dass die Kranken hier erst dem Leben auf den Grund gingen und die Wiederauferstehung feierten.

„Werter Dr. Turban", sagte Willem, „Sie sind zu voreilig mit Ihrem Urteil. Bevor Sie meinen, den Ort in ein Korsett schnüren zu müssen, sollten Sie sich mit ihm vertraut machen – mit den Bächen, Flüssen, den Gipfeln und den Weiden. Sie sollten sich nicht hinter Regelwerken verstecken, sondern sich für die Schönheit dieses Tals öffnen. In der Theorie mag Ihnen Ihr Heilansatz richtig erscheinen, doch schauen Sie sich die Wirklichkeit doch an! Auch unsere Patienten ruhen, doch wie auf magische Weise wollen sie wie von selbst aufstehen, anteilnehmen an der Welt, die hier hinter den Bergen so einzigartig und anders ist, ja sie wollen hineintanzen ins Leben wie junge Verliebte. Wir bieten ihnen einen Schutzraum, Sie wollen ein Gefängnis daraus machen. Wozu?" Doch keine Antwort hätte sie zufriedenstellen können.

„Ich glaube", sagte Alexander später, „dieser Kontrollzwang entspringt mehr der Psyche des Arztes als einer medizinischen Notwendigkeit."

„Es ist aber ja nicht nur Turban, sondern auch Dettweiler. Sieben Stunden sollen die Patienten liegen, sieben! Margaret wäre durchgedreht."

„Alles Extreme erscheint mir schädlich", sagte Alexander. „Auch diese Idee der geschlossenen Heilanstalt, wir sind doch kein Irrenhaus."

„Turban ist ein Sadist."

„Oder ein Masochist. Ich hörte, er will sich selbst nachmittags zu den Patienten legen. Niemand darf reden oder gar lachen." Willem verabscheute auch das von Turban erbaute neue Sanatorium und kam nicht umhin, sich einzugestehen, dass er es vor allem deswegen hasste, weil es architektonisch gelungen war. Turban hatte viel von Luft gesprochen, alles müsse isoliert und unter freiem Himmel sein. Zum ersten Mal, seitdem er hier war, wurde Willem nervös. Setzte Turban den neuen Maßstab? Bei seinem täglichen Spaziergang durch Davos betrachtete er dessen Sanatorium. Er sagte: „Es ist kalt und hart und steril. Wo nur ist die Seele?" Eine stechende Traurigkeit überkam ihm. War das Kurhaus zu romantisch? Eine Kirsche blühte und der Wind wehte die rosafarbenen Blütenblätter vor seine Füße. Der Wind. Die Blätter. Das Licht. Sein Haus war vor allem ein Hotel. Für Kranke wie Gesunde. Es war – und erst jetzt wurde ihm dies bewusst – eben kein Sanatorium. Niemals hätte er die Menschen in eine rein horizontale Lage zwingen wollen, es erschien ihm widersprüchlich. Ein Aufenthalt in Davos sollte die Kranken buchstäblich aufrichten. „Gerade halten!" war eine von Spenglers wichtigsten Ansagen, wenn die Patienten durch den Kurgarten gingen. Liegen ja, aber in Maßen. Bewegung ja, aber in Maßen. Freude? Im Übermaß. Eleganz? So viel wie möglich. Glanz? Unendlich. Nein, er hatte bisher alles richtig gemacht. Was nicht hieß, dass er es zukünftig nicht noch besser machen konnte, dass er nicht ein Sanatorium bauen konnte, das alles, wirklich alles und insbesondere das von Turban übertraf.

Als er wieder in seinem Büro war, ging er die Zahlen durch. Die Eröffnung von Turbans Sanatorium hatte sich sofort bemerkbar gemacht. Es war Willem ein Rätsel, warum sich Patienten freiwillig in diese Zuchtanstalt begaben. Wie die Pilger kamen sie an – mit *seiner* Bahn – um bei Turban Buße zu tun. Die Kranken zogen aus, um bei diesem Arzt Gehorsam zu lernen. Wie ein Gefängniswärter herrschte Turban über seine Insassen. Willem verabscheute diese Strenge. Wenn Neuankömmlinge ihn fragten, ob all die gebräunten, beneidenswert gutaussehenden Gäste wirklich Kranke seien, so empfand er dies als Lob. Es sollte allen gut gefallen. Wie es aber jemandem im Kloster oder Gefängnis (für ihn kam das aufs Gleiche raus) gut gefallen konnte, war ihm ein Rätsel. Überhaupt widerstrebte es ihm, das Leben in „verboten" und „erlaubt" zu unterteilen. Er war kein Pädagoge, Herrgott nochmal, auf keinen Fall war er ein Lehrer! Was hätte er davon, wenn seine Gäste ihrer Krankheit gehorchten, so als sei dies ihre Pflicht? Wieder studierte Willem die Zahlen, denn diese logen nicht und abermals hatte er schwarz auf weiß den Beweis, dass die Patienten freiwillig zu Turban gingen und er Einbußen erlitt. Er spürte, wie seine Irritation immer stärker wurde. Er hatte alles dafür getan, damit den Menschen hier in Davos die Zeit nicht lang wurde. Turban aber machte das genaue Gegenteil: Er versteifte sich auf die Langeweile, sorgte dafür, dass die Tage hier oben doppelt so viele Stunden als dort unten zählten und er war stolz darauf. Willem wollte, dass die Menschen zum Leben hierherkamen, doch nun war ihm, als käme ein Strom an Patienten nur zum Sterben hierher. Sie mussten doch verrückt werden ohne Ablenkung! Welche bizarre Perspektive er den Menschen aufzwang. Horizontal! Wäre der Mensch nur fürs Liegen erschaffen, so hätte Gott ihm keine Beine gegeben. Und überall diese Liegestühle. Willem hatte sich im Selbstversuch – unbeobachtet – in einen dieser gelben Stühle gelegt. Bequem war er, das musste er zugeben. Und er war erschrocken über die Wandlung, die sich in ihm schon nach kurzer Zeit vollzog. Er fühlte sich dieser verschworenen Gemeinschaft Hustender und Fiebernder zugehörig, er meinte, der Tod berühre ihn und segne ihn und gäbe ihm dadurch das Gefühl, erhaben zu sein. Er lag und betrachtete die Welt, selig und doch mit tiefer Traurigkeit. Er fühlte sich wie in einem offenen Sarg, die

Seele dem Himmelreich entgegenschwebend. Es kostete ihn Überwindung, sich aus dieser Trance zu befreien und als er die taumelnde Entrücktheit endlich abstreifen konnte, schüttelte er sich und empfand Zorn. Wenn zu dieser Einlullerei auch noch ein strenges Regelwerk käme, ein pedantischer Stundenplan, so würde er dieses Dasein verfluchen. Ja, er hatte Turban durchschaut. Sklaven wollte er sich halten, den Kranken alles nehmen, auch den Mut. Handschellen wollte er ihnen anlegen. Ein Großmeister wollte er sein, Anführer einer Sekte. Doch was Willem am meisten erschütterte, war die Vermutung, dass viele dieser Gefangenen damit glücklich waren. Glücklich über die Vorherbestimmung ihres Lebens und glücklich darüber, keine Entscheidungen mehr fällen zu müssen. Sie waren zufrieden, in ihre Krankheit zurückkehren zu können wie eine Schnecke in ihr Schneckenhaus.

Mit einem Mal kam ihm Davos gespenstisch vor. Wie eine Geisterstadt lag der Ort vor ihm. Davos war voller Seelen, die aus der Welt dort unten flohen und gar nicht gesund werden wollten. Doch als Willem an einem milden Novembertag die großen Neuigkeiten erfuhr, da schien ihm, dass den Kranken keine andere Wahl mehr blieb – und sein Davos dem Untergang geweiht war.

NOVEMBER 1890.
DAS TUBERKULIN.

„Ein Heilmittel?" Willem stand mit Ursula, Alexander, Lucius und Helene in seinem Büro. Lucius hatte an diesem Tag seine Praxis frühzeitig geschlossen und Alexander, der stolz auf seinen inzwischen promovierten und ihm nacheifernden Sohn „Lulli" war, hatte seine Visiten gestoppt.

„Sie haben es in der *Medizinischen Wochenschrift* veröffentlicht", sagte Lucius. „Und ehrlich gesagt habe ich schon seit August Gerüchte gehört."

„Ja", sagte Alexander, „Koch hatte auf dem Kongress in Berlin darauf hingewiesen, aber dass es jetzt so schnell geht …"

„Ich habe immer gesagt, dass er uns den Untergang bringt", sagte Willem.

„Du übertreibst", sagte Ursula.

„Davos wird überflüssig. Wer braucht uns noch, wenn es dieses Mittel gibt?", widersprach er ihr.

„Die *Davoser Blätter* sind optimistisch", sagte Lucius. „Koch selbst ist natürlich mehr als das, vollkommen überschwänglich. Er prophezeit, dass beginnende Tuberkulose durch das Mittel mit Sicherheit zu heilen ist."

„Und was ist mit fortgeschrittenen Stadien?", fragte Helene.

„Er hält wohl zumindest eine Besserung für möglich", sagte Lucius.

„Sie werden Koch jetzt in den Olymp heben", seufzte
Alexander. „Wahrscheinlich bekommt er noch alle
möglichen Preise."

„Aber ja nicht unverdient", meinte Lucius. „Es wäre
ein Durchbruch."

„Ist der Konjunktiv gerechtfertigt?", fragte Willem,
„besteht denn eine Chance, dass es nicht wirkt?"

„Du klingst zynisch, Papa", erwiderte Helene, „ihr
wollt doch, dass die Leute gesund werden."

„Können wir denn herausfinden, woraus das Mittel
besteht?", fragte Ursula.

„Schwer zu sagen", sagte Lucius, „sie halten das geheim. Er soll über 100 Chemikalien getestet haben. Am
Ende waren es wohl Tests an Meerschweinchen, die
was gebracht haben."

„Ein Mensch ist kein Meerschweinchen", entgegnete
Willem. Aber müsste es wenn dann nicht Turban wissen? Immerhin hat er für Koch gearbeitet."

„Das weiß ich nicht", sagte Alexander, „aber er wird
es sicher vor uns bekommen. Ich gehe davon aus, dass
es zunächst nicht ausreichend verfügbar sein wird."

„Bis sie die Produktion ankurbeln", sagte Lucius.
„Was meinst du, wie viel Geld er damit machen kann.
Von einer Million Menschen haben ungefähr 8.000 Men-
schen Tuberkulose. Auf ein Land hochgerechnet, sagen

wir eines mit 30 Millionen Einwohnern, sind das 240.000 Kranke. Koch will am Tag, so hört man, 500 Portionen Tuberkulin herstellen. Er wird Millionen verdienen."

„Eben. Und warum sollte noch jemand nach Davos fahren, um dieses Mittel einzunehmen?", fragte Willem.

„Das sehe ich auch so", sagte Ursula. „Als Kranker bist du doch froh, wenn du daheimbleiben kannst und nur in die Apotheke gehen musst."

„Gott", stöhnte Willem, „erst Turban, dann das. Gerade jetzt, da wir die Bahn haben und Tausende hierherbringen können."

Das Hausmädchen brachte Kaffee, doch Willem winkte ab. Bei seinen Unternehmungen hatte er stets darauf geachtet, dass aus Sorgen nie Ängste wurden. Doch nun, da sein Herz raste, sich Schweiß auf seiner Stirn bildete und er die Hand zur Faust ballte, um sein Zittern zu verbergen, wusste er, dass er sich fürchtete. Aus und vorbei, dachte er. Sein ganzes Lebenswerk, alles konnte mit einem Mal vorbei sein.

„Jetzt warten wir mal ab", sagte Alexander und riss Willem aus seinen Gedanken.

„Natürlich sollten wir die Ergebnisse abwarten. Aber die Massenhysterie ist jetzt schon da. Die ersten Gäste sind bereits heute abgereist. Heute! Noch am selben Tag. Sie wollen direkt nach Berlin fahren. In Gottes Namen, Berlin! Welcher Mensch von Verstand tauscht freiwillig Davos mit Berlin ein? Dieser Moloch wimmelt doch nur von Bakterien und –"

„Papa!" Helene legte ihre Hand auf den Arm ihres Vaters.

„Aber er hat recht", sagte Lucius zu seiner Frau. „Berlin wird zum Wallfahrtsort für Ärzte aller Länder werden. Und wir hier haben uns solche Mühe gegeben: die Kanalisation, die ganze Bauweise – immer dieser Abstand überall, es ist ja fast schon zwanghaft, wie viel Luft zwischen zwei Gebäuden liegen muss. Die Menschen umarmen sich schon gar nicht mehr und viele halten permanent ein Taschentuch vor die Nase als wäre das eine Atemmaske. Wir haben die soziale Distanz zur Königin von Davos gemacht. Der ganze Ort ist hygienisch, das kannst du von Berlin nicht behaupten. Und ein Medikament hilft nicht vor Ansteckung."

„Aber was ist mit den Nebenwirkungen?", fragte Ursula.

„Ich hoffe, Koch hat sie erforscht", sagte Alexander.

„Das ist nicht sicher?", fragte Helene. „Herrgott, was denkt ihr Ärzte euch eigentlich?"

Willem hatte sich dasselbe gefragt. Nach einem kurzen unangenehmen Moment der Stille, sagte er: „Also dann fasse ich die Situation noch einmal zusammen. Koch hat ein Medikament gegen Tuberkulose entwickelt, von dem die ganze Welt glaubt, es bewirke Wunder, aber weder ist es schon in der Praxis zur Genüge erprobt, noch sind die Nebenwirkungen bekannt, richtig?"

„Soweit ich weiß, ist das richtig", erwiderte Lucius.

Willem stellte sich ans Fenster und schwieg. Dann drehte er sich um und sagte: „Das wird die Geschichte verändern. Was bedeutet, dass wir die Geschichte verändern müssen. Wenn das Ganze tatsächlich wirkt, so müssen wir erzählen, dass es hier umso besser wirkt. Dass Davos ein Katalysator des Wirkstoffes ist." Wieder schwieg er. „Wir müssen Werbung machen. Mehr als Koch für seine Markteinführung."

Es dauerte nicht lange, bis die ersten Berichte vorlagen. Die Ärzte begannen schon eine Woche später mit der Erprobung der, wie man das Medikament nannte, Lymphe. Die Mediziner waren nicht nur von Koch selbst beflügelt, sondern auch von all dem Lob, das die medizinische Welt für diese ärztliche Kunst übrighatte. Alexander hatte lange mit seinem Sohn darüber diskutiert, ob auch sie Arnold Libbertz, Kochs Mitarbeiter, der für die Verteilung des Medikaments zuständig war, kontaktieren sollten. Lucius, der ganz generell für Innovationen brannte, sagte, man könne es nicht *nicht* bestellen, was solle man den Gästen sagen, die danach verlangten? Alexander hingegen sagte, er traue der Sache nicht und seine Intuition habe ihn noch selten getäuscht, im Grunde nie. Was, wenn das Medikament mehr schade als nutze? Willem überließ die Entscheidung den beiden Ärzten und nahm mit großer Sorge die Veränderung in seinem Ort wahr. Die Ruhe war weg. Alle waren nervös (und Nervosität war etwas anderes als Aufregung). Es gab kein anderes Gesprächsthema mehr als Kochs Gegenmittel. Selbst jene, die schon seit Jahren hier oben waren, spielten mit dem Gedanken, Davos zu verlassen. Als Willem nachts hochschreckte, wachte auch Ursula auf.

„Leg dich wieder hin", sagte sie.

„Wenn es die Krankheit nicht mehr gibt, verlieren wir alles."

„Es gibt doch noch die Gesunden", sagte sie. „Davos ist nicht nur für Kranke schön."

„Aber es sind die Kranken, die Davos so besonders machen."

„Du bist besessen von der Krankheit," sagte sie. „Du bist besessen", sagte Ursula wieder, „weil du auf Teufel komm raus versuchst, dieser Krankheit eine Bedeutung zu verleihen. Wenn Margaret nicht gewesen wäre, würdest du erkennen, dass es nur eine Krankheit ist. Der Tod durch Tuberkulose ist nicht edler als der Tod durch Grippe, Krieg oder Cholera. Der Tod ist immer schrecklich und am Ende eine sehr einfache Sache."

War der Tod eine einfache Sache? Willem versuchte der Banalität des Todes etwas Heiliges entgegenzusetzen. Der Tod war ein mächtiges Instrument. Der Tod war der größte aller Lehrmeister. Er brachte die Sterbenden in Kontakt mit der wahren Welt, die hinter der sichtbaren verborgen lag. Er ließ sie das Leben schätzen. Willem betrachtete den mondbeschienenen Hang. Margarets Seele hatte Davos nie verlassen. Hier oben hatte er einen beseelten Raum, ja eine Geisterstadt, errichtet. Und im stillen Gebet, in dem er etwas von sich aufgab und sich dadurch ganz hingab, überkam ihn Frieden und das Vertrauen, dass ihm all das keiner nehmen konnte. Dass ihm das Größte noch bevorstand.

Drei Monate später kamen Lucius und Alexander zu ihm. „Ich hatte mit Dettweiler Kontakt", sagte Alexander. „Warum denn jetzt Dettweiler?", fragte Willem. „Willem, es ist doch jetzt vollkommen egal, was du von Dettweiler hältst, wichtig ist, dass Dettweiler nichts von Kochs Medikament hält", sagte Alexander.

„Im Ernst?", fragte Willem.

„Im vollkommenen Ernst", sagte Lucius und schilderte, welches Urteil der im Taunus tätige Kollege gefällt hätte, nämlich dass das Mittel wirkungslos sei.

„Das ist ja großartig!", sagte Willem.

„Turban behauptet allerdings das Gegenteil", sagte Alexander. „Er hält komplett dagegen und brüstet sich mit fulminanten Ergebnissen."

„Aber das ist doch gelogen", sagte Willem.

„Natürlich ist es gelogen", sagte Lucius. „Aber wenn

die Wahrheit ans Licht kommt – wenn wir helfen, die Wahrheit zu verbreiten, dann bedeutet das –"

„– dass es nur eine einzig wahre Behandlungsmethode gibt", führte Alexander den Satz zu Ende.

„Dass nur Davos allein heilt", sagte Willem.

Die Wahrheit machte sich schnell breit. Die Flüsterpost unter den Patienten war schneller als sämtliche Nachrichtenblätter. Einem kurzen anfänglichen Jubel – endlich schien Koch den Wettstreit mit seinem französischen Widersacher Louis Pasteur gewonnen zu haben und im Kampf gegen die Bakterien ein für alle Mal der bessere Wissenschaftler zu sein – folgte schnell Skepsis, dann Ablehnung, dann Abscheu. Geschichten von Todkranken, die in Berlin ihre Ärzte nötigten, sie mit dem Medikament zu behandeln, machten die Runde. Nicht nur, dass das Medikament bei den Patienten im Endstadium die Wirkung verfehlte, sondern auch, dass es weniger schwer Erkrankte durch starke Nebenwirkungen derart plagte, dass es ihnen danach schlechter als vorher ging. Vor allem die Kinder traf es: Sie erlitten Schmerzen, Schwellungen, Durchfall, verloren den Appetit, wurden anämisch, bekamen Fieber, manche fielen sogar ins Koma. Auf den Fluren des Kurhauses wurde aufgeregt geflüstert. „Hast du von dem Kind gehört, das vor Mattigkeit nicht mehr aufstehen konnte?" „Eine Frau verweilte tagelang im Delirium." „Ein ohnehin schon abgemagertes Ehepaar bekam derartige Bauchkrämpfe, dass es beinahe verhungert wäre!" Immer mehr Patienten brachen die Behandlung ab, sogar im Sanatorium Turban stieg die Zahl der Tuberkulosekranken, die das Medikament verweigerten.

„Vater, du hattest von Anfang an recht, die einzige Medizin ist das Klima", sagte Lucius.

„Ich fürchte, wir müssen uns trotzdem anpassen", sagte Alexander. „Klima allein scheint den passionierten Patienten nicht mehr auszureichen. Der Liegestuhl kommt gut an."

„Und der Spucknapf", sagte Lucius.

„Der Blaue Heinrich?", fragte Willem.

„Ja der", sagte Alexander. „Wir werden ihn einführen müssen."

„Schon komisch, dass man einem Fläschchen, in dem man seine Spucke herumträgt, einen Namen gibt", sagte Willem. „Immerhin sieht diese blaue geschweifte Glasflasche mit dem Metallverschluss gut aus. Auch wenn ich die Vorstellung, das eigene Sputum mit sich herumzutragen, unappetitlich finde. Und eine Erfindung Dettweilers ist dieses Taschenfläschchen für Hustende noch dazu. "

„Er nennt es eine heilige Pflicht, Patienten damit auszustatten", erläuterte Lucius und fügte hinzu: „Er verlangt im Taunus über eine Mark dafür."

Willem rechnete. Dann nickte er versöhnlich und sagte: „Man wird hier in Davos noch mehr berechnen können. Davon abgesehen: Brauchen wir auch den Liegestuhl?"

„Ich denke", sagte Alexander.

„Immerhin ist er bequem", sagte Willem. „Von mir aus sollen sie in dieses blaue Ding spucken und sich auf den gelben Liegestuhl legen, wenn sie wollen, stundenlang. Hauptsache, sie kommen hierher und bleiben."

„Jede Zeit hat ihre Medizin", sagte Alexander. „Und in den letzten 20 Jahren hat sich einiges geändert. Auch die Menschen."

Willem schwieg. Dann sagte er schließlich: „Wenn ihnen ein Hotel nicht mehr genügt und sie ein Sanatorium wollen, so sollen sie eins bekommen. Aber eines, das alles übertrifft. Ich denke, am Ende sollte dies unser letztes Problem sein."

DAVOS 1894.
DIE SÉANCE.

Ursula war nie eine begeisterte, schon gar keine leidenschaftliche Leserin gewesen – außer wenn es um Kriminalgeschichten ging. Willem war oft erstaunt, wie lange sie nachts wachbleiben konnte, um im Geiste einen literarischen Mordfall zu lösen. Sie war eine Art Hobbydetektivin und entwickelte einen ungeahnten Ehrgeiz, wenn es darum ging, herauszufinden, wer nun an einem Verbrechen schuld war. Willems Anglophilie (wie so vieles andere auch an ihrem Mann) war ihr stets fremd gewesen. Erst als sie *Sherlock Holmes* für sich entdeckt hatte, öffnete sich für sie die Tür zum Vereinten Königreich einen kleinen Spalt. So sehr sie sich auch zunächst dagegen gesträubt hatte (eine Patientin aus Cardiff hatte ihr eine Kurzgeschichte als Geschenk überreicht, das sie freilich nicht ablehnen konnte), so sehr musste sie sich nun doch eingestehen, dass diese Geschichten einfach gut waren und es war ihr, der in den Bergen Verwurzelten, vollkommen klar, dass diese nur in der Metropole London spielen konnten. In Davos könnte keine Gasse mit der Baker Street mithalten. Sie würdigte, dass von dem Land, das ihr Mann für immer mit seiner geliebten und für sie ewig unerreichbaren ersten Frau verband, ein ungeahnter Reiz, ein gewisses Traumpotenzial ausging. Auch sie konnte sich bei einer Tasse Tee dorthin denken, sehr gut sogar. Der Meisterdetektiv war ein Londoner Konstrukt, der ohne die englische Sitte eben ein ganz anderer wäre. Kurz: Ursula war in den Bann gezogen. Als sie nun in dieser Märznacht, es war schon nach Mitternacht, ein lautes „Wie kann er nur!" ausrief und das Buch in die Ecke warf, schreckte Willem aus dem Schlaf.

„Was ist los?", fragte er.

„Er ist tot!"

„Wer?"

„Sherlock Holmes!" Ursula stand auf und stemmte

die Hände in ihre Hüften, so dass sich ihr geblümtes Nachthemd aufbauschte.

„Gott, Ursi, leg dich wieder hin. Das ist nur eine Geschichte."

„Wie kann man nur Holmes sterben lassen?"

„Wie ist er denn gestorben?"

„Das ist es ja: Er lässt ihn hier in der Schweiz sterben! Wer kommt denn auf so eine Idee!"

„In der *Schweiz*?"

„In Meiringen. In den Reichenbachfällen."

„Wenigstens ein schönes Grab."

„Sei nicht zynisch, Willem."

„Du kannst ihn selber fragen."

„Wen?"

„Arthur Conan Doyle, er ist hier."

Natürlich hatte die Ankunft des englischen Schriftstellers im Ort für Aufsehen gesorgt. Dass ausgerechnet Ursula davon nichts mitbekommen hatte, erstaunte Willem, der sich zugleich eingestehen musste, dass er es war, der vergessen hatte, ihr diese Neuigkeiten zu überbringen. Überhaupt merkte er in dieser Nacht, dass er die Fähigkeiten seiner Frau, sich emotional in fiktive künstlerische Welten einzubringen, gehörig unterschätzt hatte. Dass sie der Tod einer Romanfigur derart traf, hätte er nicht gedacht.

Den Kult um Sherlock Holmes konnte er nicht nachvollziehen. Das Genre der Kriminalliteratur schien ihm recht trivial zu sein und vor allem die Frauen in den Bann zu ziehen. Keiner seiner englischen Freunde las diese reißerischen Groschenromane, für ihn gehörte es zum guten Ton, die billigen Schmöker nicht zu kennen. Er hatte daher bislang einen Bogen darum gemacht, wollte aber diese innere Haltung, die man ihm als intellektuellen Snobismus hätte auslegen können, nach der nächtlichen Schreckensepisode überdenken. Es wäre sicher von Vorteil, wenn er zumindest mitreden könnte. Worum er keinen Bogen machen konnte (und auch nicht wollte) war die Begegnung mit dem Autor selbst, denn wer nach Davos kam, kam zu Willem, oder, wie Alexander es ihm einmal in einem Moment der besonderen freundschaftliche Nähe gesagt hatte: „Du bist Davos."

Conan Doyle wohnte im Belvedere, dennoch war es unmöglich, das Kurhaus zu verpassen – die Konzerte, die Eisbahn, die Vorträge. Es war also nur eine Frage der Zeit, bis Willem und Arthur aufeinandertrafen. Als sie sich nun, kurze Zeit später, bei einem Wein gegenübersaßen, war Willem der schreibende Engländer sympathisch, wenngleich auch auf eine andere Weise als es sein Kollege Stevenson gewesen war. Stevenson war stets von einem inneren Fluchtimpuls getrieben, alles an seinem Aufenthalt war ein Zwang. Erst mühsam hatte er sich für die Schönheit der Berge geöffnet und Willem hatte stets das Gefühl gehabt, ihn beschützen zu müssen und ihm, dem ewig Frierenden, eine wärmende Decke über die Schultern zu legen. Er war wie ein Sohn gewesen, um den er sich kümmern musste. Conan Doyle hingegen war wie ein Sohn, der ihn herausforderte, was vor allem am größten Unterschied zwischen den beiden lag: Stevenson war krank, Conan Doyle hingegen hätte gesünder nicht sein könne. Der Fünfunddreißigjährige, der seine tuberkulosekranke Frau Touie begleitete, hatte ein pausbäckiges Gesicht, sein Schnurrbart war aufgezwirbelt und er lächelte ihn mit seinen hellen, klaren und klugen Augen an. Willem meinte, die Altersdifferenz von einem Vierteljahrhundert zu spüren – vor allem, als Arthur von seiner Skitour über die Maienfelder Furgga berichte. *Absolutely amazing*[40] sei es, den Alpenpass zu überqueren. Um vier Uhr morgens Aufbruch in Frauenkirch, dann die Ski über die Schultern, Aufstieg, volles Programm, aber *easy*[41]. Er schwärmte vom Vollmond, vom violetten Himmel und den einzigartigen Sternen, fast wie unter tropischem Himmel. Und dann erst die Abfahrt! Durch Pulverschnee, ein einziges Vergnügen und dann zwinkerte er Willem zu. Ja, es sei schon ein wenig *freestyle*[42] gewesen,

---

[40] Absolut fantastisch
[41] einfach
[42] Freistil

aber egal, denn Hauptsache man habe seine kleine *per-fomance*[43] nicht beobachtet.

„Ich bin Holländer", sagte Willem, „fragen Sie nicht danach, wie es bei mir aussieht. Meine Frau ist hier geboren und viel besser darin. Übrigens haben Sie ihr einen entsetzlichen Schrecken eingejagt."

„Ihrer Frau? Habe ich mir etwas zu Schulden kommen lassen, von dem ich nichts weiß?"

„Nein, nein, sie ist nur ein großer Fan Ihrer Detektivgeschichten und als sie las, dass Sherlock tot ist …"

„Oh, ja, da ist sie nicht die Einzige. Ehrlich gesagt habe ich das ziemlich unterschätzt. Sogar der Prince of Wales war mit den Nerven fertig."

„Ist das nicht am Ende ein großes Kompliment?"

„Ach wissen Sie, erstmal musste ich lernen, mit all dem Zorn umzugehen. 20.000 Leser haben ihr Abo für das *Strand Magazine* gekündigt. 20.000, können Sie sich das vorstellen? Und all die Leserzuschriften erst, ich dachte, ich muss mich für die nächsten Jahre in einem Erdloch verkriechen. Ich bin gar nicht auf die Idee gekommen, dass jemand davon derart geschockt sein könnte."

„Und warum haben Sie es getan?"

„Um frei zu sein. Verstehen Sie mich nicht falsch, ich bin dankbar für all den Erfolg, aber … Holmes ist der

---

[43] Vorstellung

Geist, den ich rief und nicht mehr loswerde. Ich will nicht mein Leben lang nur Detektivgeschichten schreiben. Außerdem verwechselten die Menschen zusehends Fiktion und Wirklichkeit. Frauen haben Sherlock Holmes Briefe geschrieben, sogar mit Heiratsanträgen. Und mein Freund Joseph Bell – ich habe bei ihm Medizin studiert –"

„Wie Stevenson?"

„Ja genau, er war auch sein Schüler. Jedenfalls, Joseph Bell, hat mir erzählt, dass ihn viele nur noch Mr. Holmes nannten. Ich meine, natürlich habe ich mich von seinen Methoden inspirieren lassen, wirklich verrückt, wie er die Menschen anschaut und sofort Bescheid weiß, was los ist, er achtet auf jedes noch so kleinste Detail, aber er war und bleibt Mr. Bell! Und ich hatte niemals vor, so viele Geschichten über Holmes zu schreiben, eigentlich wollte ich immer historische Romane schreiben, aber naja, es ist dann einfach passiert."

„Und dann war's Ihnen irgendwann genug?"

„Natürlich. Und ich fand *Das letzte Problem* eigentlich nicht schlecht – er starb ja nicht irgendwie. Finden Sie die Geschichte gelungen, Herr Holsboer?"

Willem hatte sich natürlich auf das Treffen vorbereitet und wenngleich die Geschichte die einzige war, die er überhaupt von Mr. Conan Doyle gelesen hatte, so hatte er sie zumindest sorgfältig gelesen.

„Ich freue mich vor allem, dass sie in der Schweiz spielt."

„Ach ja, ich war auf einem Vortrag in Meiringen und wir gingen wandern. Wie ich durchs Haslital gehe, kann ich nur an eine einzige Sache denken: Wie bringe ich Holmes um? Ich kann ein solches Genie ja schlecht an einer verschluckten Wespe sterben lassen."

„Oder einer Überdosis", scherzte Willem.

„Eben. Sein Tod musste erhaben sein, ihm gerecht werden. Finden Sie das übrigens schlimm mit dem Kokain?"

„Ich bin ja kein Arzt", sagte Willem. „Dr. Spengler hat dazu vermutlich andere Ansichten."

„Aber können Sie es nachvollziehen, dass man sich den Geist vernebeln muss, um die Langeweile zu ertragen? Ich glaube, nur spießige Menschen können das nicht verstehen. Jedenfalls, ich erblicke die Reichenbachfälle und denke mir: ‚Das ist es. Ja, ich lasse ihn in diesen Wasserfall stürzen.' Und dann ging es weiter: Wie soll er stürzen? Durch wen? Er kann ja nicht einfach ausrutschen. Und dann kam mir die Idee mit Moriarty, ein Napoleon des Verbrechens, so genial böse wie Sherlock gut ist."

„Ich finde das überaus klug, ihn auf einen ebenbürtigen Gegner treffen zu lassen. Moriarty ist wie eine Art Doppelgänger, Sherlocks Schatten. Ein bisschen wie Dr. Jekyll und Mr. Hyde."

„Ja, nicht wahr? Ich habe lange an Moriarty getüftelt. Und dann dachte ich mir, er muss mindestens Professor sein, am besten für Mathematik – war das die richtige Wahl?"

„Durchaus. Mathematik ist nüchtern."

„Ja, ja, absolut. Und dann dachte ich, er muss wie der Kopf einer Krake sein, überall muss er seine Fangarme ausstrecken und Verbrechen verantworten."

„Und Holmes mit in den Abgrund ziehen."

„Ja. Aber irgendwie fanden die anderen die Idee nicht so gut."

„Wissen Sie, welcher Satz mir besonders im Gedächtnis geblieben ist?"

„Verraten Sie es mir."

„Watson steht am Wasserfall und schreit. Aber nur sein eigenes Echo hallt zurück. So sprechen die Toten mit uns."

Die Gäste. Der Wein. Das Schweigen. Willem spürte, wie er etwas in Arthur Conan Doyle zum Schwingen gebracht hatte – und wie sich der Fremde, wenn auch vorsichtig, einem Thema zuwandte, von dem er nicht wissen konnte, wie sehr es Willem berührte.

„Manche sagen, ich sollte Sherlock von den Toten auferstehen lassen."

„Denken Sie darüber nach?"

„Nein, nicht ernsthaft. Nicht jetzt. Noch habe ich Geld." Er lachte, strich sich seinen Schnurrbart glatt, trank einen Schluck Wein, schaute aus den hohen Panoramafenstern auf die Berge. Dann sagte er: „Das hat mich an Holmes immer am meisten gereizt, dass er die Toten auf seine ganz eigene Art zum Sprechen bringt. Gewiss auf vollkommen rationale Weise. Aber ich glaube, dies ist nicht die einzig mögliche Art."

„Durchaus nicht", sagte Willem. „Meine Frau, meine erste Frau, wissen Sie, Margaret, sie war der festen Überzeugung, mit der Geisterwelt in Kontakt treten zu können."

„Sie war Spiritistin?"

„Ja. Grundgütiger, wissen Sie, wie schön es ist, jemanden hier zu treffen, der weiß, was das ist? Die Schweizer und die Geister, das ist eine von Nichtexistenz geprägte Beziehung."

„Und das inmitten dieser magischen Berge? Ich habe noch nie solche Sternennächte wie hier gesehen. Wer außer Gott soll diese Sterne gemacht haben? Sie laden doch gerade zu Séancen unbekannten Ausmaßes ein."

„Für die Menschen hier ist das elektrische Licht schon gespenstisch genug. Oder das Telefon."

„Aber es hat auch etwas Geisterhaftes an sich, wenn wir auf einmal Stimmen von weit weg hören, finden Sie nicht? Der Vergleich ist legitim. Vielleicht sollte man die spiritistischen Ideen pragmatischer formulieren, so dass es jeder versteht. Es ist wie Telefonieren mit der unsichtbaren Welt. Das ist überhaupt die wichtigste Botschaft.

Ich will, dass die Menschen glauben, dass es diese Kommunikation zwischen Diesseits und Jenseits gibt."

„Ich bezweifle, dass das die Landbevölkerung überzeugt. Sie halten mich ohnehin für verrückt. Wenn ich im Kurhaus jetzt noch Séancen veranstalten würde, würden sie vermutlich den Exorzisten holen – sie haben sich schon beschwert, dass die Kellner mit dem Geschirr klappern, wenn wir im Winter, wenn es in der Kirche zu kalt ist, den Gottesdienst bei mir im Kurhaus abhalten. Aber wie auch immer, ich muss zugeben, ich bin bis heute nicht überzeugt von all dem Spuk. Es ist auch schon so lange her. Ich habe das damals meiner Frau zuliebe mitgemacht. Aber trotzdem, selbst, wenn ich es nicht mag, so ist doch vielleicht irgendwas Wahres dran? Denn ich habe zweifelsohne Dinge gespürt, die ich niemals missen möchte. Ich habe Momente der tiefsten Erkenntnis erlebt, das Gefühl, tiefe Wahrheit zu erfahren. Aber jetzt, oder im Nachhinein, ich weiß nicht."

„Glauben Sie mir, es gab keinen größeren Skeptiker als mich. Für mich was das alles der größte Unfug. Ich muss auch zugeben, dass ich von der Intelligenz dieser Kreise nicht überzeugt war. Ehrlich gesagt kamen mir die Spiritisten zunächst wie ungebildete Trottel vor, die sich einfach gerne und auf die billigste Weise täuschen lassen."

„Das ist ein guter Punkt. Wäre Maggie nicht so intelligent gewesen – zu schlau, um auf irgendeinen

Humbug unhinterfragt hereinzufallen – hätte ich mich kein bisschen dafür geöffnet. Aber ich muss sagen, dass sie sich in den besten Kreisen bewegte und ihre Geisterfreunde allesamt zivilisiert, wenn nicht gar überdurchschnittlich kultiviert und vor allem klug waren."

„Das deckt sich mit meiner Erfahrung. Ich beschäftige mich jetzt seit über sieben Jahren mit spiritistischem Gedankengut und musste meine ablehnende Haltung schnell revidieren. Es ist wirklich nicht so, dass das alles nur Idioten sind, im Gegenteil. Ich habe unter den Spiritisten die intelligentesten Köpfe gefunden: Sir William Crookes oder Alfred Russel Wallace. Ich wage zu behaupten, dass diese Männer weitaus klüger sind als ich – und das Spannende ist doch, dass wir irgendwann mit der Wissenschaft *beweisen* können, dass der Tod nicht das Ende ist. Auf diese eine grundlegende Frage läuft doch alles hinaus: Sind wir wirklich tot, wenn wir tot sind?"

Willem zuckte mit den Achseln. „Ich weiß nicht, ob ich die Vorstellung, dass es danach noch weitergeht, wirklich gut finden soll", sagte er. „Es hätte doch etwas Heilsames zu wissen, dass danach endlich Ruhe ist. Aber wie auch immer, ich spüre ja, dass es weitergeht. Ich kann Maggies Existenz alles andere als beweisen, aber ich spüre sie. Ich spüre ihre Anwesenheit jeden Tag."

„Erstaunlich, oder? Wie empfänglich uns die Liebe für diese feinstoffliche Präsenz macht. Die meisten Menschen sind einfach viel zu grobschlächtig und unsensibel, als dass sie Geister spüren könnten. Man muss sich das einmal vorstellen, welche Kraft ein ätherischer Körper aufbringen muss, um sich verständlich zu machen. Sie aber – sind Sie sicher, dass Sie ihre Existenz nicht beweisen können? Haben Sie es je mit Materialisation probiert?“

„Wie meinen Sie?“

Und dann begann der Fremde, der Willem binnen weniger Stunden vertraut geworden war, von seiner Reise hin ins Unsichtbare zu erzählen und je länger er sprach, desto mehr hatte Willem das Gefühl, dass er ihm nicht aus Zufall begegnete, sondern dass ihm Mr. Arthur Conan Doyle aus einem ganz besonderen Grund geschickt worden war. Er habe sich von einem Skeptiker hin zu einem Suchenden entwickelt und sei nun schließlich, ja, er wage es, dies zu behaupten, ein Wissender. Er habe viele Berichte über spiritistische Begebenheiten gelesen, habe Scharlatane erlebt, doch eben auch die wahren Meister dieser verborgenen Künste, deren Wissen mitnichten verboten war, denn warum sollte uns Gott Fähigkeiten geben, die wir nicht gebrauchen dürfen? Vielmehr seien all jene, die ihre medialen Fähigkeiten entdeckten, geradezu aufgefordert, diese zu nutzen. Je mehr Betrüger, desto mehr Überprüfung sei notwendig und fürwahr, der Spiritismus sei inzwischen derart sorgfältig überprüft, dass es dafür gewiss bald Professoren gebe. Er habe selbst genügend Experimente gemacht, um zu erkennen, dass es nicht nur wahrhaftige Zeichen aus dem Jenseits brauche, um die Überwindung des Todes zu beweisen, sondern dass es diese Zeichen auch gebe, und zwar unzweifelhaft: Gipsabdrücke von Geisterhänden, klare Botschaften beim Gläserrücken. Nur bei Zeitangaben täuschten sich die Geister, vielleicht rechne man im Jenseits anders? Egal, da sei diese innere Gewissheit, diese unverhandelbare Überzeugung, dass Geist *jenseits von Materie* existieren kann. Sei das nicht eine Zeitenwende, ein Umbruch der radikalen Art? Und schenke der Spiritismus – im Gegensatz zum Christentum – den Lebenden nicht eine ganz andere Art von Trost? Was habe er Tränen in den Augen der Hinterbliebenen gesehen, wenn sie die heilsamen Botschaften ihrer Liebsten empfingen. Wie verständlich doch die Sprache der Geister, wie unverständlich hingegen die Worte der Bibel seien. Wer verstünde schon, was das heiße, „Gereinigt durch das Blut des Lammes". Wenn er nicht verstünde, warum Gott ein Lamm sei, so verstünden das doch die meisten anderen auch nicht. Die Geister hingegen sprächen meistens klar, manchmal sogar recht humorvoll, und überbrächten allem voran eine Botschaft: Liebe ist unsterblich. Wie zwei Verschworene saßen sie im Salon des Kur-

282

hauses, die schweren Samtvorhänge schluckten die Geräusche der anderen Gäste, die aufgrund der späten Stunde nur noch vereinzelt zugegen waren. (Seit Turban im Ort sein Unwesen trieb, gingen auch seine Gäste, sich unbewusst in die kollektive Tyrannei einschwingend, von selbst frühzeitig zu Bett.)

Arthurs Worte wirkten. Sie waren der Schlüssel zu einem Bereich seiner Seele, den er in all den Jahren versucht hatte wegzusperren, doch nun wollte das Verdrängte wiederkehren. Conan Doyle sprach davon, Mauern zwischen der irdischen und der spirituellen Welt niederzureißen, der Schleier zwischen uns und unseren geliebten Verstorbenen müsse endlich fallen und als er am Ende des Gesprächs Willem fragte, ob er denn nun an Geister glaube, antwortete er ihm mit derselben Kraft, wie er damals Maggie auf dieselbe Frage geantwortet hatte: „Ja."

Auf einmal war wieder alles da: Maggie in der Bibliothek. Maggie mit glühenden Wangen, wenn sie von ihrem Zirkel kam. Maggie, die durch den Hyde Park den Schmetterlingen hinterherlief und rief: „Komm, lass uns Elfen suchen!" (Als Willem hörte, dass Arthur an Elfen glaubte, fiel ihm ein Stein vom Herzen. Nein, Margaret war nicht verrückt gewesen. Natürlich gab es Elfen). Maggie, die Botschaften vernahm und überbrachte. Maggie, die ihn beschworen hatte, sich nur ja für all die Zeichen, die sie ihm schicken würde, zu öffnen. *In jedem*

Grashalm werde ich mich dir zeigen. In jedem Sturm, jeder Schneeflocke, in jedem Atemzug. Willem, der sich in den letzten Jahren zusehends müde und schwerfällig gefühlt hatte – er benutzte inzwischen nur noch den Fahrstuhl, weil ihm das Treppensteigen Mühe bereitete – fühlte sich wie elektrisiert. Auf einmal war jemand da, mit dem er über all das sprechen konnte, was er hier im Ort niemals auszusprechen gewagt hatte: dass Maggie noch da war. Dass sie niemals weggewesen war. Und er war fest entschlossen, das zu beweisen. Noch am selben Abend hatten er und Arthur entschieden, die erste Davoser Séance durchzuführen. Nur sie beide. Im Verborgenen. Geheim.

Natürlich hatte Willem überlegt, ob er Alexander, oder besser noch Lucius, der für die Erforschung des Parapsychologischen weitaus affiner als sein Vater war, vor dieser aufregenden Angelegenheit um Rat fragen sollte. Dann aber erinnerte er sich an seine erste und einzige Séance bislang, zu der ihn einst Margaret mitgenommen hatte und seine Sorgen waren schnell zerstreut. Es war ihm nichts passiert. Wovor also sollte er sich nun, so viele Jahre später, fürchten? Nein, er würde mit niemandem darüber sprechen. Sie würden ihn nicht verstehen. Und auch wenn ihm der Boden unter den Füßen schwankte, er würde sich nun dem Verborgenen, dem innersten Winkel seiner Seele zuwenden und das

Übernatürliche ganz ohne Widerstreben, vielmehr mit einer unbändigen Neugier, auf sich wirken lassen.

Sie hatten sich für Dienstagabend verabredet. Willem hatte das kleine Salonzimmer vorbereiten lassen: Die Vorhänge waren geschlossen, Kerzen standen auf dem Tisch, vor der Tür stand ein Schild mit „Bitte nicht stören". Als Arthur kam, schloss er die Tür hinter ihnen ab.

„Sind Sie bereit?", fragte Arthur.

„Ich bin etwas nervös."

„Gut so. Nur die Törichten behaupten, sie seien es nicht. Es ist auch jedes Mal aufs Neue eine aufregende Geschichte. Und vergessen Sie nicht: Ob Sokrates, Galilei, Kolumbus, Kopernikus, Kepler oder Zeppelin, sie alle wurden für ihre Errungenschaften angefeindet. Große Erfindungen, von der Dampfmaschine bis zum Blitzableiter, waren den Menschen stets Anlass, große Geister für verrückt zu erklären. Dabei ist nichts stärker als die göttliche Kraft, die in uns wirkt und nach vorne drängt, und die menschlichen Torheiten überwindet. Sie selbst reihen sich ein in die Riege großer Männer und haben nichts zu verlieren. Die Zeit schreit nach Erleuchtung."

Willem lauschte und nickte. Dann sagte er: „Ich frage mich, ob auch die richtigen Geister kommen."

„Wir werden sehen, ob überhaupt welche kommen." Arthur lachte und strich seinen Schnurrbart glatt, doch dann wurde er wieder ernst: „Sie haben vollkommen recht, wir müssen prüfen, ob es gute Geister sind. Sagen Sie, was ist Ihre Intention?"

„Liebe."

„So werden sie von Gott sein. Fangen wir an."

Die Art und Weise, wie sich Arthur setzte; wie er die Augen schloss und sich sammelte; wie er Willem zunickte und seine Hand nahm, um ihre, wie er sagte, Energie zu bündeln, denn um nichts anderes als Energie ginge es und das Herbeirufen von Geistern koste die Lebenden Kraft, ja mehrere Kilo könnten sie während einer solchen Sitzung verlieren; all das zeugte von einer tiefen Erfahrung mit der geistigen Welt und Willem fühlte keinerlei Widerstreben in sich. Im Gegenteil, ihm war, als zerfließe er in den Händen dieses Mannes, als ströme seine Seele zu ihm und von ihm weiter ins Jenseits und vom Jenseits wieder zurück an diesen Ort. Arthur rief die höhere Macht an, so wie es auch Margaret getan hatte. Und dann geschah es. Die Energie im Raum änderte sich. Sie wurde dichter. Durchdringender. Eine Stille jenseits der Geräuschlosigkeit machte sich breit. Ein Frieden jenseits der Ruhe. Und dann, wie damals vor vielen Jahren in London, spürte er es: den Luftzug, die ewige fließende Strömung. Wie kalte Nebelschleier umwehten ihn die lebenden Seelen der

Toten. Sie schlängelten sich um seine Beine, dann spürte er sie im Gesicht. Er fröstelte. Seine Hände waren kalt, sein Herz klopfte stark. Alle Fenster waren geschlossen, doch die Flammen der Kerzen flackerten.

„Sie sind da", flüsterte Arthur.

„Wer? Maggie auch?" Zutiefst ergriffen allein von der Möglichkeit, die geliebte Tote könne beschworen worden sein, rief er aus: „O Margaret!" Und er fühlte sich um die Brust herum seltsam gerührt.

Die Flamme erlosch. Arthur fiel in Trance. Er wirkte verändert, verklärt – nicht jünger und nicht älter, sondern auf eine magische Weise zeitlos. Ein seltsamer Glanz umgab ihn, als stünde er im Mondschein. Arthur zuckte zusammen, Willem bekam eine Gänsehaut, ja es gruselte ihn, denn er spürte, dass, so sehr er sich auch die Wiederkehr der Verstorbenen wünschte, dies doch eine heikle Angelegenheit war. Arthur sackte nach vorne. Er sagte, er spüre einen Druck auf der Brust. Er sagte, er fühle Schmerzen. Er hustete, fasste sich an die Lunge. Er legte seinen Kopf auf den Tisch und sagte, er sei so schwach, so unendlich müde. Willem drückte die Hände des Freundes, dem die Anstrengung anzumerken war, fester. Willem meinte, er schliefe ein, doch dann bäumte er sich auf, stöhnte, bis er schließlich, nach langen, quälend langsam verstreichenden Minuten lächelte. Arthur richtete sich wieder auf und sagte, alles sei jetzt gut, er sei frei von Schmerzen, frei von Leid.

Dann schnappte er nach Luft, sein Blick veränderte sich, seine Seele kehrte zurück und der Spuk war vorbei.

„Sagen Sie, was haben Sie da gemacht?", fragte Willem. „Haben Sie Maggie gespürt? *Waren* Sie Margaret?"

„Ich erinnere mich an nichts", sagte Arthur.

„Aber Sie haben doch – "

„Ich weiß nicht, was ich getan habe, das war die geistige Welt, die durch mich gewirkt hat. Was habe ich denn gesagt? Kam Ihre tote Frau durch?"

„Ja, es muss Maggie gewesen sein! Ganz sicher war es Maggie!" Und Willem berichtete von dem merkwürdigen Geistertanz, den er bei Arthur beobachtet hatte.

„Interessant", sagte Arthur. „Gleich beim ersten Mal. Ihre seelische Verbindung muss außerordentlich eng gewesen sein. Meistens kommen erstmal wildfremde Geister durch, aus deren Kauderwelsch man kein bisschen schlau wird."

Willems Gefühle, die er über all die Jahre zu unterdrücken gelernt hatte, erwachten. Sie waren da, intensiv und lebendig. Nie zuvor und nie danach habe seine Seele eine solche Verbindung gespürt wie zu Margaret, gestand er Arthur. Maggie sei Anfang und Ende von allem, nur sie habe verstanden, ihn im Wesen zu erfassen, nur sie habe ihm Zugang zum Höheren und Tieferen gegeben. „Mein Gott, sie lebt!", rief Willem aus und mit glühenden Wangen ging er im Salon auf und ab.

„Wenn Sie wollen, können wir versuchen, weitere Botschaften zu empfangen", sagte Arthur. „Oder Sie versuchen es selbst."

Willem hatte das Gefühl, etwas Bahnbrechendes zu erleben. Ihm war als hätte er eine unerschöpfliche Energiequelle entdeckt, die er nur lernen musste zu erschließen, um die spektakulärsten Dinge zu tun. Diese unsichtbare Kraft, die ganz untrüglich wirkte – durch seine Seele hindurch – wollte er nicht nur spüren, sondern auch beherrschen können. Warum nur war er diesem Mann nicht schon früher begegnet? Er brachte den Beweis, dass Margaret recht gehabt hatte. Den Beweis dafür, dass *er* recht hatte, dass Margarets Seele lebte. Er hatte es immer gewusst, immer gespürt. Und er war finster entschlossen, jede Möglichkeit zu nutzen, um mit ihr in Kontakt zu treten. Arthur und Willem trafen sich nun jeden zweiten Tag im Kurhaus. Ursula hatte es aufgegeben zu fragen, was er mit dem Schriftsteller trieb. Sie war zufrieden, als sie das Ehepaar Doyle bei einem gemeinsamen Abendessen kennenlernte und vom Eheglück der beiden überzeugt war, auch von der Rechtschaffenheit Touies, deren Treue offensichtlich war. Touie war blass, zurückhaltend, bescheiden und ihre Schönheit war nicht beängstigend. Als Arthur sie dafür pries, dass sie es geschafft hatte, sein Leben zu regeln, einen Alltag zu etablieren, in dem er besser als je zuvor schreiben konnte, da fühlte sich Ursula beruhigt.

Im Hause Conan Doyle ging alles mit rechten Dingen zu. Er könne seit der Hochzeit besser denken, seine Fantasie sei zurückgekehrt und die Worte flögen ihm zu, erklärte Arthur. Ursula zögerte lange, bis sie auf das Thema Sherlock Holmes zu sprechen kam. Der Autor zeigte sich gnädig, selbst seine Mutter habe ihn lynchen wollen, nachdem sie *Das letzte Problem* gelesen hatte. Er aber fühle sich nun befreit, könne sich endlich anderen Werken zuwenden, gerade schreibe er eine Kurzgeschichte über das Okkulte – ein junger Mann lernt eine Frau kennen, die übersinnliche Kräfte besitzt, doch geradezu parasitär nimmt diese von ihm Besitz – ob sie mit dem Mesmerismus vertraut sei? Willem warf seinem neuen Freund einen mahnenden Blick zu. Schnell überging er die Frage und beteuerte, er werde nicht vergessen, wie viele Fans Sherlock vermissten und man wisse ja nie, wer von den Toten wiederauferstehe.

Alles in allem war Ursula also mit der neuen Männerfreundschaft zufrieden und fragte nicht weiter nach, wenn Willem spät nachts ins Schlafzimmer kam, glühend und bebend und ja, wie neu beseelt.

Willem lernte schnell. Er tauchte mit voller Leidenschaft in die Geisterwelt ein. Als ihn Alexander auf seine neue, etwas fiebrig-fahrige Aura ansprach und ihn fragte, ob er wieder einmal verliebt sei, sagte Willem: „Nein, ich spüre nur eine alte Liebe, die nie erloschen war, stärker denn je." Dabei beließ er es. Er nahm sich das Recht heraus, weitere Erklärungen zu verweigern, mehr noch: Er, Willem Jan Holsboer, inzwischen 60 Jahre alt, war alt genug, erfahren genug, mächtig genug, um sich von niemandem etwas sagen zu lassen, schon gar nicht im Hinblick auf jene Dinge, die anderen verrückt erschienen, die ihn jedoch beflügelten. So vieles war ihm in den letzten Jahren schwergefallen, die Muskeln schmerzten, das Herz pumpte bedrohlich schnell, der Kopf hämmerte, die Kraft schwand. Er hatte sich schon zu lange nicht mehr jung und leicht gefühlt, jetzt aber, da Arthur mit ihm arbeitete, fühlte er sich wie befreit von diesen irdischen Plagen und alles, was für ihn zählte war seine Seele, die sich mit anderen Seelen in anderen Welten verbinden konnte, die mit Maggie verbunden war und immer verbunden sein würde. Sein Enthusiasmus, wenn Arthur die Kerzen anzündete und das elektrische Licht löschte, war unbeschreiblich. Seine Seele, die er nun seit so vielen Jahren an Davos gebunden hatte, ging auf Reisen. Sein Körper wurde nebensächlich, er verzehrte sich danach, die Schwelle ins geistige Reich zu überschreiten.

Auch Arthur empfand die Arbeit mit Willem als Quelle der Inspiration. Die Offenheit des neuen Freundes, seine Neugierde, auch seine manchmal durchschimmernde Furcht, seine Bereitschaft, ja mitunter bedingungslose Ergebenheit, aber auch seine Vorsicht, diese verborgene Seite von ihm nicht an die Öffentlichkeit dringen zu lassen, flossen in sein eigenes Schaffen ein. Wie viel Macht hatte ein Medium über andere? Arthur beobachtete Willem und erkannte, dass es Momente gab, in denen er mit seinen Mächten den teuren Freund hätte lenken und leiten können. Er hätte Besitz von seiner Seele ergreifen können. Die beiden sprachen oft darüber, was es bedeutete, die Seele in die Hände eines anderen zu geben und welche Gefahr damit einherging – auch und gerade, wenn all diese Experimente bekannt würden. „Die Verantwortung, die einem Medium zukommt, ist unermesslich groß", sagte Arthur.

„Vielleicht geht es am Ende um Vertrauen", sagte Willem. „Man darf wohl doch nur sich selbst und niemals nur dem Medium vertrauen."

„Man muss Herr seiner eigenen Seele bleiben. Immer. Es gibt keine andere Option."

„Es ist auch keine Option, zumindest für mich nicht, mich öffentlich zu diesem Spuk zu bekennen. Ich bewundere Sie dafür, dass Sie das können", sagte Willem.

„Nun, als Künstler habe ich eine andere Dimension der Freiheit als ein Geschäftsmann wie Sie. Wenn ich mich hinstelle und sage, dass ich an Geister glaube, so macht mich das vielleicht sogar noch interessanter. Und nachdem ich mit Sherlock Holmes bewiesen habe, dass ich die Vernunft beherrsche, kann ich mir das zum Glück leisten."

„Ich beneide Sie. Wenn das bei mir rauskäme, wäre ich geliefert", sagte Willem.

„Sie sind in bester Gesellschaft. Wir Spiritisten gehen alle das Risiko ein, dass man uns für verrückt erklärt. Und vertrauen Sie mir, ich verrate Sie nicht. Im Übrigen ist alles doch paradox. Die Menschen halten das Fiktive – Sherlock – für wahr. Das vermeintlich Fiktive aber – die geistige Welt und das, was sie uns zu sagen hat – *ist* wahr. Darum will ich diese Mauern einreißen. Spiritismus verdankt sich dem Wissen. Wollen wir dann?"

Willem nickte. Er war bereit. Er war in den letzten Wochen immer geübter darin geworden, in den Zustand der Trance hinüberzugleiten. Heute wollten sie versuchen, eine neue Ebene zu erlangen und Margarets Geist zu materialisieren. Sie sollte sich ihnen in irgendeiner Weise physisch zeigen. „Wir werden sehen, ob das gelingt", sagte Arthur und stellte sein Ouija-Brett auf den Tisch. Das Hexenbrett war mit Zeichen, Zahlen und Buchstaben gefüllt. Arthur legte einen Zeiger auf das Brett, der dazu diente, auf die Markierungen zu deuten.

„Wollen Sie?", fragte er Willem.

„Was?"

„Einen Finger der rechten Hand leicht auf den Zeiger legen."

„Und was muss ich dann tun?"

„Nichts. Die Geister machen alles."

Willem nickte wieder. Er berührte den Zeiger. Sein Finger zitterte leicht. Dann begann die Séance. Willem war auf seine ganze eigene Art süchtig nach dem Gefühl geworden, mit der unsichtbaren Welt in Kontakt zu sein. Es war ein Gefühl jenseits aller Banalität. Es erinnerte ihn an die alten Zeiten an Bord, wenn er, nach tagelangen Stürmen, endlich wieder den sternenklaren Nachthimmel betrachtete. Wie klein doch der Horizont derer war, die das Magisch-Göttliche leugneten. Und selbst wenn Willem sich schon nicht mehr nur als Glaubender, sondern als Wissender bezeichnete, wenn er die tiefere Wahrheit des Spiritismus fühlte, so sehnte auch er sich nach wahrhaftigen Zeichen, Zeichen, die er mit eigenem Auge sehen und prüfen konnte. Es verlangte ihn nach Beweisen. Arthur schloss die Augen, Willem tat es ihm gleich. Er solle die erste Frage stellen und Willem sagte: „Bist du da?"

Sie öffneten die Augen, aber das Kerzenlicht war so schummrig, dass Willem nicht sicher war, ob er richtig sah. Die Spitze des Zeigers, den er nur lose mit seiner Fingerspitze antippte, hatte sich in Richtung „Ja" gedreht. Willem begann zu schwitzen. Ja. Sie war da. Er schaute Arthur an, der konzentriert das Brett betrachtete. Aufmunternd nickte er ihm zu. Lautlos formte er mit den Lippen: „Mach weiter."

„Wo bist du?" Sie warteten. Nichts bewegte sich. Er fragte erneut: „Wo bist du, Maggie?"

Arthur versuchte ihn zu beruhigen: „Das kann dauern. Manchmal schweigen die Geister auch. Wir können es jederzeit wieder versuchen."

„Nein", sagte Willem. „Lass uns warten. Ich spüre, dass es gelingt. Ich spüre *sie*."

Sie warteten, doch es war ein Warten außerhalb der Zeit. Und dann bewegte sich der Zeiger. Frage für Frage gab er Antwort um Antwort. Wahrhaftig, klar und unmissverständlich.

Der Morgen graute schon, als Arthur das Kurhaus verließ und Willem sich zu Bett begab. Sein Kopf schwirrte vor lauter Botschaften, die, so Arthur, Willems Seele dabei helfen sollten, sich auf Erden zurechtzufinden. Er solle an die Vaterschaft Gottes glauben, den Ursprung allen Seins; an die Bruderschaft der Menschen, die göttliche Familie, gemacht, um einander zu helfen; an die Gemeinschaft der Geister, den Beweis, dass es ein Leben nach dem Tod gab; an die ewige Existenz der menschlichen Seele, diese unendliche heilige Energie; an seine persönliche Verantwortung, denn nur er allein konnte erkennen, was richtig und falsch war; an die Entschädigung und Vergeltung im Jenseits für alle guten und bösen Taten auf Erden, denn jede noch so kleine Handlung zählte, wurde gesehen und bewertet, löste etwas aus im unendlichen Kreislauf des Seins;

an die ewige Entfaltung der menschlichen Seele, die stets nach Weiterentwicklung strebte. Und wieder und wieder wollte er wissen: „Wo bist du, Maggie?"

Erst als Willem am nächsten Morgen spät erwachte, er die Wände seines Kurhauses berührte, als müsse er sich vergewissern, dass er nicht alles nur geträumt hatte und er vom Balkon aus auf den Ort blickte, meinte er noch ein Echo der Antwort auf diese nächtliche Frage in seiner Seele zu hören: „Überall hier, hier in dir."

Willem träumte nun viel und er sprach mit keinem anderen als Arthur darüber. Er sagte: „Fast hätte ich meine Sehnsucht nach Margaret aus lauter Vernunft begraben."

„Wenn wir die Sehnsucht verlieren, machen wir in unserem Herzen Platz für die Traurigkeit.", sagte Arthur.

„Es ist noch mehr als das", sagte Willem. „Denn da, wo Traurigkeit ist, ist eine Pforte hin zum Bösen. Du sagtest, wir müssten die Geister, die wir rufen, prüfen. Dabei ist der Ort der Prüfung doch unser Herz. Mein Herz glüht voller Sehnsucht nach Margaret, als wäre sie nie weggewesen. Es ist eine Sehnsucht nach ihrer Liebe, doch es ist eine Sehnsucht ohne Trauer und ohne Schmerz. Es ist eine unendliche Liebe, ein ewiges Feuer. Wer wäre ich ohne dieses Feuer?"

„Mein Freund", sagte Arthur, „was wäre dieser Ort, dieses Tal ohne dieses Feuer? Haben Sie schon einmal daran gedacht, dass es viele Arten der Materialisation gibt? Wir mögen nicht Margarets Hände in Wachs materialisiert haben, doch mir kam ein Gedanke und wenn ich diesen nun näher ausführe und die Gänsehaut, die sich dabei auf meiner Haut breitmacht, spüre – er krempelte seine Ärmel hoch und in der Tat, die Haare standen ihm zu Berge – so meine ich doch ganz klar zu erkennen, dass ganz Davos den Geist Ihrer ersten Frau sichtbar macht. Unterschätzen Sie die Schöpfungskraft der Seele nicht, sie ist die Quelle aller Magie."

„Wissen Sie", sagte Willem, „meine Frau und ich hatten einen gemeinsamen Traum. Eine Vision von einer goldenen Stadt hier in den Bergen, die dem Himmel näher als der Wirklichkeit ist."

„Aber haben Sie nicht mit jedem einzelnen Gebäude, das Sie errichtet haben, an dieser Geschichte weitergeschrieben? Sie haben, wenn ich das richtig sehe, nie aufgehört, auf diesem Traumpfad zu wandeln."

„Sie wollen nicht wissen, wie oft man mich als Traumtänzer beschimpft hat."

„Aber ist denn das nicht großartig, ein Traumtänzer zu sein? Sie können ganz einfach von einem Traum in den anderen hinübertanzen, sie müssen in ihrem Geist nur eine neue Melodie hören und schon geht es weiter. Wer kann das?"

„Auf den Äckern zählen derartige Träume nicht viel", sagte Willem.

Arthur bestand darauf: „Aber gerade dort braucht es sie. Lassen Sie sich nicht beirren, Willem, glauben Sie mir, Sie sind ein ganz wichtiger Fall für unsere Bewegung. Noch nie zuvor habe ich es erlebt, dass der Geist einer Toten so vieles bewirken kann. Ich verfalle in Ehrfurcht, wenn ich sehe, wie außerordentlich sie sich hier manifestiert und durch Sie wirkt. Erkennen Sie den Zusammenhang nicht? Margarets Tod durch Schwindsucht ist die vollendete Entmaterialisation. Und hier, in Davos, materialisiert sich ihr Geist aufs Neue. Davos ist der Beweis dafür, dass Liebe zur Materie wird."

DAVOS 1894.
DER STURM.

Der Winter brach ein. Der Himmel verdunkelte sich, die Sonne, nach der sie alle süchtig waren, blieb fern. Willem hatte in den vielen Jahren, die er nun hier war, noch nie einen solch dunklen Winter erlebt. Er fürchtete, das fehlende Licht könnte dem Ruf seines Bergparadieses schaden. Die Sonne war, neben der Luft, das wichtigste aller Heilmittel, sie warben damit. Auf jeder Reklame, jeder Werbetafel waren die Sonnenstrahlen zu sehen und jetzt ließ sie dieses bislang berechenbare, ja zuverlässige Himmelselement jäh im Stich. Es schneite ohne

Unterlass, die Schneemassen türmten sich in kolossale Höhen auf, dass die Glasfassaden des Kurhauses bis zur Hälfte verdeckt waren und sich bei den Gästen der Eindruck verfestigte, man säße in einem Iglu, einem komfortablen zwar, aber dennoch einem Eispalast, abgeschnitten vom Rest der Welt. Das Gefühl der Abgeschiedenheit, das sonst jeder Gast suchte, bekam nun etwas Erzwungenes. Nicht weg zu wollen war das eine, nicht weg zu können das andere. Sogar die Bahn hatte ihren Betrieb eingestellt. Der Himmel färbte sich in ein trübes Grau, die Bergkonturen verschwammen, alles Leben verschwand, eine gespenstische Stimmung legte sich über das Dorf. Wenn sich wenige Sonnenstrahlen doch einmal über die Gipfel verirrten, so schwirrten die Gäste sofort ins Freie, nur um nach wenigen Minuten schon wieder enttäuscht ins Innere zu fliehen – der Wind peitschte und machte jede Hoffnung auf Wärme zunichte. Dennoch mutete das Bild dieser Bergwelt gerade in diesen harten Tagen märchenhaft an. Niemanden hätte es gewundert, wenn sogleich ein Trupp an Zwergen aus dem tiefsten Schneetreiben aufgetaucht wäre, hinter sich eine im Todesschlaf versunkene Prinzessin tragend, die nur auf den erlösenden Kuss wartete.

Es schneite und mit dem Schnee kam eine Trostlosigkeit, die nicht einmal Willem mit all seinen Zaubereien zu vertreiben vermochte. Ihn überkam eine bleierne Müdigkeit, die nicht weggehen wollte. Er, der Teetrinker, versuchte es mit Kaffee, jedoch vergebens. Er ließ, gegen den Willen Ursulas („Was das kostet!") die Fußbodenheizung höher drehen, doch er fror weiterhin. Er schlief lange, erwachte mit benebeltem Geist und verquollenen Augen. Die Schneestürme nahmen, je mehr sich das Jahr dem Ende näherte, zu. Alles Leben verlagerte sich ins Innere. Die Patienten lagen in der Halle, starrten wie hypnotisiert auf die Flocken, die nicht nur von oben nach unten, sondern auch von unten nach oben wirbelten. Der Himmel stürzte ins Chaos. Seine täglichen Märsche führte Willem fort. Wetter konnte keine Entschuldigung sein. Auch auf See hatte er weitersegeln müssen, wenn sich die Himmel verdunkelten. Gerade dann hatte er seinen Posten am Steuer nicht aufgeben dürfen. Nun passte Willem jene Momente des Tages ab, in denen die Stürme etwas nachließen, zog seinen wärmsten Mantel und seine stabilsten Galoschen an, packte die Schneeschuhe ein und ging los. Am Ende war Schnee auch nur Wasser und wenn er das Wasser beherrschen konnte, so musste es doch auch mit dem Schnee funktionieren. Er wickelte sich den Schal noch fester um den Hals, um auch die kleinsten, allertückischsten Schneeflocken davon abzuhalten, in seinen Nacken zu fliegen und auf seiner Haut zu schmelzen. Niemand außer ihm war auf den Straßen und er genoss diese Einsamkeit. Er kannte sie gar nicht mehr. Inzwischen beherbergte sein Kurhaus hunderte von Gästen, irgendjemand wollte immer etwas von ihm und jetzt, da er sich hier ins Schneegestöber hinauswagte und sich in ihm eine Ahnung breitmachte, dass dies doch gefährlicher sein könnte als er dachte, da verspürte er den dringenden Wunsch, von Ruhe und Stille erfasst, ja mehr noch, zutiefst ergriffen zu werden. Wann hatte er zuletzt der Stille gelauscht, wann Ruhe empfunden? Die Schneeflocken. Der Wind. Eine Straßenlaterne. Er kam an den Pfad, der ins Gebirge führte, zog die Schneeschuhe über und ging weiter, weiter weg von der Stadt, weiter weg von allem, was ihn zurückhalten konnte. Er setzte einen Fuß vor den anderen. Sein Atem befeuchtete seinen Schal. Er kam in den Wald, der so dicht war, dass er den Wind abhielt. Er blieb stehen, mit offenem Mund rang er nach Luft und dann, als sich sein Atem und sein Herzschlag beruhigt hatten, da hörte er es: das Urschweigen aller Dinge, das nach ihm rief. Es rief laut nach ihm und seine Seele gab Antwort, indem sie ruhig und friedlich wurde und ihn mit einer Wärme erfüllte, nach der er sich seit Tagen, ja Wochen, oder, wenn er ehrlich zu sich selbst war, viel länger noch gesehnt hatte. Nichts an dieser Winterwelt, die sich ihm nun zeigte wie nie zuvor, war bedrohlich. Wie auch Haie nicht gefährlich waren, es sei denn, man blutete. Willem zeigte dieser Schneelandschaft keine einzige Wunde. Er dachte an Maggie und wie sie ihm jetzt gesagt hätte, er sei unversehrt, vollkommen, jede seiner

Körperzellen sei nichts als hellstes, gleißendes Licht, er sei ein Wunder und Wunder kämen zu ihm. Mut durchströmte ihn, das Gefühl, Schnee und Eis bändigen zu können, der Herr über diese winterlichen Elemente zu sein und es zog ihn weiter, höher hinauf, dem Himmel entgegen. Er verließ die Lichtung, nahm sich einen heruntergefallenen Ast als Stock, und wagte den Aufstieg. Immer noch pausierte der Schneefall und Willem meinte, dies geschehe nur für ihn allein. Sein Herz pochte von der Anstrengung, ihm wurde wärmer, der Schweiß rann seinen Rücken hinab. Der Aufstieg war schon bei normalen Bedingungen beschwerlich, jetzt war er ein Kraftakt, doch je höher sich Willem schob, desto mehr empfand er das Gefühl der Eroberung. Er vergaß die Zeit, vergaß, dass im Kurhaus längst das Mittagessen und der Tee serviert worden waren. Wieder sah es nach Schnee aus, wieder ging Willem weiter, murmelte in Gedanken alte Formeln, die Zaubersprüchen glichen und von denen er nicht wusste, woher sie kamen. Er griff mit seiner Hand nach dem Schnee, führte ihn an den Mund, stillte seinen Durst. Er meinte, sich einem großen Geheimnis zu nähern, einer existenziellen Erfahrung, die schicksalshaft auf ihn wartete. Wie in einem Zug fühlte er sich, der ihn unausweichlich an ein vorbestimmtes Ziel brachte und er überließ sich dem Gefühl, geführt zu sein. Als er nicht mehr versuchte, gegen die Orientierungslosigkeit anzukämpfen, da ließ er los und überließ sich dem, was ihm geschehen musste. Wind kam auf, abermals begann es zu schneien, die Flocken tanzten.

Willem ließ sich in den Schnee sinken. Er nahm inmitten der dunklen Fichten einen gespenstischen Schatten wahr und für einen kurzen Augenblick flammte das Gefühl der Bedrohung in ihm auf. Die Bauern hatten ihm von Menschen erzählt, die sich im Sturm hinaufbegaben auf die Gipfel und nie wieder zurückkehrten. Die Verlorenen würden zu Irrlichtern werden, die andere in die Irre führten, weil nur verletzte Seelen andere verletzten. Willem begann zu zittern. Der Schweiß auf seiner Haut war nun kalt. Er widerstand der Versuchung, die Augen zu schließen und befahl sich, weiterzugehen, immer weiter, bis er schließlich an einen Schuppen kam. Die Tür war verschlossen, doch das Vordach hielt Wind und Schnee ab. Willem setzte sich auf die Bank unter dem Dach und kämpfte gegen den Reiz der Übelkeit an. Es musste schon nach vier sein. Es war ein Fehler, hierherzukommen, dachte er. Er schloss die Augen. Ganz kurz nur würde er die Augen schließen.

Sanfter, warmer Wind streichelte ihn. Vögel zwitscherten. Ein Regenbogen zierte den Himmel. Bäume unterschiedlichster Art – Birken, Buchen, Ahorn, Weiden – zeigten ihre üppigen Kronen. So rein und sonnig war der Himmel, wie am herrlichsten Sommertag. Die Luft war erfüllt von lieblichen Geräuschen, hellen

Tönen und anmutigen Melodien. Wie kitschig, dachte Willem, als er auch noch Harfenklänge hörte und sich Flöten und Geigen dazu mischten. Wie unfassbar kitschig. Aber schön. Was wäre die Welt ohne Kitsch? Der Schnee auf den Bergen war geschmolzen, die Gipfel leuchteten blau, die Wiesen sattgrün. Erleichterung überkam Willem, sein Herz weitete sich. Ein Fohlen kam auf ihn zugelaufen. Wie reizend, dachte Willem, als es vor ihm zu grasen begann. Dann sah er eine junge Frau auf einem bemoosten Stein sitzen. Das Fohlen lief zu ihr zurück und stupste ihre nackten Füße an.

„Maggie!"

„Will."

Ehrfurcht ergriff Willem. Wie schön, wie reif, wie vollkommen sie war. Sie trug ein langes weißes Kleid aus Spitze und ihr Haar lag gelockt auf ihren Schultern. Würdevoll wirkte sie und streng zugleich und er dachte, ein Kind müsste noch in ihrem Arm liegen, eine junge, liebevolle Mutter müsste sie sein und tiefste Trauer überkam sein Herz, Trauer um dieses ungeborene Wesen, das er ihr nicht mehr hatte schenken können. Sie hätte es hier inmitten der Urpracht der Welt stillen können und er wäre Zeuge und zugleich Erzeuger dieses himmlischen Glücks. Schließlich sagte er: „Es war so kalt ohne dich."

„Ich wollte nicht, dass dich der Sonnenschein träge macht und alles vergessen lässt", sagte sie.

„Wie könnte ich dich vergessen."

Sie stand auf. Sie lächelte nicht mehr, ein heiliger Ernst umspielte ihr Gesicht. Wenn ich doch nur tot sein könnte, dachte Willem. Wenn ich doch nur bei ihr bleiben könnte und sein Herz wurde so unerträglich traurig, dass er wünschte, sie würde es in Stücke reißen und verschlingen, ja er wünschte, er könnte in sie eingehen und mit ihr in diesem Berg verschwinden. Er wollte seinen Kopf in ihren Schoß legen, doch er traute sich nicht, sie darum zu bitten, so heilig und vornehm erschien sie ihm. Wie gebannt verharrte er und kam der Welt abhanden. Und wie er erwachte, da hörte er noch ihr Flüstern im Ohr: „Wenn ich noch bei dir wäre, wären wir schon weiter. Oben, mein Geliebter, ganz oben."

Er lag in seinem Bett, sein Hals, sein Kopf und seine Glieder schmerzten und ihm war übel. Alexander schaute ihn an.

„Du hattest Glück, Willem. Sie haben dich auf der Schatzalp gefunden. Dass du nicht erfroren bist, ist ein Wunder."

„Wann war das?"

„Vor drei Tagen, du hattest Fieberträume. Als du abends immer noch nicht zurück warst, ist Ursula mit ein paar Männern losgegangen, um dich zu suchen. Du verdankst ihr dein Leben."

„Ich dachte ...“

„Ich glaube, du hast dir gar nicht viel gedacht. Bei dem Wetter geht man nicht aus dem Haus.“

„Ich habe die Zeit verloren.“ Willem versuchte, sich aufzurichten.

„Und den Verstand. Du hast immer noch hohes Fieber. Bleib liegen. Ich weiß nicht, was du mit Conan Doyle getrieben hast, aber es hat dir nicht gutgetan,“ sagte Spengler. „Es hat dich fast in den Wahnsinn getrieben. Wie damals Clara. Es ist gut, dass beide fort sind.“

„Ich bin sehr wohl bei klarem Verstand.“

„Du bist ein hochemotionaler Rationalist“, sagte Spengler. „In deinen seltsamen Phasen wirkst du in deiner Persönlichkeit mehr als akzentuiert, fast schon pathologisch.“

Alexander klingelte nach einer Pflegerin, sie brachte Brühe, Milch und Mineralwasser.

„Versuch etwas zu trinken. Lass das Fiebermessen, das Thermometer wird zu hoch ausschlagen. Hoffen wir, dass du keine Lungenentzündung bekommst. Was wolltest du da draußen?“

„Ich weiß es nicht.“ Sie schwiegen, Willem nahm einen Löffel Suppe zu sich. Dann sagte er: „Aber ich weiß jetzt, was ich tun muss.“

„So, was denn? Willst du dir nicht einfach ein wenig Ruhe gönnen? Du hast ein ganzes Alpendorf zu einer Stadt umgebaut, hast das schönste Kurhaus in ganz

Europa, hast eine verdammte Eisenbahn gebaut, hast fünf gesunde Kinder. Du bist 60. Warum ist dir all das nicht genug?"

„Weil ich weiß, dass ich mehr kann. Dass es noch mehr gibt. Man darf nicht träge werden bei all dem Sonnenschein."

„Verrätst du es mir?"

„Ich will ein Sanatorium bauen. Eines, das alles bislang Dagewesene übertrifft. Eines in herrlichster Abgeschiedenheit, das über allem thront."

„Wo willst du es bauen?"

„Auf der Schatzalp." Er hielt kurz inne, dann sagte er: „Ich will *die* Schatzalp bauen." Ein stechender Schwindel ergriff ihn und seine Hände wurden taub.

Als er das nächste Mal die Augen öffnete, sagte Alexander zu ihm: „Du hattest einen leichten Schlaganfall. Es ist genug jetzt. Ich schicke dich auf Kur. An die Riviera."

RIVIERA 1894.
DAS RENNEN.

Willem blinzelte. Das Wasser reflektierte die Sonnenstrahlen. Er war gleißendes Licht gewohnt, doch das Glitzern des Meeres war anders als das Funkeln des Schnees. Es war verspielter, verlockender. Und wie er nun auf der Terrasse seines Hotels in Monte Carlo saß und bei einer Tasse schwarzem, ungesüßtem Tee auf das Mittelmeer blickte, empfand er jene alte Sehnsucht wieder, die er als junger Mann gehabt hatte und die ihn stets aufs Neue aufs Wasser hinausgetrieben hatte. Es war die Sehnsucht danach, in einer unendlichen Weite verlorenzugehen, darin unterzutauchen und sich von höheren Gewalten ergreifen zu lassen. Es war die Sehnsucht danach, Neues zu erkunden, als Erster und Einziger jungfräuliche Flecken dieser Welt zu entdecken, die zuvor noch keiner betreten hatte. Es war die Sehnsucht danach, verschlungen zu werden von einer Kraft, die stärker war als alles, was er sonst kennengelernt hatte. Das Meer, diese tosende, brausende Urmutter, rief wieder nach ihm. Er roch das Salz, die Muscheln, den Tang. Er hörte die Möwen, das Gemurmel der Badegäste, die Autos, die an der Straße entlangfuhren und gelegentlich hupten, so wie Hunde vor Freude bellten. Er nippte an seinem Mineralwasser, das er zu dem Tee bestellt hatte, es war warm geworden und er winkte dem Kellner. Mehr Eis? Ja bitte, aber gleich eine neue Flasche und auch noch einen Tee, denn Willem war müde, erschöpft.

Er hatte 60 werden müssen, um sich nicht mehr wie 30 zu fühlen. In der ersten Nacht hatte er fast 13 Stunden geschlafen, das waren sieben Stunden mehr als sonst. Es fiel ihm schwer, sich einzugestehen, dass es ihm gutgetan hatte und als er aufgestanden war, hatte er nicht recht gewusst, was er mit sich und der vielen Zeit anfangen sollte. Er solle mindestens zwei Wochen an der Riviera bleiben, hatte ihm Alexander gesagt, besser noch vier, als Herr des Kurhauses wisse er doch, wie das Kurieren ginge. Gerade deswegen, hatte Willem gelacht, seien zwei Wochen eine schiere Unendlichkeit. Er habe noch nie in seinem Leben Urlaub gemacht, und Kur erst recht nicht, und ihm jetzt abzuverlangen, damit zu beginnen, sei ein freundschaftliches Wagnis. Alexander hatte beteuert, dass er von Willems Befähigung zum Zeitvertreib dennoch überzeugt sei, er könne es ja insgeheim als Geschäftsreise sehen, immerhin sei die Riviera eine Inspiration, vielleicht könne man die neueste Mode ja dann in Davos etablieren. Das wiederum hatte Willem eingeleuchtet und so war er allein abgereist, denn, so Alexander, er brauche wirklich Zeit für sich. Willem war nun seit drei Tagen in dem Hotel, das direkt am Meer lag, und wohnte in einem der besten Zimmer. Von seiner Suite aus sah er auf das Meer und die Palmen, die den Eingang und den Garten zierten. Er konnte beobachten, wer kam und ging, sah den Pagen dabei zu, wie sie die Koffer trugen und das Trinkgeld einsteckten und sich verstohlene Blicke zuwarfen, wenn dieses zu gering ausfiel – oder andersherum, wenn ein Gast eine besonders vielversprechende Beute war. Es gab hier weder Milch noch Molke noch Krankheiten. Es hatte einen Tag gedauert, bis Willem irritiert die Abwesenheit jeglichen Gebrechens erkannt hatte und sofort war in ihm der Wille entflammt, genauso munter zu sein wie alle anderen hier, ja sich einzuschwingen in das kollektive Wohlergehen. Wenn er das Wesen dieses Ortes in einem Satz hätte beschreiben müssen, so wäre es dies: An der Riviera war man gesund, so wie man in Davos krank war. Und auch wenn er sich an die Omnipräsenz des Maladen im Gebirge gewöhnt hatte, so musste er sich eingestehen, dass die Gesundheit am Meer ansteckend war. Er war nun 60 Jahre alt, aber willens, sich keinesfalls älter als 40 zu fühlen und wenn er ganz genau hinspürte, so meinte er, dass schon diese wenigen Tage dazu beigetragen hatten, dass er sich wieder fließender bewegen und besser aufrichten konnte. Er liebäugelte sogar mit dem Gedanken, ins Wasser zu gehen, doch dies hätte bedeutet, dass er sich in einen Badeanzug hätte zwängen müssen, was ihm widerstrebte. Er trug, selbst bei brütender Hitze, Anzug und dabei würde es bleiben. Der zweite Tee kam und vertrieb seine Müdigkeit.

Er lauschte dem Kichern zweier französischer Schönheiten am Nachbarstisch, die ihre blasse Haut unter großen Hüten versteckten. Wenngleich sich Willem nicht nach ihnen umdrehte, vernahm er aus den Augenwinkeln ihre Eleganz, ihre Fröhlichkeit und Aufgeregtheit. Irgendetwas musste die Damen ungemein beschäftigen. Mal flüsterten sie, dann lachten sie, dann wieder sprachen sie in einem verschwörerischen Ton miteinander und naschten zwischendurch Macarons und Erdbeeren. Willem strengte sich an, doch der Wind verwehte ihre Sätze. Den wenigen Wortfetzen, die er verstand, entnahm er, dass es um ein Ereignis am kommenden Sonntag ging. Er konnte sehen, dass die eine Frau blond und die andere rothaarig war. Dann, als die Sonne nicht mehr im Zenit stand und die Damen aufstanden, um sich voneinander zu verabschieden, stieß die Blondine mit einer zu großen Armbewegung an ihren Hut, den sogleich eine Böe ergriff und davonwehte. Willem konnte ihn im Vorbeifliegen einfangen.

„Pardon!", rief die Blondine und bedankte sich vielmals bei Willem, der nun ebenfalls aufgestanden war. Die Rothaarige lachte, winkte und verschwand von der Terrasse, sie ließ ihre Freundin mit Willem allein. Die Fremde konnte höchstens dreißig sein, sie trug kirschroten Lippenstift, auf den Wangen Rouge und ihre helle Haut, die von ein paar Sommersprossen durchzogen war, war sorgsam abgepudert. Ihre Augen waren moosbraun, die Iris gesprenkelt, die Nase war schlank und gerade so groß, dass sie noch elegant, aber zugleich charismatisch war. Sie wirkte wach, klug und voller Neugierde. Ihr schwarzer Hut verdeckte ihr halbes Gesicht und passte perfekt zu ihrem schwarz-weiß gepunkteten Kleid, dessen Kragen eine große Schleife zierte. Als sie sich nochmals dafür entschuldigte, Willem aus seiner Ruhe gerissen zu haben, schickte sie sogleich eine Erklärung für ihre großen, flatterhaften Gesten hinterher. Sie sei einfach zu verliebt als dass sie ruhig sitzen könne, sie bitte vielmals um Verständnis, natürlich wisse sie, dass ein derartiges Herumfuchteln mit den Armen ganz und gar unangebracht und undamenhaft sei. Willem sagte, für die Liebe habe er immer Verständnis, sie könne sich glücklich schätzen, und natürlich auch der Empfänger ihrer Liebe. Oh, sagte sie lächelnd, ob dieses Wesen das wirklich verstünde, wisse sie nicht, es handele sich nämlich nicht um einen Menschen, sondern einen Hengst. „Ein Pferd?", fragte Willem.

„Ja, ich bin verliebt in einen Hengst", sagte sie und ihre Augen leuchteten und ihre Lippen lächelten. Willem war beeindruckt von der Ernsthaftigkeit in ihrer Stimme, von dem Selbstbewusstsein, das darin lag und ohne darüber nachzudenken, fragte er sie, ob sie ihm mehr davon erzählen wolle und sie nickte.

Sie setzten sich in den Schatten, die junge Frau stellte sich als Marguerite du Pin vor und bat um ein Glas Rosé. Willem bestellte eine Flasche. Sie sagte, ihrem Vater gehöre ein Gestüt und sie sei erst letzte Woche aus Paris zurückgekommen, zwei Jahre sei sie weggewesen und habe das wohl wichtigste Ereignis ihres Lebens verpasst: Die Geburt eines Hengstes, von dem sie überzeugt war, er sei ihr Seelentier.

„Monsieur", sagte sie, „ich bin mit Pferden aufgewachsen, doch so etwas habe ich noch nie erlebt. Es ist,

312

als sei dieser Hengst Teil meines Bewusstseins, als könne ich mich in seinen Geist einklinken. Verstehen Sie mich? Ich weiß, ich klinge verrückt."

„Meine verstorbene Frau klang auch oft verrückt, aber sie war es nicht", sagte Willem.

„Bitte verzeihen Sie, ich wollte nicht ..."

„Nein, machen Sie sich keine Sorgen, es ist schon lange her. Ich will nur sagen, wenn Sie so empfinden – warum sollte es nicht wahr sein?"

„Dass ich einem meiner Seelenanteile in einem Tier begegne?"

„Ja. Vielleicht waren sie einmal verheiratet – in einem anderen Leben."

„Sie machen sich lustig!"

„Nein, im Gegenteil. Wer weiß, vielleicht werde ich auch irgendwann als Pferd wiedergeboren."

Sie lachten und nahmen einen Schluck von dem kalten Wein, der nach Himbeeren und Erdbeeren und vom Sommerregen benetzten Blütenblättern schmeckte.

Dann sagte sie: „Vielleicht sollten wir das immer fragen, wenn wir einem Pferd begegnen: ‚Wer warst du in einem anderen Leben?' Es ist so seltsam. Ich schwebe, seit ich ihn kenne, auf Wolken."

„Ist es nicht ein Beweis dafür, dass die Liebe viele Facetten hat? Warum sollte die Liebe zu einem Pferd weniger wert sein als die Liebe zu einem Menschen, wenn sie uns genauso glücklich machen kann?"

„Ich war nie verheiratet", sagte sie. „Und jetzt, da ich Lune kenne …"

„Lune? Ist das sein Name?"

„Eigentlich Lune de la fortune", sagte sie.

„Ein schöner Name", sagte Willem.

„Als wäre er vom Himmel herabgestiegen, mein Schicksal, mein Glück."

Sie sprach, als hätte sie alle Zeit der Welt. Als hätte sie nur auf Willem gewartet, als wäre er der einzige Mensch, der sie in dieser Angelegenheit verstehen konnte. Sie sagte, sie empfinde immer, wenn sie nicht bei ihrem Pferd war, dieses Drängen. Wenn sie am Stall ankäme, würde sie zu seiner Box laufen, weil das Gehen zu lange dauerte. Sie sagte, Lune gäbe ihr dann mit seiner weichen warmen Schnauze Küsse. Sie stünde vor ihm, er strecke den Hals, beschnuppere ihr Gesicht, legte seinen Kopf auf ihre Schultern, stupse sie an. Kein Kuss dieser Welt könne zärtlicher sein. Wenn sie ihn füttere, schlecke er ihre Hand ab, minutenlang liebkose er ihre Haut. Sie lege ihre Stirn auf seine und streichle ihn und spreche mit ihm als wäre er ein Mensch, als verstünde er jedes Wort. „Ich sage dann: ‚Lune, *mon amour*[44], langsam, langsam. Du wirst das schnellste Pferd dieser Welt sein, doch lasse dir Zeit. Verrenne dich nicht.' Diese 500 Kilo atmende Seele … Er ist noch

---

[44] meine Liebe

so hitzig, will immer schneller werden. Reiten ist wie Liebe machen, wissen Sie? Man muss es mit Gefühl tun."

„Reiten Sie ihn oft?"

„*Non!*[45] Ich reite ihn gar nicht. Er ist ein Rennpferd, kein Reitpferd, nur unser Jockey reitet ihn. *Si dommage*[46] ... ich weiß. Aber es ist eine alte Angewohnheit, dass ich unsere Rennpferde nicht reite. Sie sind so anders, nervös, sie tänzeln, erschrecken schon, wenn nur ein Schmetterling vorbeifliegt. Als Kind habe ich einen schrecklichen Unfall miterlebt. Unser Jockey fiel im Training vom Pferd und brach sich das Genick. Seitdem hat mein Vater mir verboten, dass ich unsere Pferde reite und nun ja, ich war eine gute Tochter."

„Nie rebellisch?"

„Ich denke darüber nach, Lune zu satteln ..."

Wieder lachte sie, dann beugte sie sich zu ihm vor und sagte: „Ist es nicht erstaunlich, dass wir Fremden unsere intimsten Geheimnisse erzählen?"

„Wer ganz weit weg voneinander ist, ist sich manchmal am nächsten", sagte er.

„Lune läuft am nächsten Sonntag in Marseille. Es ist das wichtigste Rennen für Pferde seines Jahrgangs. Ich bin entsetzlich aufgeregt, ich schlafe schon nicht mehr.

---

[45] „Nein!"
[46] „So schade"

Waren Sie schon einmal bei einem Pferderennen? Ich frage mich immer wieder, warum man sich diese Aufregung antut! Wie finden Sie meinen Hut? Ist er groß genug?"

„Ich würde sogar sagen, so groß, dass er fast zu viel von Ihrem schönen Gesicht verdeckt."

„Ich habe einen ganzen Schrank voller Hüte! Ich war in Paris zur Lehre bei einem Hutmacher, es war außergewöhnlich! Ich weiß jetzt, wie man die besten Hüte macht, welche Form welchem Gesicht steht und welche Farbe welchem Hautton schmeichelt. Eigentlich ist Schwarz zu hart für mich, ich müsste Dunkelblau tragen, aber ein Leben ohne schwarze Hüte ist ästhetisch sinnlos. Ihnen, Monsieur, steht auf keinen Fall Rot und denken Sie erst gar nicht an Gelb. Ich empfehle Ihnen ein Anthrazitgrau, ein helles Beige oder aber Schwarz. Oui, Schwarz steht Ihnen ausgezeichnet."

Sie nahm Ihren Hut ab und setzte ihn Willem auf. Als sie sich nach vorne beugte, roch er ihr Parfum, einen unaufdringlichen pudrigen Vanilleduft mit einem Hauch Moos und Moschus und als ihr Arm seine Wange streifte, da spürte er ihre elektrische Energie. Es störte ihn nicht, dass er hier an der Riviera mit einem Damenhut saß und Marguerite ihn kichernd beäugte. Er sah sie an, spürte die Liebe zu ihrem Pferd und empfand Dankbarkeit für diesen Moment, der ihm fantastisch und federleicht vorkam. Sie war wie eine Tänzerin, die aus einem Traum auf die Erde herniedergesunken war, sich an einem Seil aus den Wolken in die Wirklichkeit hinabgeschwungen hatte, die durch sie wunderbar wurde.

Marguerite, die Fremde, die junge Dame mit dem Hut, die Hutmacherin, die Pferde liebte und einen Hengst ganz besonders, sagte zu ihm: „Je länger ich darüber nachdenke, desto besser gefällt mir die Idee, dass ich einst Lunes Braut war, ja dass er mein Bräutigam ist. Einmal träumte ich – ich träume fast jede Nacht von ihm – dass ich am Artushof lebte und er mein erster Ritter war. Oder träume ich das gerade jetzt? Ich gebe mir immer die größte Mühe, nur das Allerschönste zu träumen, auch am Tag. Träumen Sie gut, Monsieur?"

Da sagte er, er habe einst mit seiner Frau einen gemeinsamen Traum gehabt, eine goldene Stadt in den Bergen wollten sie erbauen, die schönste Stadt Europas sollte es sein, eine im Tal versunkene Stadt, umgeben von den herrlichsten Gipfeln, die im Winter, wenn die Sonne auf den Schnee schien, wie riesengroße Diamanten aussahen. Ein Diamant, so groß wie ein Berg, das war es, was er seiner Frau schenken wollte, nichts anderes hatte sie verdient. Alle sollten in diese Stadt strömen, aus aller Herren Länder sollten sie kommen, zu ihnen, zur Wiege der Kultur. Es sollte Gold und Wein und Strom geben. Die Flüsse sollten klar und die Luft rein sein. Jedes Haus sollte ein Palast, jede Straße eine Prachtmeile sein.

„In unseren Träumen gab es nur Glück und Wohlstand und Freude", sagte er. „Wir träumten von ewiger Sonne, von Liebe und Licht."

„Und was wurde aus dem Traum?"

„Meine Frau starb und es gab eine Zeit, in der ich mir das Träumen untersagte."

„Aber warum das?"

„Weil es mir falsch vorkam, alleine zu träumen."

„Aber einen gemeinsamen Traum kann man nicht alleine träumen, auch nicht zu Ende, der andere ist immer Teil davon. Ein gemeinsamer Traum ist wie ein Kind – man kann es nicht alleine zeugen."

„Aber alleine zur Welt bringen."

„Haben Sie diesen Traum auf die Welt gebracht?"

„Ich habe mein Leben lang alles dafür getan und doch gibt es Momente, in denen ich mich fühle, als wäre ich gescheitert."

„Warum das?"

„Weil es nicht genug ist. Weil ich weiß, dass sie noch nicht zufrieden wäre."

„Und was könnten Sie tun, um sie zufriedenzustellen?"

Da erzählte Willem weiter. Er erzählte von dem schönsten Berg, dem Berg aller Berge, auf dessen Gipfel er stand und träumte, im Geiste ein Haus erbaute, ein Haus, wie es Davos noch nicht gesehen hat. Ein Sanatorium, heller, strahlender, schöner als alle anderen: mit

Hallen so hoch wie der Himmel, mit Bögen so majestätisch wie in einer Kathedrale, mit einem Blick wie ihn nur ein König, nein Kaiser haben konnte. Alle Berge dieser Welt sollten vor dem, der dort oben stand, auf die Knie gehen und der, der dort wohnte, sollte sich fühlen wie der Herrscher der Welt.

„Werden Sie es bauen?", fragte Marguerite.

„Soll ich? Kann ich? Schaffe ich das noch? Ich bin hier, weil meine Kräfte schwinden. Ich wünschte, Margaret würde sehen, was ich im Geiste gesehen habe."

„Aber sie sieht es doch. Sie hat es in Sie hineingelegt."

„Und ich wünschte, sie würde fühlen, was ich fühle."

„Aber sie fühlt es doch, sie ist doch in Ihnen."

„Und weiß sie, dass ich alles nur für sie erbaue?"

„Mehr als das, sie segnet jeden einzelnen Stein."

Da kam wieder Wind auf, die Temperatur fiel, die Wellen bäumten sich auf. Noch an jedem Tag hatte es bislang hier geregnet und Willem freute sich auf die Abkühlung, die bald eintreten würde. Je mehr Zeit Willem mit dieser Fremden verbrachte, desto mehr kam er an diesem Ort an und für wenige Augenblicke war ihm, als wäre er schon immer hier gesessen und als gäbe es kein anderes Leben als dieses hier mit großen Hüten, Wein und Meer.

Dann sagte Marguerite: „Träumen Sie auch von Pferden?"

„Nein", sagte er, doch fügte, nach einem kurzen Moment des Nachdenkens hinzu: „Aber jetzt, da ich Sie hier vor mir sehe, frage ich mich, warum nicht."

„Es ist nie zu spät, um damit anzufangen, von Pferden zu träumen", sagte sie. „Soll ich es Ihnen beibringen?"

„Aber gerne", sagte Willem.

„Stellen Sie sich die Liebe Ihres Lebens vor", sagte sie, „und nun stellen Sie sich diese Liebe als Pferd vor. Schließen Sie die Augen. Sehen Sie schon etwas?"

Willem schloss die Augen. Er sah Margaret vor sich. Er sah sie glücklich in London durch die Straßen gehen, er sah sie gesund im Park spazieren, er sah sie in der Kutsche nach Davos – blass, hustend, halb tot. Und wie er sie sah, da verwandelte sie sich in eine Fuchsstute, wunderschön, die Fesseln zart, der Körper muskulös, eine Blesse zierte ihre Stirn. Sie schnaubte, dann galoppierte sie über die Wiese und er sah ihr Fohlen bei Fuß.

„Sie hat ein Fohlen", sagte Willem mit brechender Stimme.

„Das ist Ihr Seelenkind", sagte Marguerite. „Im Himmel geboren. Wer weiß, wann es auf diese Welt kommt. Vielleicht erst viele Generationen später. Der Himmel der ungeborenen Kinder, er ist voll bis auf den letzten Platz." Willem nahm den Hut ab. Er kämpfte mit den Tränen. Marguerite legte ihre Hand auf seine.

„Sie müssen mich auf das Rennen begleiten", sagte
sie dann. „Ich hole Sie um acht Uhr ab."

Am Sonntagmorgen stand Willem pünktlich vor dem
Hoteleingang. Er bewunderte gerade die Eleganz der
beiden Palmen links und rechts in Kombination mit
dem roten Teppich und dachte bei sich, ein solch exoti-
sches Entrée würde auch Davos vorzüglich zieren, als
der Wagen vorfuhr. Willem stieg zu Marguerite ein. Die
Fahrt werde wenige Stunden dauern, sie seien pünktlich zum Rennen da, sogar so zeitig, dass sie zuvor noch
Lune in der Box anschauen könnten, sagte Marguerite,
die ihren roten Hut, dessen breite Krempe Kirschen und
Blumen zierten, abgenommen hatte, um dem Fahrer
nicht die Sicht nach hinten zu verwehren. Sie wolle si-
chergehen, dass sie Lune auch so präsentierten, wie sie
ihn sehen wolle, nämlich als schönstes Pferd des ganzen
Landes. In sein Fell sollten Sterne gebürstet und seine
Mähne gekämmt sein. „Erzählen Sie mir, haben Sie
heute Nacht von Pferden geträumt? Ich habe die ganze
Nacht nur von Lune geträumt und oh, es war der herr-
lichste aller Träume!" Sie senkte die Stimme und sagte:
„Es war ein sehr sinnlicher Traum. Er küsste mich am
ganzen Körper. Verurteilen Sie mich jetzt?"

„Ich würde Sie nie verurteilen, Mademoiselle", sagte

Willem. „Denken Sie daran, Sie wissen ja nicht, was Sie mit diesem Pferd verbindet."

„Oui, eben! Und Sie, was macht ihr Seelenfohlen, Ihre wunderschöne Pferdefrau?"

Willem gab sich Mühe, sich auf das Gespräch zu konzentrieren. Obwohl er Marguerite seine volle Aufmerksamkeit schenken wollte, war er fasziniert von dem Automobil, in dem er sich befand. Es war eine gänzlich andere Art der Fortbewegung, mühelos, wenngleich ungewohnt, erschreckend und berauschend schnell und er dachte, wenn Maggie nur erleben könnte, wie einfach das Reisen war, wenn sie jetzt mit ihm hier sitzen könnte – und für einen kurzen Moment nur, wie er Marguerite ansah und sie ihm einen auffordernden Blick zuwarf, da durchzuckte ihn der Gedanke, dass sie vielleicht genau das jetzt tat.

„Dem Fohlen geht es prächtig", sagte Willem da. „Noch nie zuvor ist ein Seelenfohlen im Pferdehimmel nach der Geburt so schnell aufgestanden. Mir scheint, es ist ein ganz besonderes Fohlen, geboren, um zu rennen." „*Comme le papa*"[47], sagte Marguerite.

„*Et la maman*"[48], sagte Willem. „Sie müssten Margaret sehen."

„Aber ich sehe sie doch", sagte Marguerite und sie

---

[47] „Wie der Papa"
[48] „Und die Mama"

begann, ein Bild von Maggie zu zeichnen, wie er es selbst nicht besser hätte tun können. Sie beschrieb ihre kindlichen Augen, ihre Pausbacken, ihr keckes Lächeln, ihre melodische Stimme, die, wenn sie mit Willem im Gras lag, in einen säuselnden Singsang überging. Sie schilderte Maggie in ihrer Bibliothek, wo sie sich am Feuer wärmte und über das Buch nachdachte, das sie schreiben wollte. „Mir scheint, Sie sind der Held, den sie sich erträumt hat", sagte Marguerite. „Haben Sie schon einmal darüber nachgedacht? Dass Sie das Buch, das Sie schreiben wollte, nun durch Sie schreibt? Dass Sie auf Erden ihre himmlische Geschichte leben? Dass Sie die Erzählerin ist, die alles sieht und weiß? Dass Sie die perfekte Romanfigur sind?"

„Ich? Aber doch nicht mehr als ein jeder andere."

„Das glaube ich nicht. Nicht jedermann taugt zum Helden, so wie nicht jedermann zum Träumen befähigt ist. Sie dürfen nicht vergessen, erst unsere Fantasie verleiht allem, was ist, einen Zauber. Erst unsere Vorstellungskraft verwandelt die Natur in ein Kunstwerk."

Willem lauschte Marguerites sanfter Stimme und schaute aus dem Fenster. Schnell zog die Landschaft an ihm vorbei, es war als fügten sich die stehenden Bilder zu einem bewegten Film und er, der Reisende, der Passagier, spielte darin mit. Marguerite griff nach seiner Hand und ließ ihre auf seiner ruhen. „Ich spüre die Tiefe Ihrer Träume", sagte sie, „es ist, als könnte ich diesen unendlichen Raum durchschreiten und Dinge darin bewegen, als könnte ich die Gipfel Ihrer Träume besteigen und verschieben."

„Immer diese Berge", sagte Willem, „sie sind überall."

„Sie sind überwältigend. Erhaben."

„Ja, erhaben. Wenn ich am Fuße der Berge stehe, fühle ich mich von Gott an meinen rechten Platz verwiesen. Ich fühle mich klein und nichtig und unzulänglich."

„Doch wenn ich mich durch Ihre Träume hindurchbewege", sagte Marguerite, „so liegt nichts Geringes, nichts Bescheidenes darin. Ich spüre die grenzenlose Liebe zu einer Welt, deren Größe Sie noch ausdehnen wollen. Ich erlebe mich selbst intensiv in Ihren Träumen, sie sind voller Schönheit und Kühnheit und ein Hauch Verwegenheit liegt darin."

„Warum verwegen?"

„Weil Sie verstanden haben, dass all die schönen Dinge, die Sie erschaffen, keinem Zweck dienen müssen."

„Sie sollen aber doch der Heilung dienen."

„Aber sie heilen doch nur deswegen, weil sie so schön und federleicht und voll und ganz wider die Vernunft sind."

„Sie meinen übertrieben? Meine Frau sagt oft, ich übertreibe."

„Meine Hüte sind auch übertrieben, aber Sie werden sehen, bald schon sind wir am Pferderennen und erst diese gigantischen, vollkommen unnützen Hüte verleihen dem Ort die Atmosphäre, nach der sich alle sehnen. Ein Pferderennen ohne Hüte ist wie eine Bühne ohne Drama. Ihre Extravaganz wertet doch alles auf, hören Sie bloß nicht auf damit!" Marguerite rückte dichter an ihn heran. „Alles ist Kunst, Sie sind Kunst, Ihr Leben ist Kunst, Ihre Bauwerke sind Kunst, alles verschwimmt und nur in dieser maßlosen Entgrenzung entsteht die Magie, die wir brauchen, um atmen zu können. Geht es bei Ihnen in Davos nicht ums Atmen? Stecken Sie die Leute mit etwas Schönem an und ihre Lungen werden sich wie von selbst weiten! Infizieren Sie die Menschen mit dem Gefühl, besonders zu sein, ein Geheimnis zu teilen, das Ungeheuerliche zu erfahren, verzaubern Sie sie ohne Unterlass, ich weiß, dass Sie ein Magier sind."

Ihre Brust hob und senkte sich nun schneller und sie öffnete das Fenster einen Spalt weit, um mehr Luft zu bekommen. Ein Schweißtropfen rann an ihrem Hals herab und sie sagte: „Gleich werden Sie Lune sehen, er ist das Meisterwerk, nach dem ich mich immer gesehnt habe." Sie umgriff seine Hand nun fester, er spürte ihre Aufregung und sie sagte: „Wenn ich so glücklich bin, würde ich am liebsten sterben."

Willem hielt ihre Hand umklammert. „Ich habe Angst, dass ich mir nur etwas vormache", sagte er dann.

„Dass alles – diese Stadt in den Bergen, das neue Sanatorium – nichts als Einbildung sind.“

„Großartig“ sagte Marguerite. „Selbst wenn es nur Einbildung wäre, wäre es genial und grandioser als das meiste, das sich andere erdenken können. Erstens spielt es keine Rolle, ob es echt oder Einbildung ist; zweitens ist es echt, was bedeutet, dass Ihre Einbildungskraft in Schaffenskraft mündet.“

„Aber die Schatzalp ist noch nicht erbaut und ich weiß nicht, ob ich das schaffe.“

„Warum sollten Sie scheitern?“ Sie spürte seine Gedanken und sagte: „Der Wille altert nicht. Unterschätzen Sie niemals die Magie des Willens. Sie werden sehen, es ist mein Wille, dass Lune heute gewinnt und er *wird* gewinnen, so wie Sie die Schatzalp erbauen *wollen* und werden. Sehen Sie, vielleicht mussten wir uns nur aus diesem einzigen Grund begegnen, damit ich Ihnen das sagen kann. Tun Sie, was Sie lieben und lieben Sie, was Sie tun. Saugen Sie die Schönheit der Gipfel ein und atmen Sie sie in das Tal hinein. Seien Sie ehrfürchtig vor Gott, doch vergessen Sie nicht, dass in Ihnen selbst Göttliches schlummert. Gott hat die Welt erschaffen, doch wir erschaffen sie in unserer Fantasie neu.“

Sie seufzte leise, die Landschaft rauschte vorbei, er war Zuschauer eines sonderbaren Spektakels, das sich unsichtbar zwischen ihm und Marguerite entspann. Willem neigte seit jeher dazu, sich den Frauen zu-

zuwenden, die seine anmaßenden Pläne für Genialität nicht für Höhenflüge hielten. Und Marguerite, dieses zierliche, selbstbestimmte Wesen, das seine taub zu werdenden Sinne wieder erweckte und alles, was die tumben Rationalisten, die gefühllosen Vernünftigen in ihm ersticken wollten, neu beflügelte, war für ihn, auch wenn er sich aufgrund des Altersunterschiedes dagegen zu wehren suchte, die ideale Geliebte. Dabei musste diese Liebe keine körperliche sein; was Willem brauchte, suchte und hier ganz unverhofft fand, war die Befruchtung seines Geistes, der stets nach Inspiration suchte. Ihm war, als wäre jedes einzelne Wort, das Marguerite sprach, genau richtig. Sie sagte: „Ich weiß, was Sie wollen. Es ist Ihrer Energie eingeschrieben. Sie wollen hoch, höher, bis ganz an den Gipfel, doch nun holt Sie die Mühsal der Tiefebene ein. Natürlich versteht Sie dort unten keiner, wie auch, wenn Sie in ganz anderen Sphären schweben. Das Unverständnis soll Sie aber doch nicht davon abhalten, Ihre Träume zu verwirklichen. Jammerschade wäre das, mit Vernunft findet keiner den Weg ins Paradies. Seitdem ich – wie sagt man… mondsüchtig? – bin, fühle ich mich immerzu verzückt. Lune zeigt mir, dass die Sterne vom Himmel auf die Erde kommen und sich unser ganzes Sein schon gelohnt hat, wenn wir nur einen einzigen wahrhaftigen Moment der Liebe erleben. Durch Lune empfinde ich so viel mehr als zuvor, all die alten Seelen, die auf der Erde wiedergeboren werden, nehme ich um mich herum wahr." Willem spürte, welch intensive Schwingung von Marguerite ausging, er atmete ihren Geist ein, ließ sich auf ihr Vibrieren, ihr Beben, ihren Rhythmus ein. Sie ergriff auf eine sanfte, verspielte Weise Macht über ihn, er fühlte sich von ihr geführt, sie zertrümmerte seine Zweifel, zerstörte alle Vernunft und als sie ihm sagte, sie spüre sein Genie, da wünschte er sich, selbst die Sonne zu sein, die sie mit warmen Strahlen in ihrem ewigen Traum wärmte.

Der Fahrer beschleunigte und sagte, noch dreißig Minuten, dann seien sie da. Marguerite meinte, sie halte es kaum mehr aus, diese Nervosität vor einem Rennen plage sie, doch zugleich sei genau dieses Gefühl zutiefst berauschend. Sie fühle sich vor allem dann unbehaglich, wenn alles normal sei. Wer ertrage die Normalität? Sie gewiss nicht und nun machte sie sich wieder Gedanken um ihren Hut, um ihren Rock, der aufgrund der Fahrt und der Hitze Knitterfalten entwickelt hatte. Sie sagte, die Mode müsse sich doch endlich ändern, alles sei so unbequem und man brauche eine neue bequeme Eleganz. Und dann, als die Sonne schon hoch am Mittagshimmel stand, erreichten sie die Rennbahn.

Die Pferde. Die Jockeys. Das Publikum. Die Männer schwitzten in engen Anzügen, bunten Westen, Halsbinden. Die Frauen in langen Kleidern fächelten sich Luft zu. Willem half Marguerite beim Aussteigen und als sie seine Hand nahm, sagte sie zu ihm: „Sie werden sehen, alle Frauen hassen mich."

„Warum?"

„Weil ich schöner bin als sie. Und wenn nun auch noch Lune gewinnt, werden Sie mich noch mehr hassen."

„Niemand hasst Sie, alle beneiden Sie. Ich beneide Ihren Hengst, welch ein Glück, dass Sie ihn so sehr lieben."

Marguerite nahm ihn an der Hand und ging auf die Stallungen zu. Pfleger führten die Pferde zur Tränke, gingen mit ihnen spazieren oder putzten sie. Marguerite beschleunigte ihr Tempo, sie lief nun fast und Willem hatte Mühe, mit ihr Schritt zu halten. Dann bemerkte sie ihre Ungestümheit, entschuldigte sich, sagte, das sei eben dieser Sog, der von Lune ausging, er wirke wie ein Magnet auf sie, sie sei einfach mondsüchtig. Sie gingen an der Umkleide der Jockeys vorbei, erhaschten einen Blick auf die nackten Körper der kleinen Männer, die so dünn waren, dass Willem fürchtete, sie seien lungenkrank. Dann bogen sie links in die Boxengasse ein und ganz hinten stand Lune.

Willem sah und spürte, was Marguerite ihm zu vermitteln versucht hatte. Nicht nur, dass Marguerite, es die letzten Meter wahrlich nicht mehr aushaltend, zu dem Hengst lief, sondern auch, dass das Tier vor Freude in der Box stieg, wieherte und dann seinen Kopf zu ihr streckte und ihre Hand ableckte. Sie stand ganz ruhig da, verweilte, genoss und betrachtete dieses Pferd in all seiner Pracht. Der Hengst war dunkelbraun, die Mähne hing ihm fransig in die Stirn, seine Fesseln waren schwarz. Seine Wimpern waren zweifarbig, am Ansatz schwarz, dann gingen sie in ein fuchsbraun über und seine Ohrenspitzen waren wie in schwarze Farbe getunkt. Seine Brust war trainiert, wie eine Gebirgskette wölbten sich die Muskeln, seine Hinterhand war kräftig, jede Muskelfaser definiert. In all seiner Stärke lag eine Wärme, eine Liebe und eine Tiefe, die auch Willem berührte. Wie Marguerite dastand, ihn streichelte und sich von ihm liebkosen ließ, kehrte tiefer Frieden ein. Zwischen den beiden strömte ein unendlicher Fluss von Kraft und Energie, von Zärtlichkeit, Hoffnung, Freude und Licht. Dieses Pferd erhellte das Herz dieser Frau und mit diesem inneren Leuchten ließ Marguerite die Welt um sich herum erstrahlen. Weisheit ging von diesen beiden jungen Wesen aus, Harmonie und das Gefühl, bereit für alle Möglichkeiten dieser Welt zu sein. Willem kam in den Sinn, wie Maggie durch die Welt gegangen war, leise, unsichtbar und doch wirkungsvoll und in dem Flüstern Marguerites meinte er, Zauberformeln und Segenssprüche zu erkennen, die nicht nur die Ohren des Hengstes öffneten, sondern auch in sein Innerstes vordrangen. Willem empfand Zufriedenheit. Er war so entspannt, dass ihn eine angenehme Erregung überkam.

Hier in diesem Stall, in dem er, Marguerite und der Hengst beisammen waren, entstand ein magisches Feld. Er fühlte sich sicher und verletzlich zugleich. Da war sie, die Magie, und er konnte einfach hineintreten wie in einen Ring. Da war sie, Maggie, und er konnte sie sehen und spüren.

Lune stand am Start, neben ihm waren zehn andere Pferde. Marguerite umklammerte Willems Hand. Sie sagte: „Er steht ganz außen, das ist wirklich die schlechteste aller Positionen."

„Warum muss er dort stehen?", fragte Willem.

„Es wird ausgelost. Die äußeren Pferde haben natürlich den längeren Weg."

„Vergessen Sie nicht, er wird gewinnen."

„Ja", sagte sie. „Er wird gewinnen."

Lune gewann mit sieben Längen Vorsprung.

Zwei Wochen später kehrte Willem nach Davos zurück. Mit dem Gefühl noch im Rennen zu sein. Mit dem Gefühl zu siegen.

DAVOS 1894.
DIE SCHATZALP.

Nach dem Sommer an der Riviera, dem warmen geseg-
neten Sommer, empfand Willem das Davoser Frostwet-
ter als unerträglich. Das Leben im Schnee, das er sonst
so geliebt hatte, wurde ihm beschwerlich. Er sehnte sich
nach den Rosen im Schlosspark von Borély. Er dachte
an Marguerite und daran, wie sie ihr ganz eigenes Märchen geträumt hatte. Er nahm die Veränderung im Ort
wahr und das strenge Regime Turbans empfand er als
seelenloser denn je. Davos sollte ein Kurort sein, keine
geschlossene Anstalt. Er stieg, immer in Begleitung von
Ursula, einmal wöchentlich zur Schatzalp hinauf. Wo
lagen die Grenzen? Gab es Grenzen? Wo lag seine
Grenze? Er besann sich darauf, dass er Teil einer unge-
heuerlichen Schöpfung war und die Liebe sein größter
Protest gegen all jene, die ihn aufzuhalten versuchten.
Aufzuhalten, warum? Aus Angst vor dem Neuen. Aus
Angst davor, zutiefst ergriffen zu werden – im Inneren
der eigenen Seele. Je höher Willem hinaufstieg, desto
tiefer schürfte er. Der Weg zum höchsten Gipfel war die
Reise zu seinem persönlichen Abgrund. Nie hatte er
mehr an sich gezweifelt als jetzt. Nie hatte er Ursula
mehr gebraucht als in diesen Tagen. Sie, die Kräftige,
stützte ihn beim langen Aufstieg. Sie trug den Rucksack

mit Wasser und Brot. Sie bestand auf Pausen, bestimmte die Route, beobachtete ihn, beobachtete das Wetter. Wenn sie oben waren, untersuchten sie die Steine: Welche waren verwittert? Wo wuchs Moos? Sie nahmen Bodenproben, übernachteten einmal, als es die Temperaturen erlaubten, im Zelt. Als Willem erwachte, sagte er: „Wir brauchen hier oben fließend Warmwasser. In jedem Zimmer." Ursula nickte. Sie waren sich nie näher gewesen als in dieser Zeit, in der sie sich gemeinsam weiter, höher hinauf, gegen den Himmel schoben und in der Ursula endlich Vertrauen in seine Träume fasste. Sie spürte, dass Willems Tage gezählt waren. Die Erholung von der Riviera war nur von kurzer Dauer, er wirkte angestrengt, litt unter einem Engegefühl in der Brust, manchmal auch Schmerzen. Sein Herz regte sich, pochte vom Aufstieg auf eine ungesunde Weise. Ursula fürchtete um ihren Mann und bemühte sich, wie sie es noch nie getan hatte, die Welt durch seine Augen zu sehen. Und wie sie versuchte, sich in ihn hineinzudenken, da öffnete sich die große weite Traumwelt des Willem Jan Holsboer einen kleinen Spalt für sie und sie erkannte, dass für jene, die das Träumen zur Grundlage allen Seins machten, die großen und kleinen Dinge der Welt auf eine ganz besondere Weise zusammenwirkten, so dass das Unmögliche greifbar wurde. Zum ersten Mal erahnte sie die Tiefe und Weite, in die ihr Mann vorgedrungen war und Ehrfurcht ergriff sie. Sie hatte ihren Mann mit ihrem Verstand niemals ganz erfasst. Jetzt aber, da er bald von ihr gehen würde, spürte sie ihn auf eine ihr unbekannte intuitive Weise und etwas in ihr geriet ins Wanken. „Wirklich" war für sie nun nicht mehr der sichtbare Willem, sondern „wirklich" begann für sie das zu werden, was er nun intensiver denn je auf sie ausstrahlte. Ihr war, als würde er ihr die Hand reichen und sie dazu einladen, in seinem Kopf spazieren zu gehen. Erst jetzt war diese unsichtbare Einladung erfolgt, erst jetzt war sie dazu bereit, diese anzunehmen, erst jetzt begegneten sich die Eheleute in einer ihnen unbekannten Freiheit und eine neue Art des Vertrauens erwuchs daraus, begründet auf der tiefen Freude, geliebt zu werden. Ursula konnte immer noch nicht mit ihm miträumen, ihn nicht beflügeln, doch sie konnte das, was er träumte, endlich besser verstehen und ihn darin bestärken, die Fantasie zu transformieren, so dass sie schließlich Materie wurde.

Sie sagte: „Die Liebe zu Margaret hat dich zum Schöpfer gemacht. Die Liebe zu mir hat dich in dieser Welt überleben lassen."

Er sagte: „Hilfst du mir noch ein letztes Mal?"

Sie liebte es, wenn er sie brauchte.

In der Nacht begann Willem zu zeichnen. Er breitete die Blätter auf seinem großen Schreibtisch aus und fühlte sich wie ein Märchenkönig, der sein neues Schloss erschuf. Er vernahm die Sprache seiner Seele deutlich und begegnete seinem Innersten und dem Wesen, das darin, tief verwurzelt, schlummerte. Er hatte das Gefühl, endlich der geworden zu sein, der er hatte werden müssen, um das zu erschaffen, was er erschaffen musste. In dieser Nacht tat Willem kein Auge zu. Er zeichnete den großen Baukörper mit Flachdach; er zeichnete die Bögen; er zeichnete die Balkone, die Fenster, die Hallen, die Türen; er zeichnete die Zimmer, die Logen, die Suiten; er zeichnete die Flure und die Wege ein, auf denen sich das Personal bewegen sollte; er zeichnete die Küche, den Speisesaal, die Terrasse; er zeichnete die Behandlungszimmer, den Ruheraum; er zeichnete alles in großer Weitläufigkeit. So viel Platz war dort. 300 Meter über Davos, würden die Kurgäste dem Himmel so nah sein wie nirgendwo sonst. Wer die Berge von unten betrachtete, der konnte sie für Mauern halten. Wer sie von hier oben ansah, der erkannte, wofür sie erschaffen waren: als Weg zu Gott, als Pfad zur Freiheit. Die Leidenden sollten hier oben glücklich sein, noch glücklicher als im Kurhaus. Sie sollten sich um ihr Leben kümmern, nicht um ihre Krankheit. Sie sollten sich nicht wie im Gefängnis fühlen, sondern das Gefühl haben, zu entkommen. Sie sollten hinaufkommen und atmen. Am

Ende zählte doch nur das: zu atmen und sich in die dramatischsten Kleider zu werfen, um dann, wenn es dem Ende zuging, immerhin schön zu sein. Willem wusste, dass auch hier oben auf der Schatzalp der Tod Gast sein würde, doch der Tod wäre hier nur Statist, kein Hauptdarsteller. Hier oben würden sie alle im hellsten Licht erstrahlen. Koste es, was es wolle.

Willem war über den Plänen eingeschlafen und als er am nächsten Morgen durch das Personal geweckt wurde, war sein Nacken steif, auch die Hände schmerzten. Es dauerte bis zum Nachmittag, bis er sich besser fühlte und seine Pläne im engsten Kreis vorstellte. Lucius und sein ältester Sohn Willi kamen in sein Zimmer und schauten auf die Zeichnung.

„Das wird teuer", seufzte Willi.

„Aber gut", hielt Lucius dagegen. „Wenn wir es durchbringen, wird es fantastisch."

„Wer finanziert?", fragte Willi.

„Basel", antwortete Willem.

„Sicher?", hakte Willi nach.

„Ich werde hinfahren," sagte Willem.

„Du bist krank", entgegnete Willi.

„Wer soll es denn sonst machen?", fragte Willem.

„Es erinnert mich an Turban", stellte Lucius fest.

„Es ist um Welten besser", empörte sich Willem.

„Wir könnten den Pneumothorax dort etablieren. Wir haben hier bislang weder die Räumlichkeiten noch die Ausstattung dafür", sagte Lucius. „Du wirst Chefarzt", entschied Willem. „Du kannst alles tun, was du willst. Es wird das hygienischste Sanatorium weit und breit. Und was das Geld angeht: Du musst Geld ausgeben, damit Geld reinkommt. Ganz Europa wird hier auf Kur gehen. Die Elite wird kommen. Sie haben alle Geld genug."

Willem besprach sich mit verschiedenen Architekten. Nun war ein junges Büro aus Zürich zu Gast: Max Haefeli und Otto Pfleghard waren noch keine dreißig, aber entschlossen, große Projekte zu verwirklichen – und die Schatzalp sollte nicht nur groß werden, sondern monumental. Willem gefiel, dass Max Sohn eines Hoteliers war und ein Gespür dafür hatte, was es brauchte, um Menschen zum Verweilen zu bringen. „Wir müssen das Plateau aufschütten", sagte Max, „nur so können wir den Bau nach Süden ausrichten."

„Wir brauchen einen gewissen Abstand zum Berg, damit wir uns ganz ausbreiten können", sagte Otto.

„Sie werden sehen, auf Ihren Balkonen und in Ihren Liegehallen können Ihre Gäste die Sonne viel länger genießen als unten im Tal", sagte Max.

„Nirgendwo gibt es so viel Sonne wie hier", sagte Otto.

„Es muss funktional, luxuriös und hygienisch sein", sagte Willem.

„Haben Sie an den Kaiser gedacht?", frage Max.

„Den Kaiser?", fragte Willem.

„Bauen Sie eine Suite für ihn. Selbst wenn Wilhelm II. niemals darin logiert, erzählen Sie diese Geschichte. Es gibt keine bessere Werbung für den Bau", sagte Max.

Der Kaiser. Warum nur hatte Willem nicht selbst daran gedacht? Er nahm seinen Stift und markierte neun Zimmer im oberen Stockwerk, die Zimmer mit dem besten zentralen Blick. Er sagte: „Da. Wir machen aus neun Zimmern drei Kaiserzimmer. Nicht nur für den Kaiser allein, sondern seine ganze Familie." Und mit diesem monarchistischen Clou waren die Pläne endlich vollkommen und die Architekten standen bereit.

DAVOS 1898.
DIE GNADE.

Willem freute sich für seine Tochter Aleida. Sie war weniger hübsch als Helene, doch mindestens so klug und, wenn er ehrlich war, für einen Mann die Unkompliziertere. Adi war weicher, sympathischer, milder. Sie lachte viel, aß gerne, kochte mit Leidenschaft und konnte sich tief in andere einfühlen. Man fühlte sich wohl bei ihr.

Für Willem war es ein Gefühl der Genugtuung, dass seine beiden Töchter Mediziner liebten. Lucius und Helene waren das schillerndere und gewiss auch erfolgreichere Paar – Willem mochte Adis Mann Edward, doch er hielt Lucius, nicht zuletzt aufgrund seiner lebenslangen Schulung durch seinen Vater Alexander, für den talentierteren, den strebsameren Arzt. Edward jedoch würde ihm eine wertvolle Stütze sein. Willem wusste, wie viel Arbeit das Sanatorium Schatzalp bedeuten würde: Noch mehr Patienten, endlich die ersehnten Operationen, und ja, vielleicht würde auch der Kaiser kommen.

Im Frühjahr verschlechterte sich Willems Zustand erneut. Alexander schaute täglich nach seinem Freund und maß seinen Blutdruck.

„Bleib da", sagte er zu ihm.

„Ich muss nach Basel."

„Du wirst den nächsten Hirnschlag erleiden."

„Ich muss den Bau der Schatzalp besprechen. Wir brauchen das Geld."

„Auf dein eigenes Risiko."

„Es war immer nur mein Risiko."

„Du warst schon immer in den Tod verliebt."

„Nach oben gibt es zwei Wege", sagte Willem. „Der eine ist der Weg, den alle gehen. Er ist normal, einfach, ohne Risiko. Der andere ist gefährlich, er führt über den Tod. Aber glaube mir, das ist der geniale Weg." Willem schwieg, schaute aus dem Fenster. Die Sonne schien, doch der Wind wirbelte Schneeflocken auf. Dann sagte er: „Du hast mich einmal gefragt, was ich mit Arthur Conan Doyle gemacht habe."

„Du warst merkwürdig in der Zeit."

„Er hat mir einen Gedanken geschenkt. Dabei war es kein eigentlich neuer Gedanke – er hat nur ausgesprochen, was ich schon immer geahnt hatte."

„Und das wäre?"

„Was, wenn alles Maggie war? Das Feuer? Der Sturm? All der Glanz und die Pracht? Seit ihrem Tod schien alles einzig und allein ihretwegen zu geschehen."

„Ich weiß es nicht, Willem."

„Aber ich werde es bald wissen."

„In den dunkelsten Stunden spendet uns der Glaube Trost."

„Es ist mehr als nur Glaube. Es ist ein tiefes inneres Wissen. Eine Wahrheit. Meine Wahrheit."

„Wer bin ich, einem Sterbenden diese Hoffnung zu nehmen?"

„Würdest du nicht auch dir, der immer Teil dieser Geschichte war, etwas nehmen?"

„Wie meinst du das?"

„Würde nicht alles zu einer viel besseren Geschichte, wenn wir beide daran glaubten, dass es Maggie war?

Du hast einmal zu mir gesagt, ich sei Davos. Aber weißt
du was? Nicht ich bin Davos. Maggie ist Davos."

Alexander berührte die Stirn seines Freundes. Dann
sagte er: „Schlaf jetzt. Und nochmals, bleib da."

Am nächsten Morgen reiste Willem ab. Er hatte sich
lange gegen seinen eigenen Verfall gesträubt. Die Begegnung mit Marguerite war ein letztes Aufbäumen gegen den Tod gewesen, doch dieser Sommer an der
Küste schien unendlich weit weg, wie ein längst vergangener Traum. Jetzt, da ihm immerzu schwindlig war
und der permanente Taumel sein neues Existenzgefühl
war, da akzeptierte er seinen Kräfteverlust als Teil eines
romantischen Weges. Er war auf der Reise zu Maggie,
bald schon würde er sie wiedersehen. Im Tod lag neues
Leben, das eigentliche Leben, von dem Margaret immer
gesprochen hatte. Er begann, mit dem Tod zu sympa-
thisieren. Bald würde er sterben. Vielleicht war das gut.

Alles funktionierte in Basel. „Gut, dass Sie das machen", sagte sein Freund Friedrich Riggenbach. Auch er
war alt geworden, doch stattlich geblieben. Seine Körperhaltung war aufrecht, das Haar silbergrau, immer
noch voll. Er lächelte Willem an. „Niemand außer Ihnen
könnte das bewerkstelligen. Was Sie aus diesem Dorf
gemacht haben, ist eine Meisterleistung."

„Ich hätte es ohne Sie nicht geschafft", sagte Willem. „Viele Träume scheitern am Geld. Sie haben mir viel ermöglicht."

„Ich hatte nie Zweifel daran, dass Sie mit Geld umgehen können. Sie haben es jedes Mal aufs Neue bewiesen."

„Die Schatzalp wird alles übertreffen. Auch finanziell."

„Sie sind schon jetzt ein reicher Mann. Sie hinterlassen ein stolzes Erbe."

„Darum ging es mir nie. Wer weiß, wie lange es dauert, bis meine Kinder es durchbringen. Sie müssten das Licht dort oben sehen. Ich habe es jahrelang studiert und der ganze Bau richtet sich danach. Gegen diesen Höhenglanz gibt es keinen Widerstand. Man kann sich auch nicht daran gewöhnen, so wie man sich nicht an Wunder gewöhnen kann, sind sie doch immer einzigartig, egal, wie viele man erlebt. Dieses besondere Licht – es vertreibt endlich alles Provinzielle."

„Ich habe mich immer gefragt, ob Sie am Ende nicht doch zu anspruchsvoll für Davos waren. Sie hätten auch Präsident der Vereinigten Staaten werden können. Sie haben so viel Luxus nach Davos gebracht."

„Luxus war doch das Einzige, was dieser Ort wirklich brauchte. Großen, unermesslichen Luxus. All die schönen Kleider, die ich Ursula geschenkt habe, hat sie nie angezogen. Sie hängen unbenutzt in ihrem Schrank.

Das ist Verschwendung – nicht der Genuss. Man hat dem Schönen gegenüber doch eine Verpflichtung. Ich habe mich immer dazu verpflichtet gefühlt, das Schöne der Welt zu inszenieren, einen Rahmen um jede einzelne prachtvolle Rose zu bauen, damit sie auch alle sehen. Auf Davos lag ein ewiger bürgerlich-bäuerlicher Schatten. Auf der Schatzalp aber brennen die Sonnenstrahlen all das weg."

„Zürnen Sie der Davoser Sturheit nicht zu sehr. So viele sind von Zuschauern zu Mitspielern geworden."

„Das ist auch Ursulas Verdienst. Ich schulde ihr viel mehr als ich zugeben mag. Sie hat mich zumindest von nichts abgehalten und ihren Landsleuten zu verstehen gegeben, dass ihr Mann nicht vom Teufel besessen ist. Sie war, auch wenn sie es zuhause nicht zeigte, immer stolz auf mich. Und sie hat mich nie traurig gemacht, so wie es schöne Frauen oft tun."

„Warum?"

„Weil schöne Frauen so etwas Verzweifeltes an sich haben, sie wollen ihre Schönheit festhalten und können doch nur scheitern. Das ist auch das Geheimnis kranker junger Frauen. Sie bleiben ewig schön, weil sie jung sterben."

„Sie spüren das Leben zu sehr, mein Freund."

„Das habe ich schon immer. Und jetzt erhebe ich Anspruch auf den intensivsten Tod."

Als Willem aus Basel abreiste, hatte er zwei Gewissheiten: Erstens würden die Schatzalp und die Schatzalp-Bahn erbaut werden können. Die Bahn sollte direkt hinter dem Kurhaus beginnen und die Gäste komfortabel bis zum Sanatorium transportieren. Zweitens würde er keiner einzigen Verwaltungsratssitzung mehr beiwohnen müssen, um über Details zu verhandeln – der Tod war gnädig und beeilte sich. Und während einst die Gnade des Teufels darin bestanden hatte, an Willem vorüberzugehen, so bestand nun die Gnade des Todes darin, Willems ausgestreckte Hand zu ergreifen. Schon auf der Heimreise von Basel spürte er die Enge in seiner Brust. In Zürich musste er die Fahrt unterbrechen. Das Atmen fiel ihm schwer. Er wusste seit Maggies letztem Weg: Atem war Leben, Tod das Gegenteil davon. Er ließ sich nach Bad Schinznach bringen und verlangte nach seiner Frau und den Kindern. Was ihm an dem Ort besonders gefiel waren die warmen Schwefelquellen. Ihm war so kalt und der heiße Dampf tat ihm wohl. Ihn beeindruckte, dass es auch hier eine Eisenbahn, auch hier Tourismus gab wie in seinem Davos. Die Familie kam. Er schaute seiner Frau in die Augen. Energisch war sie immer noch, doch er erkannte nun ihre Güte und spürte, dass sie ihn lange überleben würde. Er betrachtete ihre gemeinsamen Kinder und sagte zu ihr: „Alle meine zukünftigen Enkel sollen wissen, dass ich sie liebe." Ursula sagte: „Es werden viele sein."

Dann, am 8. Juni 1898, um vier Uhr morgens, Ursula war bei ihm, schlug der Tod zu.

TEIL III

OBEN

DAVOS 1898.
DIE ZUGKRAFT.

Helene betrachtete die Menschenmenge. Ganz Davos trauerte um ihren Vater. An diesem warmen Junitag brachten sie seine Leiche zurück. Willem wollte nie in Davos sterben. Er wollte in Davos unsterblich sein. Erst im Tod gelang ihm das. Der Extrazug rollte langsam von Bad Schinznach nach Davos. Jetzt nannten sie ihn Halbgott, Eisenbahnkönig. Jetzt sprachen auch die anderen Kantone von ihm. Jetzt verhingen sie die elektrischen Straßenlampen mit Trauerflor. So viele Menschen standen am Bahnhof. Sie trugen Fackeln. Der Leichenzug zog vom Bahnhof zur Kapelle. Die Kapelle war zu klein für die Menge. Sie bahrten den Leichnam auf, nach drei Tagen beerdigten sie ihn. Noch nie hatte Davos einem Mann eine solche letzte Ehre erwiesen. Blumen türmten sich an seinem Grab auf. Die Männer sangen. Die Zeitungen schrieben vom Weltruf, den er begründet hatte, von seinem Erfolg und seinem Anspruch. Hauri, der Pfarrer, fand die richtigen Worte. Er sprach aus, was immer Willems Problem gewesen war: Wer seiner Zeit voraus war, wurde gern missverstanden. Hauri sprach von den Bauten, dem Theater, der Musik. Von der Elektrizität, den Bällen, der Bahn. Vor allem der Bahn, mit deren Fehlen für Willem alles begann. Von der

Bahn, die er sich bei der beschwerlichen Anreise mit
Margaret zu bauen geschworen hatte. Von der Bahn,
mit der Willem die Distanzen hatte überwinden wollen.
Manchmal, sagte Hauri, sei der Himmel zum Greifen
nah. Der Himmel, der sich hier in diesem Alpenpara-
dies spiegele. Die Liebe überwinde jede Entfernung. Die
Zugkraft der Liebe sei unendlich stark. Diese Bahn sei
der Beweis dafür. Willems Seele sei nun dort oben, oben
bei Gott. Helene dachte, die Seele ihres Vaters war nun
oben, oben bei ihr, Margaret, die sie nie gekannt hatte.
Sie wusste, er hatte nie aufgehört, diese Frau zu lieben.

DAVOS 1922.
DAS FLUIDUM.

Helene war im Salon und hing Bilder von Ernst Ludwig
Kirchner auf. Das mit der Kunst hatte sie von ihrem Vater. Die Härte von ihrer Mutter. Helene wäre selbst die
geborene Künstlerin, wenn ihr dieses letzte Quäntchen
mütterlicher Realismus erspart geblieben wäre. Sie war
eine Elfe, die nicht fliegen konnte, weil sie selbst nicht
glaubte, dass sie Flügel hatte. Helene war schön, klug
und streng. Ihre Villa Fontana war bis ins letzte Detail
ausgeschmückt. Eine Welt für sich sollte die nach dem
Bündner Kriegshelden Benedikt Fontana benannte Villa
sein, Davos in seiner konzentriertesten Form. Die Villa
besaß vier Stockwerke, hatte 30 Räume, die durch Türen

miteinander verbunden waren, und noch weit mehr Balkone, die der Fassade als Zierde dienten. Helene liebte das Grundstück direkt am Guggerbach und den großen Garten, der insbesondere im vorderen Teil dem Schauen und Promenieren diente. In der hinteren Hälfte, gut durch dichte Tannen geschützt, grenzte er an den Garten des Kurhauses und bot ihrer Familie mit einer Schaukel, einem Krocket-Platz und einem Gartenhäuschen genug Möglichkeiten zum Zeitvertreib. Im geräumigen Vorraum standen Schlitten und Skier und der Windfangkorridor hielt die Zugluft ab. Das Haus hatte viele Türen, gleich im Eingangsbereich waren es drei: Eine Tür führte in Lucius Praxisräume, eine andere in das Treppenhaus, die dritte in die Garderobe, ein edler begehbarer Kleiderschrank, den man auf der anderen Seite bequem wieder verlassen konnte, um den Korridor zu erreichen. Von dort ging eine Treppe ins Obergeschoss, an der Treppe vorbei in den Salon, so dass jeder, der dort zu Gast war, sich bereits einen Eindruck von der Villa machen konnte. Im Salon standen bequeme Polstersessel mit Ornamentbezug. Auf dem Divan lag ein Seidenkissen drapiert. Vor der Heizung standen, um die Zimmerluft zu befeuchten, Pflanzen. Dann die Bilder: Eines zeigte eine Frau mit einem Knaben auf einem Spaziergang. Ein anderes den Junkerboden. Über dem Bücherregal hing *Die Brosche,* am Ende der Galerie *Der Spaziergang.* Giovanni Giacometti hatte

Ursula gemalt, die dieses Jahr gestorben war. Helene wünschte, ihre Mutter würde auf diesem Bild lächeln. Doch sie erfüllte ihr diesen Wunsch nicht. Das ganze Haus war voller Kirchner, die ganze Villa eine Galerie. Es gab Gemälde, Aquarelle, Holzschnitte, Objekte aus Bronze, Porzellan und Glas. Von allen Künstlern – Hodler, Trachsel, Giacometti, Amiet – war Kirchner ihr der Liebste. Für Kirchner tat sie viel. Bei ihm konnte sie weich sein, sie brachte ihm Essen, selbst wenn er es verweigerte. Warum tat sie das? Sie glaubte, ihr Vater hätte Kirchner gemocht. Sie glaubte, ihr Vater hätte sein Genie erkannt. Helene mochte Kirchner, weil er Davos als das erkannte, was es war: ein Meisterwerk, ein Vermächtnis. „Es ist wunderbar hier oben", sagte er zu ihr. Sie wusste, bald würde er das Dorf verfluchen und sich über die Kälte beklagen. Aber den Kern von Davos, die Essenz dieses Tals, den Holsboer-Traum, den erfasste er und verwandelte ihn auf Leinwand in Ewigkeit.

Er war jünger als sie, gebrechlicher als sie, aber er gefiel ihr. Als er ihr sagte, er sei von den Eindrücken hier oben fast erschlagen, sagte sie: „Die Berge sind Ihr Schicksal." Helene konnte das. Sie, die Hausherrin, war keine Frau vieler Worte, doch wenn sie etwas sagte, hallte es nach. Manche sagten, sie hypnotisiere. Alle wussten, dass sie eine Holsboer war. Manchmal war sie Kirchner unheimlich. Dann kam sie, die Matriarchin, ihm wie eine Sirene vor. Lockte sie ihn an, um ihn zu töten? Aber nein, mit dem Tod tanzte schon er selbst. Er mochte oft so gerne tot sein. Ja, Helene war eine Holsboer. Von ihr ging etwas aus, das auch von Willem ausgegangen war, auch ihre Tochter hatte es. „Ich hatte das Gefühl dieses seltsamen Fluidums, als ihre Tochter Edith durch die Türe trat", schrieb Kirchner ihr. Er meinte ihre magische Aura, ihre unsichtbare, doch spürbare geistige Kraft. Er erfuhr eine Schönheit, die er meinte, nicht gestalten zu können: „Wer weiß, ob ich es jemals kann", sagte er. Er versuchte es dennoch mit einem Holzschnitt. Wie von Geisterhand wurde ihm das Messer geführt. Doch Edith, und das war Helenes Tragödie, war nicht mehr unter ihnen. Sie starb, weil sie zu sehr liebte. Sie hatte sich letztes Jahr das Leben genommen, nachdem sie erfahren hatte, dass ihr Geliebter, ein deutscher Offizier, bereits verheiratet war. Seitdem konnte Helene die „Seufzerallee", den kleinen, fast verborgenen Verbindungsweg zwischen ihrem Garten und dem Garten des Kurhauses, nicht mehr gehen. Jede ihrer fünf Töchter hatte sich bei Liebeskummer dorthin zurückgezogen. Doch keine hatte so tief gefühlt und gelitten wie Edith, die nur 19 Jahre alt wurde. Kirchner hatte nach ihrem Tod einen weiteren Holzschnitt erschaffen, Schwarz und Rot waren die Farben, die er für *Die Selbstmörderin* wählte. War Kirchner auch in sie verliebt gewesen? Helene wusste es nicht, sie glaubte es nicht, sie wollte es nicht glauben. Helene hatte das

Kunstwerk nie gesehen. Oft hatte sie sich einen Buben gewünscht, der wie ihr Vater sein sollte. Wie Willem zog Helene die Welt an. Sie zog die Künstler an, hätte noch viel mehr um sich scharen und in der Villa Fontana versammeln können, doch es blieb ein Ärztehaus und wurde kein Salon. Die Vernunft kam durch, die Mutter. Immerhin, die Bilder hingen und es wurden noch mehr. Sie widmete sich Kirchner intensiv, beobachtete ihn, sprach mit ihrem Mann Lucius darüber. Kirchners Jagd nach Morphium wollte sie unterbinden, seinen Verfolgungswahn akzeptieren, seine Essstörung kurieren. Lucius sagte, er gehöre in eine Klinik für Geisteskranke. Helene sagte: „Warte noch ab." War sie eigennützig? Sie wusste, seine Kunst wuchs, je mehr sein Körper versagte. Lucius verschrieb ihm kein Veronal.

Was suchte Kirchner in den Bergen? Frieden – das von ihrem Vater erschaffene Paradies. Helene wollte, dass dieses Paradies festgehalten wurde. Sie wollte, dass es gerahmt wurde. Sie wusste, dass weder die Berge noch die Eisenbahn in die weite Welt verfrachtet werden konnten, doch diese Bilder – sie konnten auch in New York hängen. Sie würden in New York hängen. Kirchner begeisterte sich für das Bauernleben. Er suchte keinen Luxus. Er hatte auch das Großstadtleben hinter sich gelassen. Die Einheimischen in Davos beschwerten sich über die vielen Touristen, doch sie kannten die Menschenmassen einer Metropole wie Berlin nicht.

Kirchner studierte die sonnenzerfurchten Gesichter der Bauern. Er verliebte sich in die Idee, dass das bäuerliche Leben das beste Leben war. Er wollte wie die Bauern leben. Erst dann, wenn es in seiner Hütte zog, merkte er, dass sein Traum an seine Grenzen stieß. Er verfluchte die Kälte. Helene schüttelte den Kopf. „Davos liegt nicht unter Palmen", sagte sie zu ihm, „das hätten Sie wissen müssen." Oft schwankte Helene. Manchmal hielt sie ihn für eine vornehme Natur, dann wieder für eine Jammergestalt. Er schlief in keinem Bett, sondern krümmte sich am Boden zusammen. Er fürchtete sich vor seinem eigenen Wahnsinn. Der Krieg verfolgte ihn immer noch. Nicht nur seine Nerven waren überreizt, der ganze Kontinent wollte vor den Erinnerungen fliehen. Hier, hinter den Bergen, war Frieden. Hier, hinter den Bergen, war Erlösung.

Alles glitzerte. Helene schaute aus dem Fenster, die Sonne schien auf den Neuschnee. Kirchner konnte diese Sonne manchmal nicht sehen, dann, wenn er fror, wenn er in seiner großen inneren Dunkelheit gefangen war. Die Kälte konnte Kirchner nicht malen. Aber das Licht in der Nacht. Manchmal meinte Helene, sein Herz zersprang, wenn er arbeitete. Er fand nichts gut genug, alles war nur Anfang. Er wollte Schmerzen heilen mit seiner Kunst. Seine Schmerzen? Oder die Schmerzen der anderen? Helene wusste es nicht, doch sie spürte seine Angst, nicht zu genügen. Manchmal hätte sie ihn gerne umarmt. Begehrte sie ihn? Sie fand sich schöner als Erna Schilling, Kirchners Frau. Er sagte, die Berge machten ihm seine Kleinheit bewusst. Diese Wucht, sagt er, diese Reinheit, diese herbe Monumentalität. Oft zeichnete er in Ekstase. Er sagte: „Ich will den ganz starken Ton des Lebens finden." Helene wusste, kein Künstler traf diesen besser als er. Sie gab nicht auf, an seiner Genesung festzuhalten, sie gab ihn nicht auf. „Was willst du von ihm?", fragte Lucius sie. Helene konnte es nicht beantworten. Sie wusste es selbst nicht.

Lucius war fast immer im Sanatorium. Helene kannte die Abwesenheit von Männern, sie war es von klein auf gewohnt. Trotzdem fühlte sie sich geliebt. Sie röntgten jetzt und operierten. Lucius hatte auch sie geröntgt und ihr das Bild ihres durchleuchteten Torsos in einem Amulett um den Hals gehängt. Es war ein verspiegeltes Amulett, darin eingraviert ihre ineinander verschlungenen Initialen, L & H. Manchmal, im Winter, wenn sie den Schal um ihre Nase wickelte, um nicht zu frieren, beschlug es. „Wir können jetzt das Unsichtbare sichtbar machen", sagte Lucius zu ihr. „Aber die Seele, die seht ihr beim Röntgen nicht", erwiderte Helene darauf. Lucius feierte große Erfolge in der Schatzalp. Helene fand den Pneumothorax unheimlicher als das Röntgen. Sie fragte: „Haben die Patienten nicht Angst, zu ersticken, wenn ein Lungenflügel kollabiert?" Er sagte: „Die meisten sind hoffnungsvoll, weil etwas mit ihnen geschieht. Geradezu heiter. Manche können danach mit dem Lungenflügel pfeifen." Alle Liegestühle waren jetzt gelb.

Nach einem Streit mit Kirchner besprachen sich Helene und Lucius. Kirchner war missgestimmt gewesen und hatte Morphium verlangt. „Neulich stieg er mir in seiner Ampullensucht bis zu den Nachbarn nach", sagte Helene und hatte Kirchner doch schon wieder verziehen. Kunstgeschichte mitzuerleben sei nicht immer ein friedliches Vergnügen – aber immerhin aufregend.

Lucius sagte: „Er simuliert."

Helene fragte: „Was haben wir davon, ihm die Illusion der Krankheit zu nehmen? Für manche Menschen gibt es nichts Schöneres als das Kranksein. Es gibt ihnen das Recht, aus der normalen Welt zu verschwinden. Hin in eine Welt, in der sie sich besonders fühlen."

Helene liebte Lucius sehr und Lucius bewunderte seine Frau. Sie war gerne „Frau Doktor" und keine Frau wurde in Davos mehr respektiert. Sie war die Königin von Davos. Sie vergaß nie, ihr Vater war der ewige König.

Lucius sagte: „Meiner Ansicht nach ist seine Gesundheit wieder völlig hergestellt."

„Wenn er krank bleiben will, wird er den Arzt wechseln." Lucius zuckte die Achseln.

Da kam Helene etwas in den Sinn. „Ich habe eine Skizze von ihm gesehen. Sie lag auf seinem Schreibtisch. Darauf war Doktor Bauer zu sehen." Lucius war unbeeindruckt. Der Kollege vom Parksanatorium war für ihn keine Konkurrenz. Dann schilderte Helene die Skizze genauer: „Es war bestimmt Bauer. Dieser hohe Schädel … aber da saßen noch zwei Männer. Im Hintergrund saß ein Mann mit schwarzer Kleidung, zusammengekrümmt. Doch vorne, im Gespräch mit Bauer, da saß ein vornehmer Herr mit überschlagenem Bein. Weißt du, an wen er mich erinnert hat? An diesen Schriftsteller."

„Welchen? Morgenstern? Klabund?", fragte Lucius. „Es waren so viele hier."

„An den mit dem Notizblock. Er hatte damals seine Frau im Waldsanatorium besucht, war aber ein paar Mal auf der Schatzalp. Du erinnerst dich doch? Mir fällt der Name nicht ein. Er schrieb den langen Roman über diese hanseatische Kaufmannsfamilie."

„*Die Buddenbrooks*? Thomas Mann?"

„Ja genau, Thomas Mann. Er war doch kürzlich für eine Lesung wieder hier. Sie haben ihn sogar am Eisfest fotografiert. Gut möglich, dass ihn Kirchner in der Zeit getroffen hat."

Lucius dachte nach. Dann sagte er: „*Die Buddenbrooks* sind mir lieber als ein Roman über Davos. Ich glaube nicht, dass Davos bei ihm gut wegkäme. Was geht seine Frau auch ins Waldsanatorium. Das hatte sich rumgesprochen, dass die Diagnose nicht stimmte. Sie hatte ja gar nichts. Er natürlich auch nicht, er sieht halt zu sehr nach Geld aus. Ganz schlechte Werbung wäre das jedenfalls, wenn er darüber berichtet hätte. Sein Notizbuch hat die ganze Stadt beunruhigt. Du weißt doch, der Weg zur Kraft und Gesundheit führt über Davos. Man wird hier gesund und kann nicht einfach was anderes behaupten. Aber sein Aufenthalt ist doch jetzt auch schon wieder zehn Jahre her. Hätte er nicht schon längst über Davos geschrieben, wenn er darüber hätte schreiben wollen? Man schreibt doch nicht zehn Jahre an einem Roman." Helene seufzte.

Es war mitten im Winter und die Schneeflocken fielen wie Federn vom Himmel herab. Und wie sie so am Fenster stand und dem Schnee zusah, da dachte sie bei sich: Wie schön es doch wäre zu schlafen, hundert Jahre gar. Um dann irgendwann aufzuwachen und zu erkennen, dass es sich bei dieser Geschichte nur um ein Märchen handeln konnte, ein einziges wundersames Märchen.

NACHWORT

Glaubte Thomas Mann an Geister? Sein Essay *Okkulte Erlebnisse* deutet darauf hin. Den *Zauberberg* veröffentlichte Thomas Mann 1924. Der Roman war ein weltweiter Erfolg. Zwei Jahre zuvor nahm er in München bei einer spiritistischen Sitzung von Albert Freiherr von Schrenck-Notzing teil, einem Psychotherapeuten, der mit Hypnose und Parapsychologie experimentierte. Während einer Séance beobachtete Thomas Mann, wie das junge Medium Willi S. in Trance fiel und kuriose Dinge geschahen: Ein Taschentuch erhob sich vom Boden, eine Schreibmaschine begann, wie von Geisterhand bedient, zu tippen usw. Über diese Erfahrungen schrieb er in *Okkulte Erlebnisse*. Das Thema „Geister" fand er selbst „schrullenhaft, abwegig, gewissermaßen ehrlos", dennoch brannte es ihm „auf den Nägeln". Er, der Vernunftmensch, wurde nicht müde, seine Skepsis zum Ausdruck zu bringen, seine Überzeugung, es könne sich nur um Betrug handeln. Und dennoch: Er war fasziniert, gab zu, dass ihm in seinem Leben noch nichts Ähnliches vorgekommen sei und er Dinge sah, die unmöglich waren – und dennoch geschahen. Ein großes Thema in der Münchner Geisterstunde: die Materialisation. Spiritisten halten eine Kommunikation mit dem Jenseits durch sogenannte Medien – also übersinnlich befähigte Menschen – für möglich. Beim „*physical mediumship*" sollen sich die Geister zum Beispiel in Form von Klopfzeichen oder sich bewegenden Gegenständen materialisieren. In dieser Materialisation sah Thomas Mann eine Nähe zu seiner Tätigkeit als Autor: Der Dichter, der wie das Medium aus Gedanken Materielles entstehen lässt, verfügt durch seine Befähigung zur Beseelung eines literarischen Stoffes ebenfalls über magische Fähigkeiten. Beides, das mediale Materialisieren sowie das schriftstellerische Erschaffen eines Textes, sind eine Art Schöpfungsakt – der Autor ist also ein Medium der besonderen Art.

Auch im *Zauberberg* thematisierte er das Paranormale und ließ seinen Helden Hans Castorp an einer Séance teilnehmen – dabei wird ein Lied aus der Oper *Faust* von Charles Gounod gespielt. Im Text zu hören ist der Name „Margarethe". Margaret, der ersten Frau Willem Jan Holsboers ist es zu verdanken, dass Hans Castorp überhaupt zum Zauberberg gelangt. Auf der beschwerlichen Anreise mit ihr schwor der Niederländer, eine Bahn zu bauen – und er tat es. 1889 begründete er die Rhätische Bahn, die fortan jährlich hunderttausende Gäste und viele Tonnen Gepäck nach Davos transportierte. Thomas Mann schilderte die Fahrt eindrücklich zu Beginn seines Romans. „Von Hamburg bis dort hinauf, das ist aber eine weite Reise", heißt es und „auf wilder, drangvoller Felsenstraße" geht es „allen Ernstes ins

Hochgebirge". Aus dem für drei Wochen geplanten Besuch seines Vetters werden sieben Jahre. Die von Willem Jan Holsboer initiierte Schatzalp – die Eröffnung erlebte er nicht mehr, er war jedoch für Planung und Durchführung verantwortlich – ist das einzige Sanatorium, das im *Zauberberg* mehrmals namentlich erwähnt wird. Die Schatzalp war in ihrer *„splendid isolation"* das Maß aller Dinge, das höchstgelegene und luxuriöseste Sanatorium von ganz Davos – und es ist anzunehmen, dass auch Thomas Mann beeindruckt und inspiriert von der Strahlkraft des Gebäudes war, das den Mythos Davos mitbegründete. Wer die Schatzalp betritt, der meint, in Thomas Manns fiktive Kulisse einzutreten, ja sie kommt einem seltsam vertraut vor. Fast wartet man nur darauf, dass eine Tür zuschlägt, fast will man sich selbst in Liegekur begeben und das Alpenpanorama genießen, das nirgendwo im Ort eindrucksvoller als hier ist. Auch wenn sich Thomas Mann ebenso bei anderen Sanatorien bediente, so kommt keines dem von ihm erfundenen Berghof in seiner Aura näher als die Schatzalp. Der Schriftsteller kam 1912 nach Davos, um seine angeblich lungenkranke Frau Katia, die im Waldsanatorium verweilte, zu besuchen. Dort sammelte er „wunderliche Milieueindrücke", war irritiert über die Geldgier der Ärzte, die auch ihn dazu anhalten wollten, auf Kur zu bleiben. Mann war bei weitem nicht der einzige Autor, der seinen Weg nach Davos fand.

Zu Lebzeiten Willem Jan Holsboers sind insbesondere Robert Louis Stevenson und Arthur Conan Doyle
zu nennen. Hat Willem die beiden wirklich getroffen?
Darüber gibt es kein Zeugnis. Fakt ist jedoch, dass damals niemand um Willems Kurhaus, so wie später um
die Schatzalp, herumkam. Ich habe mir also in künstle-
rischer Freiheit erlaubt, ihre Schicksale zu verflechten.
Insbesondere deshalb, weil diese Figuren Geheimnis-
volles verbindet: Robert Louis Stevensons Frau Fanny
soll wirklich das Zweite Gesicht, also die Gabe zur Hell-
sichtigkeit, gehabt haben, Sir Arthur Conan Doyle war
ein bekennender Verfechter des Spiritismus.

Auch der expressionistische Maler Ernst Ludwig
Kirchner sprach 1919 in seinem Brief an Helene Spengler vom „Gefühl eines seltsamen Fluidums", als er ihre
Tochter Edith, also Willems Enkelin, sah. Helene Spenglers Freundschaft mit dem expressionistischen Maler
Ernst Ludwig Kirchner ist in zahlreichen Briefen gut do-
kumentiert. Und Kirchner ist nicht der Einzige, der in
dieser Familie Magisches spürte.

Zehn Jahre, nachdem der *Zauberberg* erschienen war,
veröffentlichte Willems Enkel, Willem Hendrik, im April 1934 in der *Davoser Revue* einen Artikel mit dem Titel
Exkursion des Bewusstseins. Darin schrieb er über
„Austretungs-Erscheinungen", im Spiritismus auch
„Bilokation" genannt. Bei der „Deplatzierung des Bewusstseins" verlasse die individuelle Persönlichkeit

den Körper und ginge auf Wanderung. Er war von der Wahrhaftigkeit des „Exkursionsphänomens" überzeugt: „In Schlaf und Traum machen wir alle solche ‚zeitlichen' Exkursionen und der körperliche Tod ist – *parapsychologisch gesehen* – die definitive Auswanderung unserer Persönlichkeit ohne Rückkehr in die physische Umhüllung."

War die höchstgelegene Stadt Europas dem Himmel tatsächlich näher als andere Orte? Zweifelsohne ging von diesem Tal in den Schweizer Bergen ein Zauber aus, eine geheimnisvolle *Zugkraft*. Davos war ein Ort des Schicksals, ein existenzieller Ort, an dem es um Leben, Sterben – und die Liebe – ging. Davos war Bühne, grandioses Theater der internationalen Elite. Dort zu verweilen ein Muss für die Reichen und Schönen. Dass Davos zum exklusiven Kurort Europas geworden war, ist allen voran Willem Jan Holsboer zu verdanken. Woher nahm er nach dem schweren Schicksalsschlag durch den frühen Tod seiner Frau seine fast übermenschlich anmutende Kraft? Ja, was trieb diesen Mann an? Die englischen Worte *spirit* und *inspire* liegen nicht grundlos nahe beisammen. Bereits in jener lauen Sommernacht, in der ich diese Geschichte zum ersten Mal hörte, war für mich war klar: Willems Liebe zu Margaret muss bis über den Tod hinaus gewirkt haben, Margarets Geist für Willem weiterhin präsent, der Schwur, die Bahn zu bauen, seine Motivation gewesen sein. Willem hat

Davos zum Sehnsuchtsort stilisiert und wir dürfen annehmen, dass dies auch aus Sehnsucht nach seiner geliebten Margaret geschah. Schwärmte Willem für eine andere Frau als seine zweite Ehefrau Ursula? Das wissen wir nicht. Die fiktive Figur der Clara ist ein an Madame Chauchat aus dem *Zauberberg* angelehnter Charakter. Was aber gewiss ist: Ein erfolgreicher Mann wie Willem, der führende Manager von Davos, war zweifelsohne attraktiv. So obliegt die Romanze zwischen ihm und Clara der dichterischen Freiheit, denn je näher ich dem Vorfahren meines Mannes durch meine Nachforschungen kam, desto deutlicher schien mir, dass er nach steter Anregung lechzte. Und was beschwingt mehr als Verliebtheit? Auch andere Davos-Romane finden zitathaft Eingang in meine Geschichte, darunter Erich Kästners *Der Zauberlehrling* (ein in Auftrag gegebener „Anti-*Zauberberg*", der im Gegensatz zu Thomas Manns Werk heiter sein und Davos nicht in Verruf bringen sollte), Beatrice Harradens *Ships that pass in the night*, René Crevels *Êtes-vous fous?*, Elisbath Frankes *Das große stille Leuchten*, Hugo Martis *Davoser Stundenbuch* oder Konstantin Fedins *Sanatorium Arktur*.

Der *Zauberberg* endet mit dem Gedanken, dass auch aus dem Schlimmsten die Liebe steigen kann, ja ein Traum von Liebe erwachsen und damit Großes und Gutes entstehen kann. Selbst wer, wie Thomas Mann, all diese gespenstischen Ideen nicht mag, der kann sich zu einem Gedanken verführen lassen, den auch der Autor des *Zauberberg* teilte: Gerade inmitten des Rationalen hat das Wunderbare einen Platz.

DANKSAGUNG

Allem voran und von ganzem Herzen danke ich meinem Mann Florian.

Geliebter Florian, danke, dass Du mir nicht nur diese Geschichte geschenkt hast, sondern mich auch immer dazu ermutigt hast, sie nieder- und nach Tiefschlägen weiterzuschreiben.

Mein Herzensdank gilt meiner Lektorin Sonia Gembus.

Liebe Sonia, von Herzen danke, dass diese Geschichte bei dir sofort auf Resonanz gestoßen ist. Dein empathisches Mitschwingen, deine Begeisterung sowohl für den literarischen Stoff als auch für den Feinstoff, war mir Wind unter den Flügeln. Unsere Zusammenarbeit begann, als ich Mutter wurde – und in dieser besonders sensiblen Zeit waren mir auch die in Deinem Buch niedergeschriebenen Weisheiten ein wahrliches „Geschenk des Universums".

Ganz besonders danke ich Benjamin Miller.

Lieber Herr Miller, tausend Dank, dass Sie das Familienarchiv Holsboer-Spengler für mich geöffnet und all meine Fragen zur Familiengeschichte beantwortet haben. Ihre sensationelle Arbeit und stete Hilfe war für mich von allergrößtem Wert.

Sehr herzlich danke ich Nastassja Abel und Christian Otto.

Liebe Nasti, lieber Christian, danke für Eure fantastische künstlerische Unterstützung, die tolle Cover- und wunderschöne Logogestaltung.

Ein außerordentlich großes Dankeschön gilt Dr. Hartmut Kiock.

Lieber Hartmut, Deinen scharfen Geist zu beeindrucken war mir stets Ansporn – danke, dass Du nüchternes Wesen Dich für Romantik und Geister geöffnet hast. Danke für Deine wertvollen Impulse und kritischen Anregungen. Danke für Deine Ermutigung, diesen Publikationsweg anzustreben – sonst wäre dieses Buch vermutlich nicht erschienen. Und nicht zuletzt danke dafür, dass Du „Taufpate" dieses Buches bist und ihm den Titel gegeben hast.

Ganz herzlich danke ich Dr. Hans Christian Meiser.

Lieber Hans Christian, für Deine jahrelange literarische Förderung bin ich Dir zutiefst dankbar. Ich freue mich auf alles, was noch kommt.

Über die Autorin

Daniela Holsboer ist promovierte Literaturwissen-schaftlerin. Für ihren Debütroman tauchte sie tief in die eigene Familiengeschichte ein, denn Willem Jan Hols-boer ist der Urgroßvater ihres Mannes. Als sie hörte, dass dieser aus Liebe alles riskiert und die Schatzalp aus dem »Zauberberg« erbaut hatte, beschloss sie, seine Ge-schichte niederzuschreiben.